# Meadow Hights

## SMALLTOWN SIN

EMILY KEY

Copyright © 2025 by Emily Key
Version_2025_1.1

ISBN 10: 3911505833
ISBN 13: 978-3911505833

Lektorat: Textwerkstatt - Tiemann
Korrektur: Sandra Paczulla
Satz & Layout: Emily Key
Cover: einzigartig Buchdesign - Sandra Maier

Emily Key
c/o Autorenbetreuung Caroline Minn
Kapellenstraße 3
54451 Irsch
Germany
emily@emily-key.de

*Für euch, deren Hoffnungen unerfüllt unter Sternen warten.*
*Für euch, die ihr gebeugt, aber nicht gebrochen, unter fremden Entscheidungen steht. Weil ihr müsst.*
*Für euch, deren Träume im Lärm der Welt still werden, doch nie verstummen.*
*Bewahrt das warme, glimmende und zarte Leuchten in eurem Herzen. Lasst die Flamme eures Mutes selbst im stärksten Wind nicht erlöschen. Es wird der Tag kommen, an dem ihr euch wieder aufrichtet – nicht aus Pflicht, sondern aus neugewonnener, eigner Kraft. Eurem Antrieb.*
*Ihr seid nicht allein auf diesem Weg.*
*In euch wohnt eine Stärke, tiefer als ihr glaubt, mächtiger als ihr vermutet. Unendlicher, als ihr denkt.*
*Und eure Sehnsucht, so ehrlich und rein, verdient es, gehört zu werden.*

# Prolog

**Aurelia**

»Jenna!«, rief ich euphorisch und grinste von einem Ohr zum anderen. »Du siehst …«

»… beschissen aus?«, vollendete meine Freundin den Satz.

»Nun«, räumte ich ein. »Es war schon …«

»Besser?«

»Na ja. An deiner Hochzeit zum Beispiel …«

»Lass es!« Jenna lachte und breitete ihre Arme aus. »Wie schön, dass du hier bist!«

»Ich freu mich auch!« Glücklich umarmte ich Jenna, meine Kindergartenfreundin, die ich abgöttisch liebte, aber leider nicht oft zu Gesicht bekam. Noch viel weniger, seit sie hier in Meadow Hights lebte. Einer Kleinstadt, die … nun, wirklich klein war. Jenna und ich waren im selben Block in New York aufgewachsen und wir pflegten eine dieser Freundschaften, die so intensiv und eng waren, dass es keine Rolle spielte, wenn man mal ein paar Wochen lang nicht miteinander sprach. Wann immer wir voneinander hörten, war es, als wäre keine Zeit vergangen. Ich liebte das. Ich liebte sie.

Und vor allem liebte ich meine kleine Auszeit hier in diesem Örtchen. Sie war dringend nötig.

»Komm rein!«, sagte Jenna und zog mich, so gut es mit ihrem gebrochenen Bein ging, ins Haus.

»Mach langsam. Ich soll auf dich aufpassen und dich nicht noch mal in ein Krankenhaus befördern.«

»Rein theoretisch bin ich jeden Tag im Krankenhaus.«

»Das ist dein Beruf, das zählt nicht.« Ich stellte meine beiden Koffer neben die Kommode in der Diele, legte Jacke und Tasche ab und folgte ihr nach drinnen. Ihr Haus war süß und gemütlich, nichts im Vergleich zu meinem Penthouse in New York, aber das machte nichts. Alles, was ich gerade brauchte, war Jenna. Und sie mich.

Wie auch immer.

»Das ist …«, fuhr ich fort und half ihr, ihren Fuß bequem auf dem Sofa abzulegen, auf dem sie offensichtlich schon den ganzen Tag verbracht hatte, zumindest, wenn man die zerdrückten Kissen und die verknäulte Decke betrachtete. »… als würde ich sagen, dass ich rein theoretisch jeden Tag shoppen bin.«

Sie hob die Braue und lachte. »Na ja, ist das nicht so?« Jenna und mich trennten – eigentlich – Welten. Ja, sie war auch aus gutem Hause, keine Frage, aber ich war Aurelia Cardrige, die Erbin eines milliardenschweren Modeimperiums mit Hauptsitz in New York. Meine kleine Schwester Stella lebte in Los Angeles, wo sie sich um eine der Zweigstellen kümmerte. Während meines Studiums war ich ebenfalls dort, um mich mit den Angestellten und den dortigen Prozessen vertraut zu machen. In Los Angeles war die Produktion angesiedelt – unter anderem, weil viele der Kostüme aus Hollywood ebenfalls von uns geschneidert wurden.

In New York befanden sich der komplette Vertrieb, das Marketing, die Finanzen, die Strategen und die meisten Designer. Da ich die älteste Tochter von Will und Letizia Cardrige war und die Firma von meinem Großvater gegründet wurde, war es an mir, sie eines Tages zu übernehmen. Meine Schwester Stella mochte Mode ebenfalls ... aber sie mochte es viel mehr, zu schneidern und zu nähen, und hatte einfach nicht das Interesse daran, all die Fäden in der Hand zu halten. Und nein, das waren nicht meine Worte, sondern ihre.

»Alles klar?«, fragte mich Jenna und riss mich somit aus meinen Gedanken. »Möchtest du etwas trinken?« Sie deutete mit dem Finger zur Küche. »Du musst es dir nur selbst holen.«

Ich stand auf und ging in die kleine, aber gemütlich aussehende, offene Küche. »Es ist nett hier.«

»Nett?« Jenna hob die Brauen. »Und das aus deinem Mund?«

»Hey! Ich bin nicht so verwöhnt, wie du denkst.« Ihre Augen weiteten sich und ich rollte mit meinen. »Okay. Okay. Aber ich komme auch gut ohne Privatjet klar.«

»Mit welchem Auto bist du hier?«, fragte sie mich skeptisch, während ich uns Wasser aus dem Side-by-Side-Kühlschrank eingoss.

»Mit keinem«, antwortete ich schulterzuckend, denn das war die Wahrheit.

»Du bist doch nicht mit dem Taxi hier?«

»Was? Nein!« Ich kehrte zu meiner Freundin zurück, ließ mich neben sie auf den weichen Teppich sinken und reichte ihr ein Glas. »Wenn, dann würde ich ein Uber nehmen.« Erneut warf sie mir einen skeptischen Blick zu und ich schüttelte leicht den Kopf. »Okay, okay«, murmelte ich resigniert. »Ich bin mit dem Heli hier.«

»Lia!«, sagte sie warnend.

Ich zuckte die Schultern. »Was denn? Ihr habt einen Landeplatz auf dem Krankenhaus und ich war wirklich spät dran.«

»Wie gut«, erwiderte sie ironisch, »dass du nicht verwöhnt bist.«

»Siehst du! Sag ich doch.« Wir stießen unsere Wassergläser aneinander und lachten beide laut auf. »Und jetzt koch ich uns was.«

»Nein, bitte nicht!«, rief Jenna, doch ich war bereits auf dem Weg in die Küche und deutete mit dem Finger auf sie.

»Ach komm schon, vertrau mir, ich kann das.«

»Ja. Natürlich!«, sagte sie und murmelte: »Ich wollte ohnehin ein paar Kilo abnehmen, bis Nick wieder kommt.«

»Ich werde dich fett und rund machen!«, sagte ich.

Sie lachte auf. »Das behauptet Nick auch immer!«

Mein Kopf ruckte zu ihr, während ich sämtliche Schränke öffnete und die Zutaten herausnahm, die ich glaubte zu brauchen. »Wie meinst du das?«

»Er will ein Kind.«

»Oh«, erwiderte ich und starrte sie mit aufgerissenen Augen an. »Und was willst du?«

»Ich weiß nicht«, sagte sie langsam.

Ich lächelte sie an. »Musst du auch nicht wissen. Noch nicht. Ich meine, ich bin dreißig und hab noch nicht mal einen Mann, verstehst du? Ich kapiere nicht, wieso wir uns immer so einen Druck machen und so einen Kram …« Als wäre ich angewidert, schüttelte ich den Kopf. Nur zu gut erinnerte ich mich an ein Gespräch, an das ich nicht denken wollte, welches mir aber seit einiger Zeit in meinem Kopf herumspukte. Ich musste mit jemandem darüber reden, ich wusste das, aber nicht heute.

»Also«, erklärte ich stattdessen gut gelaunt. »Bereit für meine Pasta spezial?«

»Das macht mir Angst!«, sagte Jenna mit großen Augen und beobachtete mich akribisch genau.

»Ach Jenna, was soll ich sagen? Mir macht es auch Angst … mir auch!«

Wir lachten beide laut auf und mit einem Mal war die Schwere meiner Gedanken, die Schwere in meinem Herzen verflogen.

Nicht für immer.

Aber für den Moment.

# Kapitel Eins

Aurelia

Selten hatte ich mich so abgefuckt gefühlt. Selten war ich so unglaublich angepisst. Selten, war ich so … völlig verzweifelt.

Mein Vater hatte mich zurück nach New York beordert, nachdem ich nur vier Tage bei meiner Freundin in Meadow Hights gewesen war. Vier Tage, in denen ich mich super entspannt hatte, und nun … war alles in sich zusammengebrochen.

Mit nur einer abgefuckten Nachricht von ihm.

›Komm gefälligst nach Hause‹

hatte er mir geschrieben, in einer E-Mail. Unpersönlich von seiner Firmenadresse. Ohne Anrede. Ohne Grußformel zum Abschied.

Nun. Ja, ich wusste, dass es ihm nicht gepasst hatte, dass ich mir eine kleine Auszeit nehmen wollte, aber sie war nötig. Und es war Jenna, es war gottverdammt Jenna, nicht Las Vegas, wo ich Gefahr lief, schwanger oder verheiratet nach Hause zu kommen. Wie auch immer.

Ich war also heute Morgen nach New York aufgebrochen, und die Fahrtzeit war viel zu schnell vergangen. Die Enge des Taxis hatte mich regelrecht in den Wahnsinn getrieben, aber da ich ohne Auto angekommen war, war mir nichts anderes übrig geblieben. Als ich bei meinem Vater in der Firma angekommen war … hatte ich nicht nur schreien, sondern auch alles zertrümmern wollen, was sich finden ließ. Ich hatte ausrasten wollen.

Mit gerunzelter Stirn erinnerte ich mich daran, was passiert war. Durchlebte noch einmal dieses bittertraurige Theater, das an Drama nicht mehr zu überbieten war.

»Aurelia!«, donnerte er, nachdem ich sein Büro betreten hatte, sah mich kaum an und wirkte so, als würde jeden Moment seine Halsschlagader platzen. »Wo warst du so lange?«

»Wie ich dir sagte, Vater, bei Jenna.«

»Jenna braucht dich nicht so dringend wie wir hier.« Ich seufzte tief, strich die schneeweiße, völlig makellose Bluse, deren lange Bänder am Kragen ich sorgsam gebunden hatte, glatt. Die schwarzweiße, feinkarierte Hose, welche ich dazu kombiniert hatte, engte mich um die Taille ein wenig ein und die ebenfalls schwarzen High Heels drückten unangenehm gegen meine Zehen. Bei Jenna hatte ich nur Turnschuhe und Doc Martens getragen – größer konnte der Kontrast kaum sein.

»Was kann ich für dich tun, Vater?«, fragte ich betont ruhig, und auch wenn ich normalerweise mit dieser Frage das bisschen Wohlwollen, das in seinem Körper war, erreichte, gestaltete sich das nun schwierig. Er wirkte immer noch so, als würde er gleich einen Herzinfarkt bekommen.

»Denkst du, wir veranstalten hier eine Clownshow, Aurelia?« Sein Blick war finster, seine Lippen ein zusammengepresster Strich. »Denkst du, das hier ist ein Witz, oder was?« Ich zuckte kaum merklich zusammen, als er mit der flachen Hand auf den Schreibtisch donnerte, an dem er saß. Er fühlte sich wie der König in seinem Büro, das hatte ich schon immer gewusst, und an Tagen wie diesem ließ er mich das auch überdeutlich spüren. Ließ heraushängen, dass er die Macht besaß, die Oberhand. »Wir sind hier nicht in einer dieser kleinen, Billig-Textilfirmen, deren Produkte keine Sau kennt, geschweige denn anziehen will. Das hier, das ist ein Lebenswerk. Es ist alles, was zählt!«, zischte er und griff nach der Zeitung neben sich. »Sieh dir das an!« Er warf mir einen Artikel vor die Nase, in dem der Headliner schon alles sagte: ›Modeimperium auf dem Weg Richtung Mond, denn die Spitze haben sie schon!‹

Ich lächelte schwach. »Das ist doch genau das, was du willst, oder nicht, Vater?«

»Ich will, dass die Zeitungen schreiben, dass dieses Haus hier ...« Er breitete die Arme aus, machte eine allumfassende Geste. »... auch in der nächsten Generation in unserer Familie bleibt!«

*Ich war kurz davor, zu sagen, dass er es mir dann einfach übergeben sollte, aber nein, das tat er natürlich nicht. Ich wollte kotzen. Ernsthaft, ich wollte kotzen und ihm sagen, dass ich die Schnauze voll davon hatte. Dass ich meinen Job liebte, dass ich die Firma liebte, dass ich ihn liebte, aber dass ich auch gerne mal ein kleines bisschen Anerkennung für meinen Job haben wollte.*

»Du wirst heiraten!« *Mein Kopf ruckte nach oben und ich starrte ihn mit offenem Mund an.* »Du wirst heiraten, sonst gebe ich die Firma deiner Schwester!«

»Aber Stella will das doch gar nicht!«

»Das interessiert mich nicht. Ich werde das tun, was in erster Linie für die Firma entscheidend ist und nicht für euch.«

»Aber ...«

»Es gibt kein Aber!«*, donnerte er wieder, ehe er schließlich tief seufzte und sich mit der Hand über das Gesicht fuhr. Dann sah er mich traurig an. Der erste wirklich menschliche Zug an ihm. Der erste wirklich nahbare.* »Du bist mein Kind, mein Herzstück!«*, sagte er. Ich dachte sofort, dass die Firma sein Baby, sein Herz war, nicht ich, allerdings war ich klug genug, das nicht auszusprechen.* »Aber ich habe die Schnauze voll von deinen Paris-Hilton- und Britney-Spears-Eskapaden!«

»Ich nehme keine Drogen!«

»Du weißt, was ich meine!« *Ja, das wusste ich. Er meinte die wechselnden Männer, von denen er leider das eine oder andere Mal etwas mitbekommen hatte, weil ich unvorsichtig und leichtsinnig geworden war.* »Ich habe keine Lust mehr darauf. Ich will, dass unsere Familie und unsere Firma einen makellosen Ruf haben. Ich will, dass wir an der Spitze bleiben, und wenn ich mir überlege, dass du dir den Heli nimmst, weil du ›spät dran bist‹, wie der Pilot mir mitgeteilt hat, nur um zu deiner Freundin in dieses Kaff zu fliegen, dann werden wir an der Spitze bleiben müssen, ansonsten kannst du dir das definitiv nicht mehr leisten. Ganz einfach.«

Ich nickte kaum merklich. Er hatte recht. Zumindest mit dem Teil, der nicht das Heiraten betraf. »Wir stehen doch in der absoluten Blüte unseres Rufes!«, verteidigte ich mich schwach, weil ich wusste, was genau er meinte, und weil ich ihm tief in meinem Herzen recht geben musste. »Es ist doch alles in Ordnung. Es gab schon eine ganze Weile keinen Bericht mehr über mich.«

»Natürlich nicht, du sitzt ja auch in einer Kleinstadt, die nicht mal eine Bar hat.«

»Korrektur!«, sagte ich und richtete mich etwas auf. »Meadow Hights hat eine Bar. Eine sehr gute sogar!«

»Aurelia!«

»Sorry.« Wieso genau spielte ich eigentlich immer mit dem Feuer? Wieso konnte ich nicht einmal meine Klappe halten und … nicken? Wieso musste ich ihn immer provozieren? Weil mich nur das zu Höchstleistungen in der Kreativität anspornte. »Ich sage es dir noch einmal als deutliche, wirklich deutliche Warnung, und das solltest du beherzigen, Aurelia. Wenn du nicht ruhiger wirst, sesshaft, heiratest, und diese Männereskapaden aufhören, wirst du die Firma nicht bekommen, sondern an deine Schwester verlieren. Dann gebe ich sie Stella. Sie mag vielleicht keine Lust dazu haben, sich mit Zahlen zu beschäftigen, aber dann weiß ich sie wenigstens in guten Händen.«

»Ach, und bei mir wäre sie das nicht, ja?«, gab ich schnippisch zurück. *Fuck. Ich wusste ja, wie mein Vater war. Er triggerte alle verdammten Punkte in mir, die es überhaupt gab. Und so, wie er wusste, welche Knöpfe er drücken musste, hatte auch ich keine Skrupel, seine Triggerpunkte in schöner Abfolge immer wieder zu drücken, als spielte ich eine Art Melodie.* »Du verlangst also von mir, dass ich heirate.« *Ich schüttelte den Kopf.* »Heirate!«, wiederholte ich erneut angewidert.

Mein Vater nickte. »Genau das. Ganz genau das. Damit du sesshaft wirst und es aufhört. Das alles aufhört. Also ja, so leid es mir tut: Du heiratest zeitnah oder das war's mit der Leitung der Firma.«

»Ich kenne keinen Mann, den ich heiraten kann.«

»Oh, ich bin mir sicher, dass Magda dir da helfen kann. Ich habe ihr eine Liste potenziell geeigneter Kandidaten gegeben.«

»Deiner Sekretärin? Du willst, dass ich mir mit Magda einen Mann aussuche?«

»Ja, wieso nicht? Deine Mutter ist tot, Magda kann diese Frauensachen mit dir machen. Sie ist sesshaft. Hat eine Familie. Weiß, worauf es bei einem Mann ankommt.« *Autsch. Der frühe Tod meiner Mutter war ebenfalls ein sehr bedeutsamer Triggerpunkt in meiner Welt, und auch wenn mein Vater immer sagte, dass es ihm unglaublich wehtat, nutzte er ihn ganz schön oft, um mich zu ärgern.* »So oder so, du wirst heiraten, oder die Firma geht an Stella. Such es dir aus.«

Sprachlos starrte ich ihm an. Gefühlte Minuten. Meinte er das ernst? Ja, absolut. Definitiv. Er meinte das ernst. Es war ihm ... ich sollte heiraten.

Erneut nickte er knapp, brach schließlich als Erstes den Blickkontakt, aber ich wusste, dass er das nicht tat, weil er schwach war ... sondern weil er genau wusste, dass er gewinnen würde. Komme, was da wolle. Das Traurige an der ganzen Geschichte? Es war ihm wirklich egal, ob ich die Firma bekam oder Stella. Na gut, okay. Vielleicht doch nicht vollkommen, denn er schien ja darüber nachzudenken. Immerhin sagte er mir, dass er wollte, dass ich heiratete. Wie auch immer. Es war fraglich, ob das alles eine gute Idee war. Oder ... einfach nur totale, abgefuckte Scheiße.

Ich tendierte zu Letzterem.

# Kapitel Zwei

J ake

Ich konnte es nicht fassen.

Ernsthaft. Ich konnte es wirklich nicht fassen.

Außerdem hasste ich New York.

Dabei war das nicht immer so. Einst war das hier mein Dschungel und ich der König darin. Ich war angesehen und auf jeder Party ein willkommener Gast. Das alles war meine Welt. New York. Dass es so schnell lebte, so unberechenbar war, so laut und geschäftig, dass es multikulti und gleichzeitig so voller gleicher Menschen war. Ich hatte es geliebt.

Früher.

Heute brauchte ich nicht mehr jede Party, brauchte es nicht mehr, dass ich ständig irgendwo eingeladen wurde. Heute reichten mir ein gutes Bier, ein Burger oder ein Steak und vielleicht eine Live-Band. Als mein Kumpel Carlyle mich gefragt hatte, ob ich mir nicht mal das Krankenhaus in Meadow Hights anschauen wollte, weil es auf dem absolut aufsteigenden Ast war und kurz vor einer Auszeichnung stand, hatte ich diese Gelegenheit wahrgenommen. Als Arzt sollte man immer sehen, dass man weiterkam. Dass man höher kam. In New York war ich Oberarzt, wenn auch einer der Bestbezahltesten der USA, aber in Meadow Hights konnte ich eine Position als Chefarzt antreten.

Und genau das war der Grund, wieso ich vor etwas weniger als einem Jahr in die Kleinstadt gezogen war und zwischen New York und Meadow Hights hin und her pendelte. Wieso ich pendelte? Weil meine langjährige Freundin Melanie in New York bleiben musste, da sie für eine Werbeagentur arbeitete, die keinen flexiblen Arbeitsplatz erlaubte. Sie fuhr mehr als ich, denn als Werbetexterin hatte man keinen Schichtdienst. Als Arzt allerdings schon. Es war schwierig, keine Frage, aber ich war mir bis vor circa zwei Stunden absolut sicher gewesen, dass wir das hinkriegen würden.

Nun.

Das war wohl vorbei.

»Ich krieg noch einen!«, sagte ich zu dem Barkeeper, der vor mir stand und Gläser polierte. Es war Spätnachmittag, in der Bar war praktisch nichts los und ich fragte mich, wie das, was heute geschehen war, hatte passieren können. Sie hatte wirklich, wahrhaftig mit mir Schluss gemacht, weil – und das musste man sich echt mal reinziehen – ich nicht bereit war, sesshaft zu werden. Ähh? Was? Ich wohnte in einer Kleinstadt, ich ging nicht mehr weg, um alles zu ficken, was es gab. Ich war in den fünf Jahren, die ich mit Melanie verbracht hatte, definitiv sesshaft geworden. Ich war es, der wusste, was er wollte … sie war es doch, die das anders sah und mich somit irgendwie in die Scheiße geritten hatte, weil sie nicht nach Meadow Hights gekommen war. Ja, die Agentur, für die sie arbeitete, war nicht sonderlich flexibel, aber Melanie war sehr gut in ihrem Job und hatte Angebote von anderen Agenturen bekommen, die ihr mehr erlaubt hätten. Nur hatte sie das nicht gewollt. »Warum nur?«, fragte ich mich laut genug, dass der Barkeeper die Brauen hob, während er einen neuen Scotch vor mir abstellte.

»Weil du ihn bestellt hast?«

»Nein, das meine ich nicht!«, murmelte ich und griff mit meinen langen Fingern nach dem Glas, um daran zu nippen. Eigentlich könnte er mir einfach die ganze Flasche hinstellen, dann würde ich mich selbst bedienen. »Ich meine, wieso wollte sie nie ihren Job wechseln?«

»Ich versteh nicht, wovon du redest!«

»Ich rede davon, dass meine Freundin mit mir Schluss gemacht hat, weil ich in einer Kleinstadt arbeite, sie aber hier in New York, und weil ihre Firma keinen flexiblen Arbeitsplatz erlaubt.«

»Das tut mir leid, Mann«, sagte der Barkeeper und stellte eines der blitzenden Weingläser an seinen Platz. Dann nahm er das nächste. Seine langsamen und routinierten Bewegungen beruhigten mich.

»Ich meine, wieso hat sie immer abgelehnt, wenn sie Angebote von anderen Werbeagenturen hatte, die mehr zahlen, bessere Arbeitszeiten und einen flexiblen

Arbeitsplatz haben. Wieso? Sie hat gerade mit mir Schluss gemacht, weil sie sagt, ich ginge die Dinge nach fünf Jahren nicht ernsthaft an. Wir leben nicht mal mehr in derselben Stadt.«

»Willst du darauf eine Antwort?«

»Ja.« Ich nickte und trank erneut von der brennenden Flüssigkeit. »Ja, ich würde es echt gern verstehen. Das ergibt keinen Sinn.«

»Dann sag ich es dir, Kumpel.« Er stellte das Glas weg, warf sich das Geschirrtuch, mit dem er poliert hatte, über die Schulter und beugte sich nach vorne, stützte seine Hände auf dem Tresen ab und sah mir ernst in die Augen. »Erstens, sie wollte einen Heiratsantrag, das meint sie mit sesshaft sein, und zweitens, wenn sie nicht bereit war, etwas dafür zu tun und den Job zu wechseln, dann vögelt sie jemanden in der Werbeagentur, für die sie arbeitet.« Er zuckte die Schultern. »Ganz easy.« Meine Augen weiteten sich. Noch während er diese Worte aussprach, spürte ich, dass er beschissen noch mal recht hatte. In mir drin lag die Wahrheit. Ich war nur nicht mutig genug, daran zu denken.

»Du meinst, es ist praktisch wie bei einem Kerl? Du weißt schon, wir lernen jemanden kennen, wir melden uns und irgendwann lässt das Interesse nach. Dafür gibt es nur einen Grund, und der lautet, dass wir jemanden getroffen haben, der uns mehr interessiert.«

»Exakt das, Mann!«

»Jake!«, sagte ich und reichte dem Barkeeper meine Hand.

»Ron!«, antwortete er. »Und genau so ist es. Nur dass diesmal leider du verarscht wurdest.« Ich nickte erneut, während er zur Seite trat, um eine Kiste Bier in den Kühlschrank zu räumen. Abgesehen von einer Frau, die am anderen Ende der Theke saß und an ihrem Wein nippte, war ich der einzige Gast. »Du warst nicht erschrocken, als ich meinte, dass sie jemand anderen aus ihrer Firma hat.«

»Nein, wäre naheliegend. Ich dachte mir das vor ein paar Jahren schon mal, also dass sie jemand anderen hat, aber hab das wieder verworfen und es darauf geschoben, dass sie einfach gern arbeitet.«

Ron, mein neuer Freund, lachte auf. »Niemals!«

»Nein, niemals.« Ich ließ kurz den Kopf hängen und atmete tief durch. »Du hast scheiße noch mal recht. Ich sollte das wissen, ich war selbst …«

»Kein Kind von Traurigkeit?« Wir lachten beide und die Frau hob nun den Kopf und sah mich an. Ich kannte sie irgendwoher, konnte es aber nicht zuordnen.

»Ja, sie hat nen anderen!«, mischte sie sich ein und hob ihr Weinglas, um mir zuzuprosten. »Definitiv. Sorry, dass ich zugehört hab.«

»Ach was, passt schon, vielleicht hast du Mitleid mit einem armen Kerl, der gerade verlassen wurde.«

»Und wozu?«, fragte sie und stand auf, kam herüber. »Du bist nicht der Einzige, der einen Scheißtag hat.«

»Oh, auch das Ende einer Beziehung?«

»Nein, ich soll eine starten!« Sie rollte die blauen

Augen und ich glaubte, nein, war mir sicher, dass sie schön waren. Allerdings war ich zu betrunken, um das richtig beurteilen zu können.

»Und du willst nicht?«

»Nein, nicht wirklich«, erwiderte sie, während Ron zwei Tequila mit Zimt vor uns abstellte.

»Die gehen auf mich!«

»Danke«, sagten wir beide, stießen die Gläser aneinander und kippten den harten Alkohol hinunter.

»Also?«, fragte ich schließlich, während die Frau sich die blonden Haarsträhnen hinter ihr Ohr schob. »Was ist passiert?«

»Das ist so abgefahren, das glaubst du mir ohnehin nicht.«

»Lass es drauf ankommen.« Ron wandte sich von uns ab. Langsam füllte sich die Bar. Zwei Grüppchen, die aussahen wie Arbeitskollegen, betraten den Laden und setzten sich.

»Ich soll heiraten!«, brachte sie schließlich widerwillig hervor, als würde es sie Überwindung kosten, das auszusprechen. »Ich meine, ich. Ich hab nicht mal einen Freund!« Sie klang bitter, trank mehrere große Schlucke ihres Rotweines und sah mich schließlich wieder an. »Ich sollte dir das nicht erzählen, denn ich soll auch versuchen, weniger Aufmerksamkeit zu erregen.« Sie rollte die Augen und lächelte matt. »Fuck, echt.«

»Das tut mir leid.«

»Ja, mir auch.«

»Also, dass du keinen Freund hast, tut mir nicht

leid.« Ich lächelte und es fühlte sich an wie ein Unfall, aber hey, ich hatte schon den einen oder anderen Scotch intus.

»Ach, was du nicht sagst.« Sie hob ihr Glas. Ron sah es, schenkte ihr einen neuen Wein ein und stellte ihn vor ihr ab. »Mir tut es auch nicht leid, dass deine Ex so blöd war, dich zu betrügen.«

»Das wissen wir nicht sicher«, warf ich nickend ein. Diese Frau war kurvig, scharf, sehr gut angezogen und wäre die perfekte Ablenkung für heute Nacht. Ich seufzte leise, als sie sich auf die Lippe biss, die Lider halb senkte, und stellte sie mir dabei vor, wie sie ihre Lippen um meinen Schwanz schloss, während sie vor mir auf den Knien war. »Aber dass sie behauptet hat, ich würde nicht sesshaft werden können, ist ein Witz. Natürlich werde ich sesshaft. Natürlich werde ich heiraten.«

»Dann war sie nicht die Richtige!«, stimmte mir die unbekannte Frau zu und ich beschloss, mich ihr erst einmal vorzustellen.

»Ich bin Jake.«

»Aurelia«, antwortete sie und ergriff meine Hand. Ein Stromschlag durchfuhr mich und ich hob verwirrt den Blick. »Schön, dich kennenzulernen, Jake«, sagte sie mit sanfter Stimme und leckte sich über die Lippen. »Und ich glaube dir, dass du sesshaft werden kannst.«

»Ja«, stimmte ich zu, vollkommen von ihrem wunderschönen Gesicht eingenommen. Es war beinahe makellos, nur die kleinen Fältchen an den Augen verrieten, dass sie nicht mehr Anfang zwanzig war, auch wenn ihre Haut oder die Art, wie sie geschminkt war, etwas anderes versprachen. Ich mochte das. Ihre Lippen waren voll, wie zum Küssen geschaffen, die Nase gerade und grazil, die Wangenknochen hoch. Sie trug eine weiße Bluse, die vorne gebunden war, und ich fragte mich, ob sie oben aufklaffen würde, wenn ich die akkurate Schleife öffnete. Ihre langen Beine, die ich schon betrachtet hatte, als sie zu mir herübergekommen war, waren überschlagen. Sie war hübsch, wirklich hübsch. Und sehr heiß. Es war nicht zu verstehen, wieso sie keinen Freund hatte, wenn ich ehrlich war. Aber vielleicht wollte sie auch einfach keinen.

»Aber meine Ex sieht das anders. Sie denkt, dass ich nicht heiraten will. Dass ich nicht sesshaft wäre. Pah, was für eine Scheiße!« Ich schüttelte den Kopf und bedankte mich murmelnd bei Ron für den nächsten Drink. »Und noch mal zwei Tequila bitte!«, ergänzte ich, was Aurelia ein Lachen entlockte. Ein schöner Name. Er passte zu ihr. Sehr gut sogar.

»Ja, du siehst auch eher aus wie ein Kerl, der einen auf Familie macht!«

»Hey!«, protestierte ich. »Was soll das denn heißen?«

»Na, ich meine ja nur, dass du brav aussiehst!«

»Was?«, fragte ich überrascht. »Du hast keine Ahnung, wer ich bin, oder?«

»O doch, ich weiß ganz genau, wer du bist!«, erklärte sie und stieß mich mit der Schulter an. Der Geruch eines schweren, vielleicht orientalischen

Parfüms stieg mir in die Nase. Mein Schwanz, der Verräter, wurde hart. Als würde er mir sagen wollen, dass wir Melanie gar nicht brauchten. Ich war ihr treu gewesen, natürlich war ich das. Ausgelebt hatte ich mich vor unserer Beziehung. Und das, weiß Gott, wirklich ausgiebig.

»Wer bin ich denn?«

»Du bist Dr. Jake Hayden, der Chirurg, der einem Sechsjährigen das Leben gerettet hat.«

Sprachlos sah ich sie an. Diese Story kannten nicht viele, und auch wenn sie es in die Presse geschafft hatte, sah Aurelia nicht so aus, als hätte sie etwas mit Medizin zu tun. Denn die Geschichte hatte nur in der Fachwelt ihre Kreise gezogen. Das war auch der Grund, wieso ich die Stelle in Meadow Hights angeboten bekommen hatte. Der Klinikleiter stellte dort etwas Großes, wirklich Großes auf die Beine. »Ich hätte nicht gedacht, dass du im medizinischen Bereich arbeitest.«

»Tu ich auch nicht.«

»Woher kennst du die Story dann?«

»Eine meiner Freundinnen ist Ärztin und war so begeistert, dass sie mir davon erzählt hat. Okay, nein, sie hat mich sogar gezwungen, die Geschichte zu googeln, und dort war ein Foto von dir abgebildet.« Sie zuckte lässig die Schultern. »Hübsche Männer merke ich mir eben.«

Ich lachte laut auf und sah sie weiterhin so an, als würde sie mich verarschen, weil ich es einfach nicht glauben konnte.

»Hey, ich meine das ernst!«, ergänzte sie lächelnd. Sie griff nach den Shots, die bereits vor uns standen, und stieß mit ihrem Glas gegen meins. Wir legten den Kopf in den Nacken und tranken den kleinen Drink.

»So, und was machen wir mit deinem Problem?«

»Du meinst das Heiraten-Ding?«

»Genau das!«

»Nun, hm. Mal schauen, was der Abend noch so bringt!«

»Wie meinst du das?«, fragte ich sie, aber Aurelia sah mich nur geheimnisvoll an und senkte die Lider auf eine Art und Weise, die mich hart werden ließ. Mein Gott, sie würde sich gut vor mir auf den Knien machen. Wirklich, wirklich gut.

Es vergingen gefühlte Stunden, ehe sie sich zu mir beugte, nah an mein Ohr, und wieder dieser verflucht betörende Duft in meine Nase kroch.

»Ich habe eine Idee!«, murmelte sie schließlich, aber ich war so auf sie konzentriert, dass ich jedes Wort überdeutlich verstand. »Und wenn ich betrunken bin, hab ich immer die besten Ideen.«

*Ich auch. Du vor mir. Oder auf mir. Zum Beispiel.*

Die Wärme, die von ihrem Körper ausging, machte mich verrückt. Sie hatte das in den zwei Stunden, die wir hier an der Bar saßen und uns unterhielten, geschafft. Ich hatte, abgesehen von den beiden Gruppen vorhin, die mittlerweile wieder gegangen waren, nichts mehr wahrgenommen. Weder, dass Ron Verstärkung hinter der Bar bekommen hatte, noch, dass die Bar um uns herum nun laut und sehr gut gefüllt war. Wow. Krass. Aurelia und ich hatten über diesen beschissenen Tag gesprochen und danach etwas über die Arbeit. Ich wusste, dass sie aus der Modeindustrie war und sie wusste bereits, dass ich als Arzt arbeitete. Ich war Kinderchirurg und liebte meinen Job. Genau deshalb würde ich auch nicht aus Meadow Hights verschwinden. Sicher nicht. Ich mochte meine Chefarztposition. Sehr.

»Also? Welche Idee?«, fragte ich, biss mir auf die Lippe und betete innerlich, dass ihre Idee dieselben Komponenten beinhaltete wie die, die in mir heranreifte.

Denn da waren wir beide nackt und vergaßen diesen abgefuckten Tag.

»Lass uns von hier verschwinden!« Aurelia winkte Ron, verlangte die Rechnung und ich bezahlte sie, ehe sie es konnte.

»Ich bin ein Gentleman, wenn auch ein verlassener!«

»Ach, das macht dich noch heißer!«, wisperte sie, stellte sich auf den Fußring des Barhockers und ich sah, dass ich sie überragte, auch wenn sie diese schwindelerregend hohen Schuhe trug. Yes. So musste das sein, eine Frau musste kleiner sein als ich. Zumindest dann, wenn ich sie datete.

Zusammen verließen wir die Bar. Das würde jetzt sehr interessant werden.

Ich war mir ziemlich sicher, dass ich nicht Nein sagen würde.

# Kapitel Drei

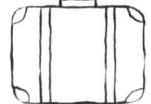

**A**urelia

Dieser Mann war eine Offenbarung. Fuck, ja. Absolut. Er war nicht nur unfassbar heiß anzusehen und ließ mein Höschen feucht werden, o nein, er war auch noch einer der bekanntesten Männer New Yorks, der nichts mit Politik zu tun hatte. Jenna hatte mir erzählt, dass er einem Jungen das Leben gerettet hatte. Ja, das war sein Job, wenn man es genau nahm, aber … er hatte das unter extremen Bedingungen getan. Während eines Hurrikans zu operieren, in einem Gebäude, das dem Einsturz nahe war … das war schon etwas sehr Besonderes. Sogar ich als Nicht-Medizinerin war mir dessen bewusst.

Hinzu kam, dass er einfach extrem scharf aussah und sein Bild mich zwei volle Nächte in meinen schmutzigen Träumen verfolgt hatte. Das war jetzt über zwei Jahre her und natürlich hatte ich sofort gewusst, wer er war, nachdem ich die Bar betreten hatte, in der nur ein Gast und der Barkeeper gewesen waren.

Zuerst hatte ich mir vorgenommen, mich auf mich selbst zu konzentrieren, aber als er dem Barkeeper davon erzählt hatte, was in seinem Leben los war, war ich plötzlich auf Sex aus. Scheiße, ja. Ich hatte schon länger keinen Mann mehr in mir gehabt und war mir ziemlich sicher, dass er ganz genau wusste, was er tat.

Also mischte ich mich in das Gespräch ein. Verdrängen war schon immer meine Devise gewesen, und wenn ich verdrängte, dass ich gerade ebenfalls in der Scheiße steckte, würde ich mich sicher besser fühlen, einen klaren Kopf bekommen und könnte entscheiden, was ich tat und wie ich mit diesem Heiratsthema umgehen sollte. Gut, ich verfolgte heute Abend also ein Ziel, und das lautete, dass ich unter diesem Mann liegen und er in mir sein sollte. Oh, verdammt. Das würde vermutlich richtig gut werden.

Umso schöner, dass wir jetzt beide von einem Ohr zum anderen grinsend in dem Fahrstuhl zu meiner Wohnung standen. Jake hatte mir gesagt, dass er nicht mehr hier lebte, sondern in einer Kleinstadt, und dass er schlecht mit mir in die Wohnung seiner Ex gehen konnte. Ich hatte gekichert – scheiße, ja, das hatte ich, dabei kicherte ich eigentlich nie – und wir waren in ein Taxi gestiegen, das uns zu meinem Wohnhaus gebracht hatte. Irgendwas in mir flüsterte, dass er kein Serienkiller war und mich nicht umbringen würde, wenn er sah, wie und wo ich lebte und dass ich Geld hatte.

»Aurelia *wie noch,* sagtest du?«

Ich lächelte matt, sah ihn an. Wir standen beide an den jeweils anderen Enden des Fahrstuhls, weil die Luft um uns herum so aufgeladen war, dass wir es ansonsten vermutlich nicht in meine Wohnung schaffen würden. Er umklammerte die silberne Stange an der Wand so fest, dass seine Knöchel weiß hervortraten.

»Ich sagte keinen Nachnamen.«

»Ich denke, ich sollte ihn jetzt wissen.« Er sah sich um und sein Blick blieb auf der Anzeigentafel hängen. Ich hatte mit meinem Fingerabdruck den Knopf für das Penthouse entsperrt und eben jener Knopf leuchtete nun. »Das Penthouse? Ernsthaft? Was erwartet mich? Ein reicher, alter Ehemann, der ans Sauerstoffgerät angeschlossen ist?«

Ich schüttelte lächelnd den Kopf. »Nein, ich sagte doch, ich stecke in diesem Ehemann-Dilemma!«

»Stimmt. Also wie war noch gleich dein Nachname?«

Er würde nicht locker lassen. Fuck. »Cardrige«, sagte ich also und er fixierte mich ruckartig.

»Verstehe.«

»Tust du?« Der Aufzug gab kein Geräusch von sich, als er stoppte, aber die Türen öffneten sich und wir standen direkt in meiner Wohnung.

»Ich bin mir nicht sicher«, murmelte er, und als sich die Türen hinter uns schlossen, wir in der Sicherheit meines Zuhauses waren, gab es kein Halten mehr. Er kam auf mich zu, umfasste mein Gesicht mit seinen Händen und legte seine vollen Lippen auf meine. Sein Sieben-Tage-Bart kratzte mich leicht, aber das machte nichts. Er küsste mich, wie ich noch nie geküsst worden war. Ich lief rückwärts, während er mir folgte und wir uns sinnlich berührten. Er war nicht hastig, sondern genoss ebenso wie ich. Jake fuhr mit seiner Zunge über meine Unterlippe. Ich öffnete sie automatisch, denn ich wollte ihn schmecken. Fuck, dieser Mann küsste, als würde er dafür Geld kriegen, als würde er niemals etwas anderes machen wollen, als meine Lippen zu verwöhnen. O ja, vielleicht war er wirklich die beste Antwort auf die kleine Durststrecke, die ich hinter mir hatte. Ich krallte meine Hände in seinen dünnen Kapuzenpullover. Fuck, dieser Mann roch so unwiderstehlich gut, dass ich glaubte, ich würde allein davon kommen können. Und von seiner Zunge in mir.

»Ich will dich!«, wisperte er an meinen Lippen und ich nickte mit geschlossenen Augen. ›Darum sind wir beide hier!‹ Ich wollte ihn auch. Sehr. Meine Hände fuhren zum Saum seines Pullovers und ich ging den ersten Schritt und zog es ihm über den Kopf. Das einfache, schwarze Shirt, das darunter zum Vorschein kam, war ebenfalls schnell Geschichte, und als er vor mir stand, der Bauch flach und trainiert, deutliche Muskeln hervortretend, und mit diesem unwahrscheinlich attraktiven V, das in seiner Hose verschwand … Ich biss mir auf die Lippe, hob den

Blick und sah, dass er mich ganz genau beobachtete. Seine Augen waren glasig, voller Lust verhangen. Ich liebte es, dass es ihn scharf machte, wenn er sah, wie ich ihn anhimmelte.

»Du siehst … nett aus!«, brachte ich schließlich hervor und er lachte leise, legte den Finger unter mein Kinn und hob meinen Kopf an.

»Nett, huh?«

»Na gut, du weißt, dass du heiß bist.« Er sagte nichts dazu, streckte die Hände aus und öffnete langsam die immer noch akkurat sitzende Schleife am Kragen meiner weißen Bluse.

»Ich will diese Schleife schon die ganze Zeit öffnen.«

»Dann tu es doch endlich.«

»Du bist ungeduldig.«

»Ich hasse warten.«

»Ich liebe es, zu spielen.« Mein Höschen wurde feucht. Seine Stimme war tief und rau, und als er langsam mit Daumen und Zeigefinger die beiden Stoffenden auseinanderzog, kam er nah an meine Lippen und wisperte: »Ich liebe es, mit dir zu spielen, Babe …« Ja, dieses abgedroschene Kosewort sollte mich nicht so voller Sehnsucht und Verlangen nach ihm winseln lassen, wie es der Fall war, aber ich schaffte es einfach nicht, mich zu zügeln. Um nichts in der verdammten Welt wollte ich auch nur einen Hauch von dem verpassen, was er mit mir machte. Ich seufzte und keuchte, und das, obwohl er noch nicht einmal meine nackte Haut berührt hatte. Alles, was die aufgestaute Luft durchbrach, waren unsere Atemgeräusche und das leise Rascheln des Seidenstoffes.

Als schließlich die Bluse von meinen Armen geglitten und beinahe lautlos zu Boden gefallen war, stand ich in meinem weißen Spitzen-BH vor ihm.

»Ich verstehe«, wisperte er, beugte sich nach vorne und küsste mein Schlüsselbein. Automatisch legte ich den Kopf in den Nacken. Ich konnte praktisch jetzt schon nicht mehr, war zwischen den Beinen nass und wusste mir kaum noch zu helfen, außer ihn anzuflehen, mich endlich zu ficken. Für Spiele hatten wir doch hinterher Zeit, oder?

»Was … verstehst du denn?«, fragte ich und seufzte tief. »Gott!«

»Lass mich dir aus diesem BH helfen!«, flüsterte er gegen meine Haut, griff mit einer Hand hinter mich und schnippte den BH so gekonnt auf, wie es nicht einmal ich schaffte. Es waren Millisekunden, bis das Ding zu meiner Bluse auf den Boden glitt. »Mein Gott, bist du schön!«, stieß er aufrichtig und atemlos hervor. Ich lächelte, denn ich hatte schon oft gehört, dass ich schön war, aber noch nie hatte es so ehrlich aus dem Mund eines Mannes geklungen. So unendlich ehrlich.

Jake beugte sich nach vorne, nahm eine meiner Brustwarzen in den Mund und saugte an ihr. Mein Nippel richtete sich sofort auf und ich krallte reflexartig meine Hände in sein dunkles Haar und zog daran. »Heilige Scheiße!«, brach es aus mir heraus und ich war mir nicht sicher, ob ich jemals einen Mann erlebt hatte, der sich so intensiv mit meinen Titten beschäftigte. Sie waren sehr groß, aber natürlich, denn ich hielt nichts von Schönheits-OPs, auch wenn ich mit Schönheit und Aussehen mein Geld verdiente. Kaum ein Mann wusste, wie er damit umzugehen hatte. Große Brüste, zumindest wollte ich das so, mussten heftig angefasst werden. Ich mochte es, wenn der Sex etwas härter war. Mochte es, wenn ich gewollt und berührt wurde. Ich mochte es, wenn ich mich fallen lassen konnte, benutzt wurde, ohne mich billig zu fühlen.

»Deine Titten sind unglaublich!«, murmelte er rau, leckte sich zu der anderen Seite und knetete derweil jene, die er nicht mit dem Mund bearbeitete. »Ich würde gerne meinen Schwanz dazwischenstecken und auf ihnen kommen.« Seine Worte waren dreckig, turnten mich aber an. Ich nickte kaum merklich und versuchte, Halt an der Wand, gegen die er mich drückte, zu finden. Aber da war nichts, woran ich mich festklammern konnte.

»Sofa!«, brachte ich schließlich hervor, erregte dadurch seine Aufmerksamkeit. Er sah mich an. Seine vollen Lippen glänzten von unseren Küssen und er leckte mit der Zunge darüber. Gott, diesen Mann schickte der Himmel, er war genau das, was ich heute brauchte. Ordentlich vögeln. Meine Gedanken wurden immer schmutziger, wilder, animalischer, und auch wenn ich mich nicht traute, sie auszusprechen, wusste ich doch, dass er mir jeden einzelnen davon erfüllen würde, weil er es ähnlich sah.

Jake hob mich hoch, als wöge ich nichts, und trug

mich durch meine offene Wohnung in den Bereich, in dem das riesige Sofa stand. Die Fensterfronten offenbarten einen Blick auf die Skyline Manhattans und das sanfte Licht, das sich automatisch aktivierte, wenn der Aufzug ankam, tauchte alles in warme Goldtöne. Der Kamin mit dem animierten Feuer prasselte, erzeugte wie von selbst eine romantische Atmosphäre.

»Nett!«, sagte Jake, als er den Blick über meine cleane Einrichtung schweifen ließ und mich auf dem Sofa ablegte, ehe er sich über mich beugte. Er küsste mich erneut und ich legte meine Hände auf seine muskulösen Oberarme. Fuck, ich dachte, dieser Mann war Arzt. Er hatte sicher viel zu tun, wie konnte er da nur so dermaßen trainiert sein? Das war doch nicht normal!

»Finde ich auch!« Leise lachend küsste ich ihn zurück. Meine Zunge streichelte seine und ich liebte es, wie er schmeckte, wie er mich küsste, wie unsere Lippen zueinander passten und wie wir uns gemeinsam anfühlten. Ich liebte es, dass es ohne Hast war, dass es ruhig, gemischt mit träger Sinnlichkeit war. Als wüsste er, dass unser Orgasmus noch besser und atemraubender wäre, wenn er sich mehr Zeit ließe. Wenn *wir* uns mehr Zeit ließen.

»Himmel«, seufzte ich leise, als ich mit den Händen über seine warme Haut fuhr, jeden Muskelstrang, den ich spüren konnte, genoss, und mich mit meinen Fingern an der Schnalle seines schwarzen Ledergürtels zu schaffen machte. »Hast du mir nicht versprochen, dass du auf meinen Titten kommst?«

Jake hob den Kopf, sah mich an und wirkte erstaunt. »Das stört dich nicht?«, fragte er mit beinahe heiserer Stimme.

Ich schüttelte den Kopf. »Ich genieße es, wenn man mit meinen Brüsten spielt«, erklärte ich und unterdrückte das altbekannte Gefühl von Scham, das manchmal aufkam, wenn ich das erste Mal mit jemandem ins Bett ging. »Ich mag es, wenn man sie …«

»Benutzt?«

»Ja!« Ich wurde rot und er beugte sich nach vorne, küsste sanft die beiden großen Berge, während ich seine Hose so weit öffnete, wie ich konnte. Sie ließ sich nicht abstreifen, aber das machte nichts, denn ich schob meine Hand einfach in seine Shorts.

Er war groß.

Er war wirklich groß.

Er war beinahe mächtig, wenn man es so sagen wollte, und lag schwer, pulsierend in meiner Hand.

Ich liebte es.

Fuck. Dieser Mann und sein Schwanz waren eine verfluchte Offenbarung – zumindest, wenn er jetzt noch wusste, wie man selbigen, Zunge und Finger benutzte. Würdig, mich in die Hölle kommen zu lassen, aber eine tief in mir verwurzelte Sünde, die es wert war, ausgelebt zu werden.

»Fuck!«, zischte er, legte kurz den Kopf in den Nacken und schloss die Augen. »Fuck.« Er schien sich beherrschen zu müssen und wich zurück. Dann zog er sich selbst die Hose über den Hintern und seine Shorts gleich mit. Hastig sprang er auf, entledigte sich seiner

Socken, und ich kicherte, während ich ihn betrachtete. Auf meinen Ellbogen abgestützt, sah ich ihn an. Mein Haar war bereits ein Chaos, aber das war mir egal, denn ich liebte es, wie sich seine Hände auf mir und an mir anfühlten. Himmel, das war süchtig machend, das konnte ich bereits nach der letzten halben Stunde, in der wir uns geküsst und gegenseitig berührt hatten, sagen. Wann hatte ich das letzte Mal so langsamen, ruhigen *Slow-Burn*-Sex gehabt? Es war lange her. Wirklich lange. Mein Schoß kribbelte, als ich seinen perfekten Schwanz betrachtete, dessen Spitze bis zu seinem Bauchnabel reichte. Absolut gerade, mit Adern durchzogen und schön dick.

»Das ist nicht dein Ernst, oder?«

»Was denn?«, fragte er, als er seinen Harten umgriff und an ihm auf und ab strich, den Blick hungrig auf mich gerichtet. »Dass es falsch ist, dass du noch deine Hose trägst?« Er legte den Kopf zur Seite und sah mich neckend an.

»Nein, dass nicht nur dein Körper verdammt scharf aussieht, sondern du auch noch einen bildschönen Schwanz hast.«

»Ich hab ja schon einige Adjektive für meinen Schwanz gehört, aber bildschön war noch nicht dabei.«

»So?«, fragte ich und hob die Braue. »Dann war bisher niemand ehrlich.«

»Ich bin mir nicht sicher, ob das ein Kompliment ist.« Jake sah wirklich so aus, als wäre er von Michelangelo persönlich entworfen worden, einfach unfassbar anziehend und attraktiv.

»Ist es.«

»Wieso ist dann deine Hose noch an?«, neckte er mich weiter und ich mochte – nein, liebte – es, wie er mit seiner Sexualität umging. Er war sich absolut sicher, was er hier tat, war selbstbewusst, und das war etwas, das mich unwiderstehlich anzog. Bildung und Selbstbewusstsein. Dass er nicht übel anzusehen war, war ein netter Pluspunkt in dem Gesamtpaket.

»Du kümmerst dich nicht darum.«

»Ahhh, darum geht es?« Er ließ seinen Schwanz los. Ich sah einen ersten Lusttropfen und leckte mir über die Lippen.

»Du darfst ihn auch gerne hier ablecken!«, erklärte er. Beinahe übereifrig setzte ich mich auf und beugte mich nach vorne. Jake trat vor mich, er stand jetzt vor meinem Sofa, während ich saß. Er legte eine Hand an meinen Hinterkopf, die andere um seinen Schwanz, und dirigierte ihn in meinen Mund.

Heilige Scheiße, als ich sein Ejakulat das erste Mal schmeckte … auch wenn es nur der Lusttropfen war … ich wurde süchtig. Es war leicht salzig und herb. Ganz so, wie er sich beim Sex verhielt. Dunkel und rau. Heiß und voller Verlangen. Sinnlich und sehnsüchtig zu gleichen Teilen. Ich nahm ihn etwas in meinem Mund auf, leckte mit der Zunge an ihm entlang und öffnete vollends meine Lippen, als ich mich an seinen immensen Umfang und seine Größe gewöhnt hatte. Das fühlte sich gut an. Diese seidige Härte. Ich streichelte mit meinen Zähnen über seine empfindliche Spitze und er keuchte, zuckte zusammen. Himmel, ich genoss es mit jeder Faser meines Körpers, auch wenn ich gerade gar nicht von ihm verwöhnt wurde. Seine Hüften stießen nach vorne, seine Hände waren an meinem Kopf. Es fühlte sich gut an, in der offensichtlich unterlegeneren Position zu sein, denn er thronte über mir, strahlte aber nicht aus, dass er das in irgendeiner Art und Weise ausnutzen oder seine Macht missbrauchen würde. In mir flüsterte etwas, dass er niemals mit Brutalität seinen Schwanz in meinen Mund drängen würde.

Ich lächelte mit ihm zwischen meinen Lippen, als er tief seufzte und ein »Heilige Scheiße!«, murmelte. Diesen Mann anzusehen war unglaublich. Er wirkte, als würde er das gerade unendlich genießen.

»Ich will zwischen deinen großen Titten sein!«, wimmerte er, als ich mit meiner freien Hand seine Eier massierte. Die andere war um den Teil seines Schwanzes gelegt, den ich nicht in den Mund aufnehmen konnte. Er war wirklich groß und mächtig und eigentlich echt furchteinflößend, denn er würde meine Vagina sicher gefühlt zerreißen, aber ich freute mich darauf. Allein der Gedanke, dass er mich ausfüllen würde, machte mich noch feuchter. Ich strich noch zweimal mit meiner Zunge auf und ab, ehe ich ihn langsam aus meinem Mund gleiten ließ. Ja, ich beobachtete seine Reaktion ganz genau, als ich mit meinen Bewegungen aufhörte.

»Himmel, Aurelia!«, sagte er mit einem schiefen, sexy Lächeln, das mir bildlich gesprochen das Höschen auszog. Ich rutschte auf den breiteren Teil meines beigen Sofas zurück und er folgte mir. Wie eine Raub-katze schlängelte er sich nach oben, positionierte seine Knie links und rechts von meinem Oberkörper und ich presste meinen vollen Busen zusammen. Genüsslich schloss ich die Augen, als ich meine Nippel berührte, die so hart waren, dass man damit Glas schneiden konnte. Ich wollte durchdrehen. War jemals etwas so sexy gewesen wie dieser Mann? War jemals etwas so heiß und sinnlich gewesen wie das, was er gerade mit mir tat? Eigentlich war ich nicht so offen, wenn ich jemanden nicht kannte. Eigentlich stand ich nicht einmal wirklich auf One-Night-Stands, aber er war …

»Fuck!«, stöhnte er laut und biss sich heftig auf die Lippe. »Fuck, fuck, fuck!« Ich drückte meine Babys so fest zusammen, wie ich nur konnte, und er drängte sich dazwischen. Zusätzlich streckte ich meine Finger so aus, dass der Teil seines Schwanzes, der nicht von meinen Brüsten umschlossen war, Reibung an meinen Händen erfuhr. Er keuchte, bewegte sich erst langsam, dann immer schneller, und erneut wurde mir bewusst, wie sehr die Feuchtigkeit aus mir heraussickerte. Mein Puls beschleunigte sich, obwohl es gerade nicht um meine Befriedigung ging, und als würde er merken, dass ich etwas brauchte, kniff er mir mit einer Hand in den Nippel, während er mit der anderen meinen Kitzler rieb. Ich explodierte beinahe sofort, als er mich an meiner Pussy berührte, und entlockte ihm so ein Grinsen.

»O Gott!«, seufzte ich, als dieser Akrobatikkünstler sich weiterbewegte, sich an mir rieb, als wäre ich alles, was er brauchte, und gleichzeitig immer wieder über meinen Kitzler strich. Mein Orgasmus überrollte mich so intensiv, dass ich es gar nicht schaffte, meine Atmung anzupassen. Mein Herz schlug so schnell, dass es in meinen Ohren rauschte. »Maria …« Mir blieb die Luft weg, als die Wellen abklangen. »Ich brauche mehr!«, erklärte ich ihm tief keuchend und er lächelte, musste sich offenbar zusammenreißen, damit er nicht ebenfalls kam. Obwohl er gesagt hatte, er würde gerne auf meinem Busen kommen.

»Wir brauchen ein Kondom!«, sagte er, zog sich von mir zurück und sofort fühlte ich mich kühl und einsam, weil sein warmer Körper meinen verließ. Er trat zur Seite, dorthin, wo seine Hose am Boden lag, griff nach seiner Brieftasche und zog ein Kondom hervor.

»Ehrlich? Ich dachte, du warst in einer Beziehung?«

»Ja, war ich auch«, erwiderte er, ehe er die Verpackung mit den Zähnen aufriss. »Aber trotzdem hab ich immer Schutz dabei. Keine Sorge, das Datum ist nicht überschritten.« Er wollte mir also sagen, dass er nur mit Kondom mit seiner festen Freundin geschlafen hatte? Okay, nun gut. Das ging mich nichts an, aber ich war dankbar, dass er eines hatte, denn ich hätte bis in mein Schlafzimmer ein Stockwerk höher gehen müssen, um eines zu holen.

»Darf ich?«, fragte ich ihn, sah zu ihm auf und er stoppte in seiner Bewegung, als er gerade das Gummi überrollen wollte.

»Klar!« Er nickte, beugte sich nach vorne und

umfasste mein Kinn. Dann küsste er mich tief, und beinahe vergaß ich, dass ich das Kondom über seinen Schwanz abrollen wollte, aber er zog sich wieder zurück. Seine Zunge, so weich und warm, verließ meinen Mund.

Ich hielt das kleine Latexteil zwischen meinen Fingern, umfasste seinen überaus riesigen Schwanz – XXL-Gummis hätte ich ohnehin nicht gehabt – und rollte es langsam und sinnlich über seiner Haut ab. Jake schloss die Augen, genoss den Moment und presste die Lippen aufeinander, so als müsste er sich konzentrieren, nicht zu kommen. Ich neckte ihn noch ein bisschen, indem ich mit meinen Fingernägeln über seine Hoden kratzte, und schließlich knurrte er dunkel meinen Namen, drückte mich zurück und setzte sich neben mich. Mit seiner freien Hand umfasste er meine Taille und hob mich auf seinen Schoß, als wäre ich eine verdammte Fliege, die nichts wog.

»Reite mich!«, sagte er heiser und ich nickte. Gott ja, ich wollte ihn so dringend in mir haben. »Du bist so feucht …« Er sah mit verdunkeltem Blick zwischen meine Beine. Er war so fordernd, direkt und schmutzig, und doch … liebte ich es unendlich, wie er mich fühlen ließ. Es war eine Seltenheit, dass Menschen mich so schnell einnehmen konnten.

»Er ist zu groß«, wisperte ich und schüttelte den Kopf, ließ aber mein Becken gleichzeitig weiter nach unten sinken. Ich spürte die Spitze seines Schwanzes, die mich langsam dehnte, in mich eindrang und eine süße Reibung hervorrief. »Gott«, seufzte ich. Langsam bewegte ich mich auf und ab, ließ mich jedes Mal ein kleines bisschen mehr auf ihn nieder.

»Gut so«, lobte er mich mit dunkler Stimme. »Nimm mich auf.« Er krallte die Hände in meine Hüften und führte mich sanft. Immer wieder und wieder. Meine Bewegungen wurden schneller und mein Herzschlag auch. Ich spürte, wie meine Feuchtigkeit aus mir heraussickerte, und keuchte.

»Das … ist …« Ich stöhnte tief, als er einen Punkt in mir traf, der mich wahnsinnig machte. »Unfassbar …«

»Schneller, Baby …«, keuchte er ebenfalls abgehackt und ich ritt ihn wie ein verdammtes Cowgirl. Meine Hüften wiegten vor und zurück, hoch und runter, ehe ich sie schließlich kreisen ließ. Jake schien zu spüren, was ich brauchte, denn er knetete meinen Busen, spielte mit den Nippeln und legte erneut die andere Hand auf meinen Kitzler. Er bearbeitete ihn schnell. Die Geräusche, die wir beide von uns gaben, turnten mich zusätzlich an, und dass ich hörte, wie meine Feuchtigkeit zwischen uns schmatzte, heizte mich immer weiter auf. Ich krallte meine Hände in seine Schultern, hinterließ vermutlich Spuren, aber das war mir fuckegal. Ich brauchte es, ich musste es haben, ich wollte unbedingt einen Orgasmus haben.

»Du bist so groß!«, stieß ich aus, als mein Herzschlag so schnell war, dass ich kaum noch Luft bekam. Seine Brust hob und senkte sich ebenfalls sehr schnell und er mahlte die Kiefer aufeinander.

»Ich komm gleich, du bist so verflucht eng!« Jake rollte die Augen, kniff mich in meinen Kitzler und ließ sämtliche Nervenenden in meiner Pussy pulsieren. Immer wieder schob er sich an meinen Wänden entlang, rieb über diesen einen Punkt in mir und ich wollte sterben und gleichzeitig ewig leben, um das hier immer wieder haben zu können.

»Ich …«, seufzte ich gerade noch atemlos, als der Orgasmus mich überrollte. So heftig und schnell, wie es selten der Fall gewesen war. Ich schrie seinen Namen, beugte mich nach vorne und biss ihm in die Schulter, als ich mich fest auf ihn drückte und er mir mit seinen Hüften in derselben Intensität entgegenkam. Ich ließ mein Becken kreisen und spürte, wie er stoßweise sein Sperma in den Gummi spritzte.

»Fuck!«, brüllte er wie ein Löwe, langgezogen und intensiv. Meine Augen rollten zurück, da sein heftiges Pulsieren meinen Orgasmus verlängerte. Oder er überrollte mich erneut. Ich wusste es nicht, aber es war mir auch egal, denn das war das beste Gefühl auf der ganzen verdammten Welt.

Ich wollte ewig auf dieser Welle der Lust, des Verlangens mit ihm getragen werden. Ewig.

Nachdem wir schließlich beide wieder zu Atem gekommen waren, hob er mein Kinn an, sah mir fest in meine blauen Augen und küsste mich. Diesmal nicht fordernd und besitzergreifend, sondern träge und sinnlich, so wie er es zu Beginn getan hatte.

Heilige Scheiße, das alles mit ihm fühlte sich viel, viel, viel zu gut an, um es nur einmal zu tun.

Viel zu verdammt gut.

# Kapitel Vier

J ack

»Nein!«

»Aber wieso nicht? Das ist eine geniale Idee, wir schlagen zwei Fliegen mit einer Klappe!«

»Nein, sicher nicht.«

»Ach komm schon, Jake, es wäre nur auf dem Papier und irgendwann lassen wir uns wieder scheiden.«

»Kommt nicht infrage.« Ich schüttelte den Kopf. Wir standen vor dem kleinen Abschnitt des Privatflughafens in New York.

»Wir fliegen da jetzt hin und dann wird das gut ausgehen.«

»Wir machen das nicht!«, sagte ich und fragte mich insgeheim, wieso ich eigentlich noch hier war und nicht schon längst über alle Berge.

»Wir helfen uns damit gegenseitig.«

»Wie würdest du mir denn helfen?«, fragte ich und legte den Kopf schief.

»Du könntest deiner Ex beweisen, dass du sehr wohl sesshaft werden kannst, dass du es nur nicht mit ihr wolltest, und sie es nicht geschafft hat, dich vorzuführen und dich abzuservieren. Dass du nicht wie ein Häufchen Elend in einer Bar sitzt und trauerst. Zeig ihr, dass es an ihr lag, denn ich schwöre dir, sie betrügt dich!«

»Hat mich betrogen!« Ich hob den Zeigefinger und sah Aurelia fest in die Augen. »Das ist vorbei.«

»Sei dankbar dafür.«

»Bin ich!« War ich irgendwie wirklich. Nein, okay, war ich nicht. Das war eine Lüge. Ich wollte … Sie hatte mich vorgeführt, hatte mich gestern, als ich nach New York gekommen war, um sie zu überraschen, weil ich das Wochenende freihatte, abserviert. Richtig übel. Sie hat alles mir in die Schuhe geschoben und war absolut unzugänglich dafür, dass auch sie ihren Teil dazu beigetragen hatte, indem sie sich nicht dazu hatte durchringen können, einen Job zu wählen, bei dem sie von überall aus arbeiten konnte. Nein, ganz im Gegenteil, sie hatte darauf beharrt, in der Agentur zu bleiben, obwohl wirklich bessere Konditionen von anderen Agenturen auf dem Tisch gelegen hatten. Sie konnte von überall aus arbeiten. Ich nicht. Ich konnte schlecht in einem beliebigen Haus am Küchentisch operieren, oder?

»Bist du nicht. Sie hat dich runtergeputzt.« Aurelia

pikte mir in die Brust. »Ich seh's dir an. Das nagt an dir.«

»Du bist die Einzige, die einen Vorteil davon hat.«

»Nein, wir beide. Sie wird es erfahren, weil ich mit einem Fingerschnippen einen Zeitungsartikel dazu drucken lassen kann, und du stehst nicht mehr als … wie meintest du, hat sie dich genannt?«

»Bindungsphobiker?«

»Ja! Genau. Das Wort war es.« Ich runzelte die Stirn. »Du kannst ihr damit beweisen, dass es nicht an dir lag, sondern nur an ihr. Das wäre doch ein kleiner Sieg.« Damit hatte sie recht. Es mochte kindisch sein, aber ja, damit hatte sie eindeutig recht. Ich? Angst vor eine Bindung? O nein, da war sie völlig falsch gewickelt. Jake Hayden hatte sich ausgelebt. Mehr als nur das, ich hatte teilweise zwei Frauen an einem Abend, ehe ich mit Melanie zusammenkam. Mittlerweile war ich ein angesehener Chirurg und brauchte keine Frau, um Eier zu zeigen, sicher nicht, das wusste ich. Also wieso … wieso dachte ich ernsthaft darüber nach, auf die Schnelle eine Frau zu heiraten, die ich nicht kannte, die mich nicht kannte und von der jetzt schon klar war, dass wir uns wieder scheiden lassen würden? Hatte mir Melanie nicht auch an den Kopf geworfen, dass ich so unflexibel war? Dass ich festgefahren und starr war? Ganz anders, als sie mich damals kennengelernt hatte? War nicht das ebenfalls eines der Hauptprobleme in unserer Beziehung gewesen?

Fuck! Nein, sie war das scheiß Problem. Sie und die Tatsache, dass sie mich vermutlich wirklich mit einem

Kollegen betrogen und ich Idiot das nicht einmal gemerkt hatte. Aurelia starrte mich an, während ich nach meinem Handy griff, meine Nachrichten öffnete und etwas sah, das mich vollkommen aus der Bahn warf.

Melanie hatte ihr Profilbild geändert. In eines mit einem Mann.

Dem sie die Arme um den Nacken geschlungen hatte und den sie verliebt ansah, all das kitschig eingerahmt von einem Sonnenuntergang. War das … war das ihr Vorgesetzter Steven, bei dem wir mal auf einer Gartenparty eingeladen waren? Oder hieß er Stefano? Ein Stich machte sich in meinem Herzen breit und ließ mich zusammenzucken. Was zur verfickten Hölle? Ich sehnte mich danach, mich zu bekiffen, denn Alkohol betäubte offensichtlich nicht genug. So ein verfluchter Dreck. Aurelia stand immer noch abwartend da. Sie sah vielleicht nicht, was ich auf meinem Display erkennen konnte, aber das machte nichts. Die Veränderung in mir bemerkte sie auch so.

»Es tut mir leid!«, wisperte sie und legte die Hand auf meine Schulter.

»Ich mach's!«, hörte ich mich sagen. »Aber wir brauchen einen Ehevertrag.«

»Ja, den brauchen wir wirklich.« Verzweifelt sah sie sich um, als würde sie gleich losheulen. »Können wir das nicht erst mal als Video aufnehmen und dann im Nachgang die Dokumente von den Anwälten aufsetzen lassen? Ich würd das echt gerne einfach nur durchziehen.«

»Von mir aus.« Ich startete eine Aufnahme, wir stellten uns nebeneinander und jeder äußerte seine Bedingungen. Es ging nur um das Finanzielle, dass es strikt getrennt sein würde. Dass jeder, so wie jetzt auch, über seine Mittel und Eigentümer verfügen würde und der jeweils andere nichts davon hatte, wenn man sich trennte. Ich hatte keine Ahnung, ob das reichte, aber es war alles, was mir einfiel.

Die Rotoren des Helikopters schnitten durch die warme Wüstennacht, während wir über die Lichter von Las Vegas hinwegflogen. Die Stadt glühte unter uns, ein Meer aus Neonfarben und Sündenversprechen, aber ich hatte nur Augen für sie.

Aurelia saß neben mir, ihre Hände fest um die Armlehnen geklammert, als hätte sie Angst, sie würde alles verlieren, wenn sie losließe. Ihr Gesicht war vom Licht der Cockpit-Anzeigen beleuchtet, ihre Augen fixierten die Skyline vor uns, doch ich wusste, dass ihr Kopf irgendwo anders war.

Wir heirateten.

Nicht für einen Vertrag. Nicht für ihren Vater. Nicht, weil es eine verdammte Notwendigkeit war.

Sondern weil wir es wollten. Für einen Moment versuchte ich mir das wirklich einzureden. Dass genau das der Grund war. Und nichts anderes.

Ich wusste nicht genau, wann sie mich überzeugt hatte. Womöglich schon zwischen Orgasmus eins und Orgasmus zwei. Vielleicht lag es auch an ihrer Rede darüber, dass Melanie es nicht witzig finden würde, wenn ich sesshaft wurde … und das nicht mit ihr.

Vielleicht lag es aber auch einfach nur daran, dass ich sie mochte. Sie war witzig. Liebevoll. Sexy. Unglaublich talentiert mit ihrer Zunge.

Und ein instinktiver Teil in mir spürte, dass ich nie wieder ohne sie und ihre positive Art auf das Leben sein wollte.

Der Helikopter – es musste ja Vorteile haben, wenn die zukünftige Ehefrau Millionärin war – landete auf dem Dach des *The Venetian*, und der Moment, in dem wir ausstiegen, fühlte sich surreal an. Die warme Nachtluft umgab uns, und mein Herz raste, während wir in die Limousine stiegen, die bereits auf uns wartete.

»Bist du sicher?«, fragte ich, während ich ihre Hand nahm.

Sie drehte den Kopf zu mir, ein Funkeln in ihren Augen. »Ja. Und du?«

Ich lachte leise, schüttelte den Kopf. »Nein. Aber das hat mich noch nie aufgehalten.«

Wir hielten vor einer der unzähligen Wedding Chapels, die Vegas zu bieten hatte. Die Art von Kirche, in der man zwischen Elvis-Double oder traditioneller Zeremonie wählen konnte. Ich war mir ziemlich sicher, dass sich das hier in den kommenden Jahren wie ein verdammter Wahnsinn anhören würde. Aber in diesem Moment fühlte es sich richtig an.

Wir traten ein, wurden von einem überfreundlichen älteren Mann mit schief sitzender Fliege begrüßt, der uns durch die Formalitäten führte, als stünde uns nicht der absurdeste Schritt unseres Lebens bevor.

»Möchten Sie den klassischen Trauvers oder die Vegas-Special-Variante?«, fragte er.

Aurelia sah mich an, dann grinste sie. »Was beinhaltet das Special?«

»Nun, Elvis könnte Sie trauen, oder Sie könnten sich gegenseitig das Eheversprechen in Songtexten geben.«

Ich verdrehte die Augen. »Das wird ein Nein sein.«

Aurelia lachte, und verdammt, das war das schönste Geräusch der Welt.

Es ging schnell. Die Zeremonie war kurz, aber irgendwie … bedeutungsvoll. Ich stand dort, hielt ihre Hände, während wir Worte sagten, die ich mir nicht hätte vorstellen können, jemals auszusprechen. Worte, die in einem kitschigen, rosa beleuchteten Raum an Bedeutung gewannen, weil sie echt klangen, auch wenn sie nicht echt waren.

»Ich verspreche dir, dass ich dich immer lieben werde, auch wenn du mir auf die Nerven gehst«, sagte sie grinsend, während sie mir den schlichten, aber verdammt perfekten Ring an den Finger steckte.

Ich schüttelte leicht den Kopf. »Ich verspreche dir, dass ich dich immer lieben werde, selbst wenn du mich zur Weißglut treibst.«

Dann küsste ich sie.

Und für einen Moment gab es nichts anderes auf der Welt.

Nur uns.

Und … Elvis, der uns traute.

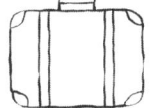

Aurelia

Wie viele Zufälle konnte es im Leben geben? Wie viele Gemeinsamkeiten konnte es geben, auch wenn man gar nicht genau wusste, welche es waren? Wie viele Überschneidungen, zufällige, wohlgemerkt, waren okay, ehe es spooky wurde und man sich fragte, ob es wirklich noch um Zufälle ging oder ob jemand seine Finger im Spiel hatte?

All das fragte ich mich. Und warum?

Nun, wie hoch war die Wahrscheinlichkeit, dass ein Mann, den man zufällig in einer Bar kennenlernte, den man heiratete, weil man das eben so machte – ja, ich lachte gerade über mich selbst – auch noch in derselben Stadt lebte wie eine deiner besten Freundinnen?

»Wie kann das sein?«, fragte ich verwundert, als wir gemeinsam in seinem schicken Audi das Ortsschild von Meadow Hights passierten. »Ich meine, wie hoch ist die Wahrscheinlichkeit, dass ich die Stadt, die den Namen Stadt gar nicht verdient hat, kenne, weil ich dort die letzten Tage vor unserer Ehe verbracht habe?«

»Ich weiß nicht«, sagte er, zuckte die Schultern und warf mir einen schnellen Seitenblick zu. »Wie hoch?«

»Null. Ich denke, sie liegt wirklich bei null.« Ich drehte den Ring an meinem Daumen und sah wieder aus dem Fenster. »Da stimmt doch was nicht.«

»Mach dich locker, was soll nicht stimmen? Ich hab dich vorher noch nie gesehen.«

»Nun«, brachte ich grinsend hervor. »Sicher hast du das. Ich war öfter in der Zeitung.«

»Apropos Zeitung. Wann erscheint der Artikel?«, fragte er mich und warf mir einen schnellen Blick zu. »Ich will es meinen Eltern vorher selbst sagen.«

»Dass ihr einziger Sohn geheiratet hat?«

»Ich habe einen Bruder, aber ja.«

»Du hast einen Bruder?«

»Jepp. Er heißt Brian. Und ist ebenfalls Arzt.«

»Okay. Erzähl mir was über dich.«

»Wie? Nun, nachdem wir knapp zwölf Stunden verheiratet sind, willst du etwas über mich wissen?« Er lachte spöttisch und brachte mich dadurch zum Kichern. »Nicht ernsthaft, oder?«

»Nein, also doch. Ach, komm schon. Ich weiß nicht mal, welches Fachgebiet du hast.«

»Rate doch mal«, sagte er neckend, setzte den Blinker und bog in eine Seitenstraße. Sein dicker Audi in poliertem Schwarz wirkte hier so fehl am Platz wie ein Papagei in einer Bibliothek.

»Du bist Zahnarzt.«

»Fuck!«, stieß er aus und warf mir einen Blick zu, den ich nicht deuten konnte. »Bist du verrückt? Zahnärzte sind Psychopaten. Wer will anderen Menschen freiwillig in den Mund schauen und den Geruch ertragen? Nein!« Ich lachte laut auf, während er das Auto vor dem örtlichen Supermarkt parkte. Gleichzeitig stiegen wir aus.

»Du bist …« Ich lief neben ihm her und sein Duft stieg mir in die Nase. Er roch himmlisch. Es war wunderbar, dass wir verheiratet waren, und ich musste ihm dringend den Vorschlag unterbreiten, dass wir die Zeit, in der wir das hier fakten, sinnvoll nutzen und Sex haben sollten. »Du bist Gynäkologe.«

»Ich bin Gyn?« Er hob die Brauen, griff nach einem Einkaufswagen und schob ihn vor sich her. Es war seltsam, ihn, den Gott in Weiß, bei so etwas Normalem zu sehen wie Einkaufswagenschieben. Oder Einkaufen im Allgemeinen. »Wie kommst du darauf? Du weißt schon, dass ich durch einen Jungen so bekannt geworden bin?«

Ich zuckte die Schultern. Ich verarschte ihn doch nur. Ich wusste, dass er Kinderchirurg war, das hatte damals in dem Artikel gestanden. Aber ich wollte sein Spiel mitspielen.

»Na ja«, sagte ich also, legte Gemüse und Obst in den Wagen. »Du weißt, wo die Klitoris ist, ohne dass man dir eine Landkarte schicken muss.«

»Bitte!«, brachte er laut lachend hervor und eine ältere Dame drehte sich zu uns um. Grinsend schüttelte sie den Kopf, während sie beobachtete, wie ich mich nah an sein Ohr schob. Dafür musste ich mich auf die Zehenspitzen stellen, denn Jake war viel größer als ich.

»Und du findest den G-Punkt mit deinem Zauberschwert.«

»Kannst du …« Angewidert verzog er das Gesicht. »… meinen riesigen Schwanz bitte nicht Zauberschwert nennen?« Er zischte die Worte, aber das Funkeln stand auch in seinen Augen.

»Hast du deinen Schwanz gerade selbst als ›riesig‹ bezeichnet?«

»Ist er doch. Zumindest hast du immer gerufen: Er ist so groß, er ist so groß, er passt nicht rein.«

Mir fielen die Kartoffeln aus der Hand. Ich wollte heute Abend kochen, das wusste er nur noch nicht. Und nun … ich konnte eigentlich gar nicht kochen, aber das wusste er auch noch nicht. »Kannst du etwas leiser sein?«

»Wieso? Du bist doch der Meinung, ich wäre Gyn, weil ich deine Klitoris und deinen G-Punkt gefunden habe …« Er senkte die Stimme, legte den Arm um meine Schulter und zog mich an sich. Als wären wir wirklich ein Pärchen und vertraut miteinander, presste er einen Kuss auf meine Schläfe und flüsterte anschließend in mein Ohr: »Ich würde deine Klitoris gerne noch mal suchen und deinen G-Punkt mit meinem Zauberstab treffen, damit ich dir beweisen kann, dass das kein One Shot war.«

Ich fühlte, wie mein Herz heftig klopfte und mir die

Röte in die Wangen stieg. Was sagte er da? Wieso war alles, egal, was er tat oder aussprach, so unfassbar sexy?

»Zauberschwert!«, brachte ich heiser hervor. »Ich sagte Zauberschwert. Ein Stab wäre ein bisschen klein.«

»Und wir wissen beide, dass er nicht klein ist, richtig?«

»Du machst …«

»… dich geil?«

»… mich verlegen!«, brachte ich energisch hervor, auch wenn er eigentlich recht hatte und mich anturnte. Er brauchte mir nur einen Blick unter halb gesenkten Lidern zuzuwerfen und ich wurde scharf auf ihn. »Ich habe mir was überlegt.«

»Oh, die Gyn-Fantasie?«, neckte er mich weiter, als wir bei den Milchprodukten angekommen waren und er Pudding und alles, was ungesund war, in den Wagen warf.

»So was isst du?«, fragte ich überrascht und er nickte, während er sich über den Waschbrettbauch strich. Das Leben war so ungerecht. Ich musste mich dreimal die Woche durch Yoga quälen, damit ich einigermaßen meine Figur halten konnte. Als er sich vor einem Regal etwas nach unten beugte, starrte ich auf seinen überaus knackigen Hintern, den diese schwarze Jeans absolut vorteilhaft zur Geltung brachte. Ich schluckte schwer. Ja, verdammt, ich wollte ganz dringend noch mal, dass er meine Klitoris fand und meinen G-Punkt bearbeitete.

»Ich hab mir überlegt …«, fuhr ich also fort,

während er Milch und Orangensaft in den Wagen legte. »Wir sollten weiterhin miteinander schlafen.«

»Wie?« Er drehte sich überrascht zu mir um, und die Mutter neben mir hielt ihrem Sohn die Ohren zu, während sie uns böse anstarrte.

»Ich finde, jetzt wo wir verheiratet sind und ich in Meadow Hights bleibe, bis die Firmenübernahme unter Dach und Fach ist und es Jenna besser geht, könnten wir einfach weiter miteinander vögeln.«

»Denkst du nicht, dass es dadurch kompliziert wird?«

»Autsch.«

»Nein, Aurelia«, sagte er und grinste schief. Dieses sexy, himmlische Grinsen, bei dem ich mir immer mein Höschen vom Leib reißen wollte. »Das ist keine Abfuhr.«

»Nicht?« Überrascht hob ich den Blick, während ich Butter, Käse und Bacon in den Wagen warf. Keine Ahnung, wie man Bacon richtig anbriet, aber ich würde das schon lernen. Für meinen Ehemann. Ich kicherte.

»Wieso lachst du bei einer Abfuhr?«

»Nein, ich … ach, vergiss es. Also, das ist keine Abfuhr? Was ist es denn dann?«

»Vorsichtig geäußerte Zweifel, ob du das auch wirklich trennen kannst.« Trennen. Das war das Stichwort. Wir würden uns wieder trennen, das war klar, nur schien er Angst zu haben, dass ich das dann nicht … würde durchziehen können, wenn wir zu oft miteinander ins Bett stiegen.

»Du hast in deinem Haus zwei Schlafzimmer, was denkst du wohl, in welchem ich schlafe?«

»In deinem eigenen?«, schlug er vor und ich schüttelte den Kopf, war mutig und ging offensiv auf ihn zu.

»Auf keinen Fall, es muss doch Vorteile haben, wenn man verheiratet ist. Und das noch dazu mit einem Gyn, der weiß, wo er die Klitoris und den G-Punkt findet!«

Ich legte ihm meine Hände um den Nacken, schließlich waren wir ein Pärchen und das sollte jeder hier auch wissen. Automatisch schlang er seine Arme um mich und legte seine Finger auf meinem Hintern ab. Typisch Mann.

»Ich bin immer noch kein Gyn.«

»Ach, sei nicht so kleinlich!«, erklärte ich flüsternd und hoffte wirklich, wirklich, wirklich, dass er mich küssen würde. Aber er tat es nicht.

»Du musst versprechen, dass du dich nicht in mich verliebst!«, sagte er eindringlich und sah mir fest in die Augen. »Ich meine das ernst. Keine Liebe.«

»Keine Liebe!«, wiederholte ich und erwiderte seinen Blick selbstbewusst. Mein Herz pochte heftig in meiner Brust, als würde es etwas anderes sagen wollen, aber ich ließ nicht zu, dass die Gedanken weiter zu mir durchdrangen. »Keine Liebe.«

»Dann mach dich auf etwas gefasst, sobald wir zu Hause sind!«, erklärte er, küsste mich weiterhin nicht, aber kniff mir in den Hintern. »Und nachdem du mir was gekocht hast!« Ich lachte auf und er ebenfalls, seine Augen funkelten vergnügt und ich war mir beinahe sicher, dass meine das auch taten. Es war so leicht mit ihm, so locker, so unendlich einfach, dass es mich in einer Art Sicherheit wiegte, die ich noch nie, nicht mal mit all dem Geld auf meinem Konto, erfahren hatte.

»Dir ist klar, dass ich nicht kochen kann?«, fragte ich ihn und er sah wirklich so aus, als würde ihn das erstaunen.

»Du hast die Zutaten so gezielt in den Wagen geworfen, dass ich mir sicher war, du wüsstest, was du tust.«

»Ich habe keine Ahnung, was ich hier tue ...«, gab ich zu und fühlte erneut die Röte in meine Wangen steigen. Eine Röte, die kein Rouge der Welt herbeizaubern konnte.

»Wie gut, dass wenigstens ich eine Ahnung davon habe, was wir hier tun ...«, wisperte er und küsste mich.

Scheiße, das fühlte sich unendlich gut an.

Wirklich un-fucking-endlich gut.

## Kapitel Sechs

J ake

Was zur Hölle tat ich hier eigentlich? Es wurde Zeit, dass ich morgen wieder zur Arbeit ging und auf den Boden der Tatsachen zurückgeholt wurde. Heilige Scheiße, ich machte wirklich einen auf Ehemann, obwohl dieses Arrangement nur dazu diente, dass Melanie ihr Fett wegbekam. Ich hatte schon viele verrückte Aktionen gebracht, aber diese hier schlug dem Fass den Boden aus, das wusste selbst ich.

Aurelia und ich hatten einen richtigen Ehevertrag aufsetzen lassen, ehe wir zurück nach Meadow Hights gefahren waren. Darin war geregelt, dass sie für die Kosten der Scheidung aufkommen würde. Aurelia hatte darauf bestanden und mir war es egal. Nun, da ich wusste, dass sie die Erbin eines millionen- oder besser milliardenschweren Imperiums war, war sogar mir klar, dass dies für sie nur ein Tropfen auf dem heißen Stein sein würde.

»Hey, Mann!«, sagte ich, als ich an mein klingelndes Telefon ging. Das Display hatte mir bereits verraten, dass es Brian war, der anrief. »Alles klar?«

»Ja, natürlich. Bei dir?«

»Alles bestens«, brachte ich hervor und rührte in meinem Kaffee.

»Wann wolltest du mir sagen, dass du geheiratet hast?« Beinahe verschüttete ich das Koffein, so sehr überraschten mich seine Worte.

»Wie zur Hölle?«

»Es steht überall in der Presse.«

»Fuck!«

»Ja. Ich dachte, ich sage dir Bescheid, ehe dich alle anrufen und dich ankacken, da sie weder auf deinem Junggesellenabschied waren noch bei der Hochzeit.«

»Fuck.« Ich fuhr mir durch mein Haar und schloss gequält die Augen. »Mom wird mich umbringen.«

»Ohhh ja, das wird sie!«, stimmte er lachend zu und wurde gleich darauf wieder ernst. »Ich habe damit gerechnet, dass du Melanie einen Antrag machen wirst, aber Überraschung, hast du nicht. Stattdessen ist deine Frau Aurelia Cardrige?«

»Ja, nun … also.« Ich seufzte tief und lange. »FUCK!«, stieß ich erneut hervor. »Ich bin tot.«

»Ja.«

»Enterbt.«

»Mit Sicherheit.«

»Sie werden mich beide umbringen.«

»Vermutlich auch das.«

»Was tu ich jetzt?«

»Erst mal mir erklären, wieso du heiratest, ohne dass ich oder irgendjemand sonst es weiß?«

»Lange Geschichte.«

»Das ist gut, ich hab Zeit.«

»Musst du nicht arbeiten?«

»Nein, hab gerade die Tagschicht hinter mir.«

Ich warf einen Blick auf die Uhr. »Hast du einen halben Tag Urlaub, oder was?«, scherzte ich, denn ja, offiziell war seine Schicht vor drei Stunden beendet worden, aber wir waren Ärzte, wir gingen nicht einfach so nach Hause, nur weil die Uhr die Zeit anzeigte, die unser offizielles Arbeitsende bedeutete. »Fuck!«, stöhnte ich wieder. Wieso verflucht noch mal hatte ich nicht weitreichender an die Folgen gedacht? Wieso? Das war doch völlig bescheuert, oder? So ein verdammter Mist.

»Mom wird dich mit Sicherheit erdrosseln. Oder erstechen«, scherzte mein Bruder, der nicht mein leiblicher Bruder war. »Ich bin mir sicher. Und sie wird es genießen.«

»Sag das nicht!«

»O doch, das hast du dir selbst eingebrockt, aber willst du mir bitte erklären, wie zur verfluchten Hölle das passiert ist? Ich bin heute Abend bei Mom und Dad und ich wette, dass sie den Artikel auch gelesen haben. Einen der sieben.«

»Nicht dein Ernst.«

»Denkst du wirklich, ich hab nach elf Stunden durchgehend OPs den Nerv, dich zu verarschen?«

»Ja, das denke ich durchaus.«

»Okay, du hast recht, aber spuck's endlich aus.«

»Das war … Melanie hat mit mir Schluss gemacht?«

»Ahhh«, sagte er sarkastisch und ich rollte die Augen. Ich hasste es, wenn er sarkastisch war. »Da ist es natürlich naheliegend, dass man loszieht und jemand anderen heiratet. Sorry, mein Fehler.«

»Lass das und hör mir zu, sonst leg ich auf.« Ich wusste, dass mein Bruder viel zu neugierig war, welche Geschichte dahintersteckte, um jetzt den Bogen zu überspannen.

»Ich muss ehrlich gestehen, ich habe nicht viele Punkte, die mich triggern, aber Melanie hat sie alle getroffen.«

»Was soll das heißen?«

»Das heißt, dass sie mir vorgeworfen hat, ich würde nicht sesshaft werden wollen, ich wäre weiterhin rastlos und auf der Suche, was bedeutet, dass sie denkt, ich wäre nicht Manns genug, mich wirklich auf eine Person zu beschränken. Und dass ich mit meiner Arbeit verheiratet wäre.«

»Verstehe.«

»Also bin ich in dieser Bar gelandet, hab Whiskey getrunken und hatte dann den besten Sex meines Lebens.«

»Zu viele Details.«

»Ich mein's ernst, ich hatte grandiosen Sex und der war zufällig mit Aurelia Cardrige.«

»Und dann heiratest du sie?«

»Nun, sagen wir so, die Details kann ich dir nicht nennen, weil es schlicht und ergreifend nicht meine Story ist. Aber diese Ehe ist eine Win-win-Situation. Sie braucht mich und ich …«

»Kann Melanie beweisen, dass sie falschliegt.«

»Genau das.«

»Dir ist klar, dass das irre ist, oder?«

»Ich weiß. So im Nachhinein betrachtet wird mir bewusst, dass ich das nicht komplett durchdacht habe.«

»Mom wird dich umbringen.«

»Schon klar.« Ich fuhr mir durch mein Haar und sah mich um. Es war aufgeräumt, nur hier und da stand oder lag etwas herum, das Aurelia gehörte. Es störte mich nicht, ganz im Gegenteil, es fühlte sich gut an. Alles, was nicht so cool war, war die Tatsache, dass sie bei ihrer Freundin war. Jenna, die sich im Krankenstand befand. Und die meine Arbeitskollegin war.

»Bist du noch da?«

»Ja, sorry. War in Gedanken.«

»Also, was wirst du tun?«

»Ich werde Mom die Wahrheit sagen.«

»Dass es fake ist?«

»*Das* habe ich nicht gesagt.«

»Ach komm schon, du hast die Frau geheiratet, weil der Sex gut war? Echt jetzt?«

»Na gut.«

»Du musst gar nicht mehr sagen als nötig, ich will nur, dass du weißt, dass das echt nach hinten losgehen kann.«

»Ich weiß.«

»Melanie wird ausrasten.«

»Das ist mir, gelinde gesagt, scheißegal.«

»Es tut mir leid, dass sie sich von dir getrennt hat.«

»Nicht mein Verlust!«, sagte ich und meinte es wirklich so. »Sondern ihrer.« Ich schenkte mir einen weiteren Kaffee aus der altmodischen Filtermaschine ein. Ich mochte keinen Schnick-Schnack-Kaffee, obwohl ich aus der Großstadt kam. »Wenn ich ehrlich bin, lief es nicht mehr sonderlich, seit ich nach Meadow Hights gezogen bin.«

»Wieso hast du nie was gesagt?«

»Ich schätze, weil ich mich einfach an den Zustand gewöhnt hatte ...«

»Verstehe. Dann läuft das so dahin, oder?«

»Ja, sie wollte nicht herziehen und ich hab nie verstanden, warum ... aber Aurelia meinte ...«

»Oh, deine Neue gibt dir Beziehungstipps für deine Alte?« Er lachte. Ich auch. Kurz und hart.

»Sie meinte, wenn eine Frau aufhört, etwas zu investieren, ist es wie bei einem Mann.«

»Er hat eine andere.«

»Und das wird da auch so sein.«

»Das tut mir echt leid, Mann.«

»Ja. Mir tat es das auch. Aber jetzt ... es ist echt okay.«

»Ich verstehe.« Nein, ziemlich sicher tat er das nicht, aber ich ließ ihn in dem Glauben.

»Ich muss mir überlegen, was ich Mom erzähle, also ...«

»Soll ich deine Beerdigung lieber schon mal planen?« Er lachte wieder. »Letzte Worte?«

»Fick dich?«, schlug ich vor und rollte mit den Augen. Ich liebte meinen Bruder, aber manchmal hasste ich ihn auch. Wir beendeten das Telefonat. Im Anschluss öffnete ich Google und sah, dass wir wirklich für Schlagzeilen gesorgt hatten, also blieb Aurelia und mir nichts anderes übrig, als meine Eltern zu informieren.

Na super, das würde sicher eine absolut traumhaft harmonische Veranstaltung werden!

# Kapitel Sieben

Aurelia

»Was meinst du mit, du hast geheiratet?«, fragte mich Jenna und ich nickte, während ich uns beiden Wasser einschenkte. Meadow Hights war wirklich eine absolute Kleinstadt. Ich hatte problemlos von Jakes Haus zu ihrem laufen können, ohne dabei auch nur im Geringsten angestrengt oder geschafft zu sein, da sie nur eine Straße weiter lebte.

»Ja, geheiratet. Unterschrieben, Ring am Finger … all diese Dinge eben.«

»Nicht dein Ernst.«

»Absolut mein Ernst!«, brachte ich hervor und setzte mich neben sie auf den Boden. Jenna lagerte immer noch ihren Fuß hoch.

»Wen?«, fragte sie und nahm dankbar nickend das Glas entgegen, um daran zu nippen.

»Ach, deinen Arbeitskollegen. Dr. Jake Hayden.«

Sobald meine Worte in ihren Verstand gesickert waren, spuckte sie das Mineralwasser wieder aus. »Was?«

»Deinen Arbeitskolle…«

»Ich hab dich schon verstanden!«, unterbrach sie mich. »Woher kennst du denn Jake?«

»Oh, wir kannten uns nicht.«

»Du machst es nicht besser.«

»Das war alles Zufall.«

»Na dann, klar. Da kann man auch mal heiraten. Logisch.« Sie nickte und schüttelte anschließend den Kopf, »Hast du eigentlich den Verstand verloren?«

»Nein, habe ich nicht. Ich … ich kann dir gerade nicht sagen, wieso genau wir das getan haben, aber glaube mir, dass es nötig war, sonst … wäre es schwierig geworden.«

»Ich verstehe kein Wort von dem, was du sagst.« Sie runzelte die Stirn. »Wie lange kennt ihr euch denn schon?«

»Oh, erst ein paar Tage.«

»Du verarschst mich!«

»Nein, ich meine es ernst. Ein paar Tage.«

»Und dann heiratest du ihn direkt?« Jenna sah mich an, als wäre ich völlig irre, und ja, wenn man so darüber nachdachte, waren wir es auch, weil wir das getan hatten.

»Sobald ich es dir sagen kann …« Ich stoppte, sah sie an. Jenna nahm erneut einen Schluck von ihrem Wasser. Ach, scheiß drauf. Sie war eine meiner engsten

Freundinnen, wenn ich ihr nicht vertraute, wem dann? Dann konnte ich es auch gleich gut sein lassen und einfach … so weitermachen wie bisher. »Ich musste heiraten, weil mein Vater damit gedroht hat, die Firma sonst Stella zu geben.«

Sie spuckte ihr Wasser wieder zurück in das Glas, sah es angewidert an und stellte es zur Seite. »Nimmst du Drogen, Lia?«

»Was?«, fragte ich entsetzt. »Nein, tu ich nicht! Was habt ihr nur alle mit diesem Zeug? Mein Vater hat mich auch mit Paris Hilton und Britney Spears verglichen und ja, die nahmen damals Drogen.«

»Wieso sagst du dann solche Sachen?«

»Weil es das ist, was passiert ist.«

»Nein.«

»Doch.«

»Nein.«

»Wenn ich es dir doch sage!«

»Dein Vater hat also gesagt, wenn du nicht heiratest – seit wann steht er so auf Ehen? –, darfst du die Firma nicht übernehmen, sondern er gibt sie Stella, die, wenn ich mich richtig erinnere, keine Lust und vor allem kein Verständnis für Zahlen hat?«

»Genau.«

»Also heiratest du?«

»Jepp. Hab Jake in einer Bar kennengelernt. Er war traurig, ich war traurig. Wir hatten Sex.« Ich hob den Zeigefinger und setzte mich aufrechter hin. »Übrigens absolut überragenden, weltverändernden Sex.«

»Du verarschst mich.«

»Was? Neidisch?« Ich zwinkerte ihr zu.

Jenna schüttelte grinsend den Kopf. »Ich liebe Nick. Abgöttisch, wirklich. Aber ich muss zugeben, dass Jake echt ein … ansehnlicher Kerl ist.« Sie zwinkerte mir zu und ich grinste ebenfalls breit.

»Du meinst wohl verdammt scharf?«

»Und das …«, Jenna flüsterte, »obwohl ich ihn nicht nackt kenne.«

»Du verpasst was, aber hey, jetzt ist er ja vergeben.«

»Und du auch.«

»Ich kann es nicht fassen.«

»Du nimmst das so richtig ernst?«

»Ich nehme das ernst und er auch. Wir haben einen Ehevertrag abgeschlossen, schon allein deshalb, um mich und mein Vermögen abzusichern, und wir haben uns darüber unterhalten, dass es echt und authentisch sein muss.«

»Verstehe«, murmelte Jenna und legte die Hand auf meinen Arm. »Aber verlieb dich nicht in ihn. Soweit ich weiß, war er lange in einer Beziehung.«

»Ja, an dem Abend, an dem wir uns getroffen haben, meinte er, dass sie sich von ihm getrennt hat …« Ich schluckte schwer. »Mehr kann ich nicht sagen. Ich weiß nicht, ob er das will.«

»Ja, verstehe, geht mich auch nichts an … aber ich habe echt Zweifel, ob das die Art von Beziehung ist, die du wirklich führen willst, die … für dich das Richtige ist, weißt du, wie ich das meine?«

»Ja, ich weiß, und hey, eigentlich will ich gar keine

Beziehung führen, aber das mit Jake ist echt okay. Seltsamerweise ergänzen wir uns ganz gut.«

»Ich will dich nicht von deiner rosa Wolke schubsen.«

»Das ist keine rosa Wolke!«, unterbrach ich sie.

»Na gut, ich will dich nicht von dem Trip runterbringen. Jetzt ist das alles noch frisch, aber er geht dir vermutlich recht schnell auf die Nerven und du wirst gelangweilt sein.«

»Möglich, aber dann ist das so und ich hab meine Firma sicher.«

»Wie lange musst du denn verheiratet sein, bis du wieder … frei bist?«

»Ich habe keine Ahnung.« Und scheiße, die hatte ich wirklich nicht. Ich hatte meinen Vater nicht gefragt, wie genau seine Bedingungen aussahen, aber da er ja selbst vorgeschlagen hatte, mir einen Mann von einer Liste auszusuchen … sicher nicht so lange.

»Ihr habt also geheiratet, mit Ehevertrag und allem, und wisst, dass es fake ist, aber habt keine Vereinbarung, wie lange?«

»Genau.«

»Oh.«

»Ja, oh«, wiederholte ich, biss mir auf die Lippe und merkte, dass das wohl ein verheerender Fehler war. Shit. »Das ist jetzt …«

»Du solltest das klären. Erst mit deinem Dad und dann mit Jake. Ehe es zu spät ist.«

»Damit hast du recht.« Ich schluckte schwer und versuchte, das beklemmende Gefühl von Angst und

Verlust in mir zu unterdrücken. Verlust war sicher nur ein Teil der Gefühle, weil ich Angst hatte, die Firma zu verlieren. Das hatte sicher nichts mit Jake zu tun … der einen Großteil meiner Gedanken beherrschte, das gab ich zu.

»Wir haben vereinbart, dass wir miteinander schlafen, solange wir das durchziehen.«

Jenna sah mich erst entsetzt an, dann lachte sie laut auf. »Klar, ergibt Sinn, ihr seid ja auch zusammen und verliebt.«

»Ja. Und die Zeitungen sind hinter uns her. Gut, dass sie nicht wissen, dass wir beide in Meadow Hights sind. Vermutlich würden sie uns bis hierher verfolgen.«

»Du bist eben nicht irgendeine kleine Angestellte, sondern eine reiche Erbin.«

»Mhm«, stimmte ich zu und legte die Stirn in Falten.

»Eigentlich ja doch wie Paris Hilton.«

»Nur, dass ich keine Drogen nehme.«

»Und du Rosa nicht magst.«

»Und ich keinen Hund habe.«

»Aber du magst Hunde.«

»Ja, das tue ich.« Ich lächelte und mir schoss der Gedanke in den Kopf, dass ich Jake fragen könnte, ob wir uns nicht einen Hund anschaffen wollten. Statt Baby, sozusagen. Okay. Nein, das würde ich nicht tun. Bei wem würde der Kleine dann bleiben, wenn wir uns wieder trennten und ich zurück nach New York ging und er … weiterhin in Meadow Hights als überaus brillanter Kinderchirurg arbeitete? Ein Lächeln legte sich auf meine Lippen und ich spürte, wie Jenna mich forschend ansah.

»O Gott, du magst ihn.«

»Nein!«

»Doch, ich sehe es.«

»Ich mag den Sex und dass er sich drauf eingelassen hat und somit meine Probleme verschwindend gering sind.«

»Heilige Maria, ich spüre da echt Großes auf uns zukommen.«

»Du hast unrecht. Kann gar nicht sein. Wie denn auch? Ich meine, wir haben klare Vereinbarungen.«

»Japp, die habt ihr, nur kein Ablaufdatum.«

»Aber sag doch nicht über unsere Liebe, die frisch wie ein Kleeblatt ist, dass sie bald ablaufen wird!« Ich nahm eines der beigen Sofakissen und warf es nach ihr. Jenna fing es lachend auf. An ihrem schlanken Finger glänzte ein Ring. Ich lächelte. Ich hatte keinen Ring. Wieso hatte ich keinen Ring? Ich würde ihm heute Abend sagen, dass wir Ringe bräuchten, die unsere Liebe symbolisierten. Also so richtige Ringe … nicht nur den schlichten aus Vegas … Mit einem Ruck setzte ich mich auf.

War ich nun von allen guten Geistern verlassen? Wir brauchten einen Ring, der unsere Liebe symbolisierte? Diese Ehe war nicht echt und daher waren meine Gedanken völlig bescheuert. ›Du magst ihn!‹, flüsterte eine kleine Stimme in mir und meine Augen weiteten sich. Am Rande nahm ich wahr, dass Jenna mich betrachtete, als hätte ich den Verstand verloren, als wüsste sie genau, dass gerade etwas Elementares in mir passierte. Scheiße, ich mochte ihn. Ich mochte Jake Hayden. Dr. Jake Hayden. Den Sexgott. Den herausragenden Arzt. Den Freund. Den Kollegen. Den Ehemann. Fuck.

Nachdem ich das Thema gewechselt hatte, weil ich es nicht ertrug, noch länger über ihn zu sprechen oder nachzudenken – meine Gedanken waren wirklich unbarmherzig und ehrlich – unterhielten wir uns noch eine Weile. Ich kaufte für Jenna ein, da sie nach wie vor nicht richtig mobil war und es in dieser Kleinstadt natürlich keinen Lieferservice gab. So war sie versorgt, bis Nick in zwei Tagen zurückkommen würde.

»Weißt du«, sagte Jenna zum Abschied. »Ich habe mich schon gefragt, wo du gesteckt hast.«

»Sorry, dass ich dich allein gelassen habe, obwohl ich versichert hab, mich um dich zu kümmern.«

»Kein Problem, ich bin ja groß und ein bisschen darf ich mich bewegen. Es ging vielmehr um die Langeweile.«

»Ich weiß, trotzdem tut es mir leid.«

»Alles gut. Jetzt weiß ich ja, dass Jake schuld ist.«

»Nun …« Ich fühlte, wie mir die Röte in die Wangen stieg.

»Mach dir keine Gedanken, ich glaube, Meadow Hights war für dich einfach eine kleine Auszeit von der Stadt und es war ja nicht so geplant, dass du mich betüddelst, bis Nick heimkommt. Alles gut. Ivy ist auch noch da.«

»Ivy?«

»Die Frau von Max.«

»Ahh, der beste Freund von Nick.«

»Genau der.«

»Verstehe. Jedenfalls, mein Gewissen …«

»Ich weiß. Ich kenne dich, aber glaub mir, Aurelia, alles ist okay.« Sie lächelte milde, drückte wieder meine Hand und ich stand auf, zog mir meine Schuhe an, denn ich würde jetzt … nach Hause gehen. Zu meinem Mann. Das fühlte sich echt seltsam an.

»Ich danke dir!«, sagte ich und drückte sie fest. »Ich komme morgen wieder vorbei, ja?«

»Ja! Mach das. Und ich will alles wissen.«

»Über?«

»Na, die bevorstehende Nacht.«

»Ich dachte, du liebst Nick?«

»Tu ich auch. Abgöttisch sogar! Aber gucken ist doch wohl erlaubt.«

Ich kicherte wie ein Teenager und war erstaunt über mich selbst. »Ja, gucken ist erlaubt.«

»Also guckst du für mich mit, während ich nur Telefonsex mit meinem Mann haben kann?«

»Natürlich!« Theatralisch griff ich an meine Brust. »Ich würde alles für meine beste Freundin tun. Wirklich alles.«

»Na dann!«

»Bis morgen, Jenna.«

»Bis morgen, Aurelia.« Ich war schon fast an der Tür, als sie noch mal nach mir rief und ich mich zurücklehnte, damit ich von ihrem Flur aus in ihr

Wohnzimmer sehen konnte. »Und Lia? Ich freue mich unglaublich, dass du glücklich bist!«

»Ja, was Sex alles mit einem machen kann, was?«

Aber wenn ich ehrlich zu mir selbst war, dann wusste ich, dass es nicht nur am Sex lag, der mich so fühlen ließ … doch das würde ich mir an einem anderen Tag eingestehen. Nicht heute.

## Kapitel Acht

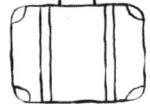

Jake

Ich warf einen Blick auf die Uhr.

Das passierte – normalerweise – nicht, wenn ich arbeitete. Es gab praktisch nie einen Tag, an dem ich nicht vollkommen in dem, was ich tat, aufging und mich so fühlte, als könnte ich das ewig machen. Doch heute war es so, dass ich mich darauf freute, wenn ich nach Hause konnte. Nein, selbstverständlich war ich nicht so ein Sack, dem es einzig wegen dieses überaus herausragenden Blow Jobs von gestern Abend so ging. Nein, ganz gewiss nicht … es lag vielmehr an ihrem Gesamtpaket, das mich abholte. Ich dachte nicht mehr an Melanie. Scheiße, ich hatte mich letzte Nacht, als Aurelia verschwitzt und völlig erledigt von all den Orgasmen, die ich ihr geschenkt hatte, in meinen Armen eingeschlafen war, sogar gefragt, was mich so lange an Melanie gereizt hatte, denn so, wie ich mich mit Aurelia fühlte, war es bei ihr nie gewesen. Wenn man mich noch vor wenigen Tagen gefragt hätte, dann hätte ich geantwortet, dass Melanie die Frau an meiner Seite war, dass ich sie liebte, dass wir ein Team waren, dass wir uns kannten … Doch mit Aurelia war das etwas völlig anderes. Ich kannte sie kaum, aber das spielte keine Rolle, weil ich wusste, dass das, was wir gerade taten, was wir *versuchten*, irgendwie ein ganz anderes Level war. Als wäre Melanie ein Versuch gewesen und Aurelia … ich war reingeschlittert und genau das würde ich meinen Eltern heute Abend auch so sagen, wenn sie nach Meadow Hights kamen, um mit uns zu essen. Es war … familiär, aber Aurelia meinte, das wäre vielleicht eine gute Idee. Ein passender Rahmen, um ihnen die Wahrheit zu sagen.

Was ich im Übrigen sehr schätzte. Sie war es, die wesentlich mehr zu verlieren hatte, immerhin würde sie nicht die Firma ihres Vaters erben, wenn diese Ehe scheiterte. Ich war darauf eingestellt gewesen, dass Aurelia ablehnen würde, die Wahrheit zu sagen, nachdem ich anklingen ließ, dass ich mit meinen Eltern sprechen musste. Ich war davon ausgegangen, dass es für sie leichter und besser wäre, wenn wir meinen Eltern einfach erzählten, dass wir uns verliebt und sofort Nägel mit Köpfen gemacht hatten. Aber Aurelia hatte mir gesagt, dass sie mir vertraute, und wenn ich mir sicher war, dass meine Eltern nichts durchsickern ließen, dann glaubte sie mir das, auch wenn sie die beiden ebenso wenig kannte wie meinen Bruder. Mir hatte der Mund offen gestanden und ich hatte mich bei ihr bedankt, was sie erstaunt hatte. Mit einem warmen Lächeln hatte sie mir versichert, dass das selbstverständlich wäre, weil wir das zusammen durchziehen würden.

Ich war mir ziemlich sicher, dass das jener Moment war, in dem ich wirklich und wahrhaftig realisierte, dass es mit ihr völlig anders war als mit Melanie. Intensiver, auch wenn der Zeitraum kürzer war. Ansprechender, auch wenn ich sie nicht so gut kannte. Liebevoller, auch wenn wir fickten, wie ich noch nie eine Frau in meinem Leben gevögelt hatte.

Sie nahm mich völlig ein, und als ich erneut auf die Uhr sah, lachte sogar Carlyle und blickte auf.

»Hast du was vor?«, fragte er mich und ich rollte die Augen.

»So offensichtlich?«

»Absolut, Mann.«

»Sorry.« Carlyle hatte mich damals gebeten, mir das Krankenhaus anzusehen, und er war in dem Jahr, in dem ich jetzt hier lebte, einer meiner engsten Freunde geworden. »Aber da ist diese Sache …«

»Welche Sache?«, fragte er und hob die Brauen, blickte von seinem Handy auf und schob es schließlich in seinen weißen Kittel, den hier jeder trug.

»Meine Eltern und mein Bruder lernen heute Abend meine Frau kennen.«

»Deine Frau? Ich dachte, du hast eine langjährige Freundin in der Stadt?«

»Ich …« Fuck, ich hatte total verdrängt, dass die Jungs hier ebenfalls noch nicht wussten, dass es Aurelia gab.

»Oder meinst du das, was in der Presse breitge-treten wird?«

»Du hast es gesehen?«

Er hob die Brauen, als würde er mich auslachen wollen. »Soll das ein Witz sein? Jeder hat es gesehen.«

»Und wieso sagt niemand was?«

»Weil wir eine Kleinstadt sind?«

»Aber gerade dann …«

»Du hast über Meadow Hights immer noch nichts gelernt, was?« Er sah mich an, als hätte ich den Verstand verloren, während ich in meinen Kapuzen-pullover schlüpfte. Wir waren in der Umkleide. Seine Schicht begann jetzt gleich, während ich fertig war. Und ehrlich gesagt auch ein wenig erschöpft. Der Tag im OP war hart gewesen. »Wir sind eine Kleinstadt, aber mit Privatsphäre, und wenn du noch nicht darüber reden willst, warten wir eben so lange, bis du es tust.«

Ich fuhr mir durch mein Haar, ehe ich meine Snea-ker, die nicht nur retro aussahen, sondern retro *waren*, zuband. »Danke, Mann.«

»Das ist selbstverständlich. Was allerdings nicht heißt, dass Rudy nichts zur Hochzeit ihres lieben, lieben Dr. Hayden plant!« Ich lachte laut auf und schüt-telte den Kopf. »Keine Ahnung, wieso die Frau dich so gerne mag und einfach nicht kapiert, was du für ein Arsch bist.« Er umarmte mich. »Herzlichen Glück-wunsch, Mann. Und glaub nicht, dass du um einen Junggesellenabschied herumkommst.«

»Hab ich nicht vor!«, rief ich und verließ das Krankenhaus durch den Personaleingang. Es war leicht, hier zu sein, und es war noch leichter, mit Aurelia hier zu sein. Allerdings brachte mich das, was heute Abend anstand, schon ein wenig zum Nachdenken. Ich würde meinen Eltern und meinem Bruder eine Frau vorstellen, die ich geheiratet hatte und von der ich wusste, dass ich mich wieder von ihr trennen würde. Ich würde also das Verrückteste, das ein Mann überhaupt tun konnte, wirklich aussprechen. Das war so … unendlich surreal und versetzte mich in Panik. Ich wusste, dass meine Mom immer von einer schönen Hochzeit geträumt hatte. Davon, wie wir mit der Familie feiern und Spaß dabei haben würden. Sie hätte es geliebt, bei der Deko ein Mitspracherecht zu haben, und wäre vielleicht sogar dabei gewesen, wenn ich meinen Hochzeitsanzug ausgesucht hätte. All das hatte ich ihr nun einfach verwehrt. Das war … arschig. Aber okay. Ob ich jemals richtig heiraten würde, wusste ich nicht, denn Aurelia catchte mich ganz schön. Ja, das war Fakt. Sie beschäftigte meine Gedanken und ich merkte, dass ich mit ihr lachen konnte, dass ich es genoss, dass sie abends zu Hause war, wenn ich nach meiner Schicht in der Klinik heimkam.

Es machte sogar Spaß, mit ihr zu kochen, auch wenn sie es absolut gar nicht konnte. Ich hatte mich bereits zweimal dabei ertappt, wie mir der Gedanke in den Kopf geschossen war, dass ich ihr zu Weihnachten einen Kochkurs schenken würde, was, das wusste ich natürlich in rationalen Momenten, sicher niemals passieren würde. Das alles war nicht echt. Es war fake, und doch konnte ich nicht anders … ich mochte sie. Sie war mir sympathisch und ich fand sie überaus sexy. Scheiße, wie sich diese Frau im Bett biegen konnte und nahm, was sie sich ersehnte, was sie begehrte, das war unendlich scharf. Es turnte mich so an, dass ich auch jetzt, als ich die wenigen Straßen bis zu meinem Haus lief, hart wurde. Vielleicht hatten wir ja noch Zeit für einen Quickie?

Ich öffnete die Haustür und mir schlug überraschenderweise, auch da war ich ehrlich, ein Geruch entgegen, mit dem ich nicht gerechnet hatte. Es roch nach Knoblauch und Weißwein, nach … Brot?

Nachdem ich mir meine Schuhe von den Füßen gestreift hatte, ging ich in die Küche. »Hi«, sagte ich, trat zu ihr und küsste sie.

Ähhh? Was? Ich küsste sie? So, als wären wir wirklich zusammen? Shit. Ich musste definitiv darauf achten, dass es nicht zu eng wurde, anderenfalls hatte ich ein ernsthaftes Problem. Aber sagte man nicht, der beste Weg, um über jemanden hinwegzukommen, war der, dass man unter jemanden kam? Nun. Offenbar nahm ich das zu wörtlich, auch wenn ich nicht das Gefühl hatte, dass ich überhaupt über Melanie hinwegkommen musste. Das hatte ich Brian gesagt und das meinte ich auch so.

»Du kochst?«, fragte ich und Aurelia nickte, die langen blonden Haare zu einem Zopf nach oben gebunden. Sie wirkte konzentriert und las gerade etwas auf ihrem iPad, das in einem Ständer in der Küche stand.

»Ja. Ich versuch es. Aber …« Nun hob sie die Hand und grinste mich an. »… keine Angst, nach Rezept.«

»Puhhh«, neckte ich sie und schob die Ärmel meines Kapuzenpullovers nach oben. »Danke, Gott.«

»Glaub mir, dafür ist nicht Gott verantwortlich.« Sie kicherte und ich mochte das Geräusch. Fuck.

»Was gibt es?«

»Als Vorspeise Scampi mit Knoblauch und Weißweinsoße, dazu frisches, selbstgebackenes Weißbrot.«

Baff starrte ich sie an. »Dein Ernst?«

»Natürlich.«

»Du hast Brot gebacken?«

»Ja.«

»Oh …«

»Jake, ich sagte, dass ich nicht kochen kann. Du hast mich nie gefragt, ob ich vielleicht schon mal gebacken habe …«

»Ist das eine nicht das andere?« Ihr Blick schnellte zu mir und sie sah mich an, als wäre ich von allen guten Geistern verlassen.

»Das ist, als würdest du … eine OP mit einem Sommerfest vergleichen.«

»Manchmal gibt es aber auch da Gemetzel«, warf ich ein.

»Ich denke, du weißt, was ich sagen will.«

»Ich wusste nicht, dass du backen kannst.«

»Du hast nicht gefragt.« Sie öffnete den Backofen und holte ein perfekt knusprig aussehendes und unwiderstehlich duftendes Weißbrot heraus. »Ich backe für mein Leben gern. Egal ob Brot, Kekse oder Torten.«

»Okay. Wow. Das überrascht mich.«

»Weil?«

»Weil du nicht nach Backen aussiehst und … du die Erbin eines Milliarden-Imperiums bist. Ich habe wohl einfach angenommen, dass du mit einer Köchin groß geworden bist.«

»Bin ich auch.« Sie lachte und man sah ihr an, dass dieses Gespräch sie erfreute.

»Aber ich war viel bei ihr in der Küche, weil ich Essen, ganz besonders Kuchen, liebe, und dann hat sie es mir irgendwann gezeigt.«

»Das Backen!« Ich klaute mir eine Garnele aus der Pfanne, in der diese vor sich hin köchelten. »Wow, das schmeckt echt gut.« Ich war ehrlich überrascht.

»Genau, Backen. Kochen mag ich nicht so.«

»Und doch tust du es.«

»Ja für dich und deine Familie. Und ich muss auch etwas essen, aber vor allem tu ich das für dich. Du hast mir …« Sie legte den Löffel zur Seite und sah mir fest in die Augen. »… wirklich aus der Scheiße geholfen und dafür bin ich wahnsinnig dankbar.«

Wow, das berührte mich. Ich hätte sie eher für einen Snob gehalten, der das Geld mit beiden Händen zum Fenster hinauswarf und arrogant war. »Du siehst also ein, dass du wesentlich mehr von der Vereinbarung hast als ich?«

»Nach außen hin vielleicht, oder muss ich dich an letzte Nacht erinnern, als du Gott gedankt hast, dass ich in deinem Leben bin?«

»Hey!«, stieß ich hervor, gerade, als das Auto

meiner Eltern in die Einfahrt bog. »Das war vor, während oder nach einem Orgasmus.«

»Das zählt also nicht?«, flüsterte sie, als könnten sie uns schon hören, und grinste mich schelmisch an.

»Nun, du kannst es heute Nacht wiederholen, ich denke, wenn ich mich dann noch mal so fühle ... hast du einiges richtig gemacht.« Ich küsste sie kurz. »Und ich offenbar auch.«

»Wir werden sehen!«

Es klopfte an der Tür und wir gingen beide in den Flur, um meine Familie zu begrüßen.

Himmel, das würde ein Spaß werden. Oder auch nicht. Das würde sich noch zeigen.

»Mom«, sagte ich und zog meine Mutter in eine Umarmung. »Hi!«

»Hallo, mein Junge!« Ich bekam einen Kuss auf die Wange.

»Dad!«, begrüßte ich ihn und zog schließlich Aurelia neben mich. »Das ist Aurelia!«

»Hi«, sagte diese schüchtern und strich sich eine der blonden Haarsträhnen, die sich aus ihrem Zopf gelöst hatten, hinter ihr Ohr. Ich lächelte breit. Wenn ich daran dachte, wie groß ihre Klappe in der Bar – oder im Bett – war, wirkte das hier fast unwirklich. »Es ist schön, Sie kennenzulernen, Mr. und Mrs. Hayden.«

»Ach Liebes«, begann meine Mutter. »Nenn uns doch Theresa und Jim.« Aurelia nickte und mein Bruder Brian betrat ebenfalls den engen Flur.

»Euer Lieblingssohn ist angekommen!«

»Ach Kindchen!«, begann meine Mutter und rollte die Augen. »Ihr sollt doch diesen Konkurrenzkampf lassen.«

»Welchen Konkurrenzkampf?«, wiederholte ich und grinste dreckig. »Jeder weiß, dass ich besser bin. Nicht nur im OP!« Mein Bruder war mittlerweile so gefestigt in unserer Familie, dass ich solche Scherze machen konnte. Früher hatte er das nicht hören wollen. Früher war das alles anders für ihn, aber heute … liebte er es genauso sehr wie ich.

»Ich bin Brian. Der Hübschere, Intelligentere und überhaupt Bessere von uns beiden!«

»Glaub ihm kein Wort, Baby!«, sagte ich und war erstaunt, wie leicht mir das Kosewort über die Lippen kam. »Er labert Scheiße.«

»Scheiße sagen wir nicht, Jake!«, schimpfte meine Mom und wir setzten uns alle in Richtung Wohnzimmer und Küche in Bewegung. Ich mochte diesen offenen Schnitt. Als ich die Stelle angenommen und das Haus gekauft hatte, hatte ich alles nach meinen Vorstellungen umbauen lassen.

»Sorry, Mom!«, murmelte ich und Aurelia grinste. Sie ging in die Küche und zupfte an ihrem Rock herum.

»Schön habt ihr es hier!«, erklärte meine Mutter und sah sich um. Die Küche war in warmen Holztönen und Weiß gestaltet, die Kochinsel war offen und an eine Frühstückstheke angeschlossen, an der niemand mehr frühstückte. Hier wurde maximal Kaffee getrunken, für alles Weitere gab es den Esstisch, den man beim Kochen sehen konnte und der eigentlich erst genutzt wurde, seit Aurelia hier war. Selbst mit Melanie war das nie passiert. Aurelia hatte, das sah ich erst jetzt, bereits den Tisch gedeckt, sogar frische Blumen standen in der Mitte. Es sah ... hübsch aus.

»Ich mag«, erklärte mein Vater, »dass es hier andere Farben gibt als in deinem Penthouse in New York. Dieser ganze Stahl, das Schwarz und das Grau ... das war zwar sehr männlich, aber nicht sonderlich einladend.«

»Danke, Dad!«, erklärte ich schmunzelnd und reichte meinem Vater und meinem Bruder Bier, während meine Mom bereits mit Aurelia sprach, ein Glas Weißwein in der Hand.

»Ich bin nur ehrlich, mein Sohn.«

»Und ich habe Fragen«, eröffnete Brian das Gespräch. Ich wusste genau, was er damit andeuten wollte. »Und ich meine, seien wir ehrlich, wir alle kennen den Elefanten im Raum.«

»Nun.« Meine Mutter lief rot an. »Ich gebe zu, die Nachricht, dass Melanie und du getrennt seid, hat mich nicht sehr überrascht. Aber die Zeitungsberichte darüber, dass du geheiratet hast, und dann auch noch die Cardrige-Erbin ... das allerdings lässt mich schon ein wenig ...«

»Sie hat dich verflucht und meinte, O-Ton: Wenn es wahr ist, dass du ohne deine Familie geheiratet hast, dann wird sie dich enterben.«

»Danke, Mom!«, kam es wieder von mir.

Aurelia grinste, ehe sie ernst wurde. »Ich verstehe, dass das alles überraschend kommt«, gestand sie und ich war froh, dass sie sich nicht komplett davon ausnahm. Immerhin hatte sie ja auch ›Ja‹ gesagt. Aurelia war davon überzeugt gewesen, dass meine Eltern sie hassen würden, doch als ich sie darauf hingewiesen hatte, dass das vollkommen irrelevant war, da wir uns ja wieder trennen würden, hatte sie aufgeatmet.

»Mom? Dad? Ja, es ist wahr, dass ich geheiratet habe, aber aus anderen Gründen, als ihr vielleicht denkt.«

»Aha. An der Erklärung bin ich aber sehr interessiert.«

Ich nickte. Wir standen alle zusammen an dem Frühstückstresen. Aurelia schnitt das Brot, das nun ein wenig ausgekühlt war. Ich erklärte meiner Familie alles, ließ nichts aus – okay, doch, den Sex, der absolut unfassbar war, den schon. Und ich sprach auch nicht davon, wie verrückt ich die ganze Sache selbst fand. Stattdessen betonte ich, dass Melanie Geschichte war und dass ich, auch wenn das hier wirklich seltsam wirkte, momentan glücklich war.

Meine Mutter hörte zu, mein Vater stellte immer wieder Fragen und Brian grinste vor sich hin. Er sah so aus, als würde er gern noch etwas mehr darüber wissen, aber das sparte er sich vermutlich für ein Gespräch unter vier Augen auf.

»Ich meine, ja, es ist unkonventionell, aber … es passt.«

»Nun, mein Junge«, begann mein Dad. »Sie kann kochen, oder?«

»Also eigentlich kann ich backen. Kochen … wir werden sehen.« Aurelia lachte offen. »Es geht gleich los, aber ich möchte noch einmal zum Ausdruck bringen, wie unendlich dankbar ich für Ihre Verschwiegenheit bin. Ich … Danke. Auch an dich, Jake.«

»Ich hab ja auch was davon!«, erklärte ich grinsend und gab ihr einen Kuss auf die Schläfe. Meine Mom sagte die ganze Zeit über gar nichts, starrte uns nur an. Erst, als wir alle an dem schön gedeckten Tisch saßen, jeder frisches, duftendes Brot in der Hand und Scampi in Weißwein und Knoblauch auf dem Teller, sprach sie wieder.

»Ich bin mir nicht sicher, ob das etwas ist, das man sich für sein Kind wünscht … nein, ich kann euch versichern, dass es das nicht ist … aber ihr habt euch dazu entschieden. Danke, dass ihr ehrlich wart und nicht versucht habt, uns vorzugaukeln, dass ihr euch verliebt hättet oder so. Solange wir ehrlich zueinander sind, können wir praktisch alles händeln. Solange wir uns die Wahrheit sagen, überstehen wir das auch irgendwie …«

»Mom«, begann ich und sah sie beinahe zerknirscht an. Es tat mir leid, dass ich ihre heile Welt zerrüttet hatte.

»Lass mich aussprechen, Jake.« Knapp nickte ich, während Brian grinste und sich zurücklehnte. Er genoss die Show offensichtlich. »Ich spüre, dass hier mehr vor sich geht, als das, was ihr uns gesagt habt.« Meine Mutter legte ihre Hand über dem royalblauen Cardigan auf ihr Herz. »Ich spüre, dass da mehr ist. Etwas anderes. Ich bin alt, okay, und ich habe vielleicht nicht so viel Ahnung von Erbfolgen oder so, aber ich habe Gefühle und ich spüre, dass das, was ihr beide gemacht habt, etwas ändern wird.« Sie sah in die Runde, doch niemand sagte ein Wort. »Was auch immer das sein mag.«

»Nein, Aurelia!«, sagte Brian schließlich, nachdem er sich geräuspert und somit das betretene Schweigen am Tisch unterbrochen hatte. »Eigentlich ist unsere Mutter keine Hexe, die irgendwelche Dinge spürt.«

Das war richtig, denn nun brachen alle in Gelächter aus. Genau das hatten wir hören müssen, um weitermachen zu können. Es lockerte uns alle auf.

Nachdem wir den durchaus gelungenen Hauptgang, Steak mit Kartoffeln und einen gemischten Salat, genossen hatten, räumten wir gemeinsam die Küche auf. Meine Mutter sprach mit Aurelia, als würde sie sie schon immer kennen und auch wenn ich meinen Eltern keine Details erzählt hatte, was Melanie betraf, merkte ich doch deutlich, dass gerade meine Mutter erleichtert wirkte, dass es vorbei war.

Wir tranken noch Kaffee und ja, Aurelia konnte wirklich backen, denn sie hatte zum Dessert einen französischen Mandelkuchen gemacht, der sogar meine Mom von den Socken haute. So sehr, dass sie sie nach dem Rezept fragte.

Scheiße, wäre das ein echtes erstes Treffen meiner

Freundin oder Frau mit meinen Eltern gewesen, hätte es nicht besser laufen können.

Es war beinahe Mitternacht, als endlich alle weg waren, und ich musste um fünf wieder in der Klinik sein, aber dennoch … scheiße, war ich dabei, mich zu verlieben? Nein, auf keinen verdammten Fall war ich das. Niemals.

»Hey«, sagte ich, als ich in die Küche kam, in der Aurelia gerade den Kuchen verräumte.

»Hi. Das lief gut, oder?«

»Es lief sogar sehr gut.« Ich trat hinter meine Ehefrau und umarmte sie an der Taille. »Du kannst schon kochen und backen, wenn du willst.«

»Also backen kann ich immer!«, erklärte sie und atmete zischend ein, als ich ihr den Zopfgummi von den Haaren zog und diese im Anschluss offen über ihre Schultern fielen. »Kochen kann ich nur Steaks und ein paar Spiegeleier.« Ich strich ihre Haare über eine Schulter und küsste ihren Hals. »Du siehst also, ich habe praktisch all mein Können direkt verpulvert.« Sie seufzte leise und legte den Kopf zur Seite, damit ich besser an ihren Hals kam. Mein Schwanz wurde hart. Steinhart. So wie meistens, wenn es um diese Frau ging. »Was tust du da?«

»Ich dachte, wir haben eine Vereinbarung.« Nun legte ich meine Hände auf den sichtbaren, groben Reißverschluss in der Mitte ihres Hinterns, der ihren Rock schloss. Langsam zog ich ihn auf.

»Du meinst die ›Sex-solange-wir-hier-gemeinsam-wohnen-Vereinbarung‹.«

»Genau die!«, gab ich zurück, und als der Stoff zu Boden gefallen war, stieg sie hinaus und kickte ihn zur Seite. Ihr Rücken schmiegte sich wieder an meine Brust und ich knetete ihren nackten Hintern. Sie trug einen Stringtanga, wie ich heute Morgen flüsternd erbeten hatte, ehe ich gegangen war. Aurelia hatte mir meinen Wunsch erfüllt. Ich wollte schreien. Weinen. Sie ficken. Sie lieben. Alles gleichzeitig, denn sie war … Melanie hatte nie, wirklich nie, auch nur ansatzweise im Bett das gewollt, was ich gewollt hatte.

»Ist das ein String, dessen Schritt offen ist?«

Aurelia schüttelte den Kopf, als ich von hinten nach vorne in Richtung ihrer erhitzten Spalte fuhr. »Nein, so etwas habe ich nicht.«

»Dann fahren wir am Wochenende zum Einkaufen in die nächste Stadt.«

Aurelia lehnte ihren Kopf an meine Schulter und stöhnte.

»Es ist unfair zu verhandeln, wenn du das mit deinen Fingern machst.«

»Meine Finger machen gar nichts, Baby …«, wisperte ich in ihr Ohr und zog ein wenig an dem Spitzenstoff, der nun ihren Kitzler rieb, auch wenn nicht ich es war, der sie direkt berührte. »Aber ich spüre, dass du es willst.«

»Du willst mich auch!«, gab sie zurück und ich biss sie in ihren Hals. O ja, ich wollte sie. So unglaublich sehr, dass es fast wehtat. So sehr, dass mein harter Freund beinahe die Knöpfe meiner Jeans sprengte.

»Fuck!«, keuchte ich, als ich von ihrem String

abließ und meine Finger unter den Saum ihres Shirts schob. Anschließend zog ich es ihr über den Kopf. Sie trug einen schwarzer Spitzen-BH, der zu ihrem Höschen passte. »Du weißt, was es heißt, wenn eine Frau den passenden BH zu ihrem Slip trägt?«

»Ach? Was denn?«

»Dass sie Sex will.«

»Oder dass sie eben einfach Anweisungen befolgen kann …« Ihre Stimme klang heiser und eine sanfte Röte kroch über ihr Dekolleté. Mit geübtem Handgriff schnippte ich ihren BH auf und zog ihn von ihren schweren Kugeln. Heilige verfluchte Scheiße, ich liebte ihre Titten. Sie waren groß und prall, lagen in meiner Hand, als wären sie dafür gemacht, und ihre Nippel waren rot, aufgerichtet und bereit, von mir verwöhnt zu werden. Fuck. Ich musste ehrlich gestehen, ich liebte es. »Auch wenn du nur meine Anweisung befolgt hast … ist das Ergebnis dasselbe …« Aurelia nickte, biss sich auf die Lippe und ich umfasste ihr Kinn, drehte ihren Kopf so, dass ich sie küssen konnte. Sie schmeckt nach Wein, nach Lust und Verlangen, und ich wollte am liebsten sofort in sie stoßen. »Du magst es, wenn man Anweisungen im Bett gibt …«, wisperte ich in ihr Ohr, nachdem ich unseren tiefen Zungenkuss beendet hatte. Aurelia wurde noch röter und ich … scheiße, ich fand es heiß.

»Verwende das bitte niemals gegen mich«, sagte sie, sah mir dabei in die Augen. Ihr Blick war klar. Aufrichtig. Verletzlich. So, als hätte es schon einmal jemand gegen sie verwendet. Oder als wäre ich … »Du bist der

Erste, der das erkannt hat. Ich habe es immer bewusst versteckt, weil ich …«

»Weil du in den Medien präsent bist und es sonst jemand gegen dich hätte verwenden können?«

»Ja …«, kam es schüchtern, beinahe ängstlich von ihr.

Ich drehte sie in meinen Armen, doch sie sah zu Boden. Dass sie so schüchtern war, passte gar nicht zu ihr. Sie wirkte immer so stark und selbstbewusst. »Sieh mich an«, bat ich und hob ihr Kinn. »Ich verspreche dir, dass ich all das, was zwischen uns ist, niemals gegen dich verwenden werde und dafür sorge, dass du jede Sekunde, jeden Wimpernschlag genießen wirst.«

Sie nickte. »Ich weiß«, gab sie zurück und mit einem schiefen Grinsen auf den Lippen küsste ich sie erneut. »Und du machst das wirklich gut.«

»Ich weiß!«, wiederholte ich ihre Worte. Aurelia keuchte auf, als ich mit einer Hand in ihr Höschen fuhr und ihren Kitzler mit meinem Zeigefinger massierte. Er war geschwollen. Aber so viel Sex, wie wir in dieser einen Woche, die wir bereits gemeinsam hier lebten, gehabt hatten, und so oft, wie wir übereinander hergefallen waren, war das kein Wunder. Wir trieben es ständig miteinander. In allen Positionen. Immer und immer wieder.

»Himmel, Jake!«, rief sie aus , mit einem Ruck drehte ich sie erneut und drückte ihren Hintern gegen meinen Harten. »Ich brauche … mehr …« Matt lächelte ich an ihrer weichen Haut. Sie war so unfassbar heiß. So leidenschaftlich. Aurelia hob ihre Hand, die über ihrem Kopf an meinem Nacken lag, und umfasste ihren Busen. Sie kniff sich selbst in den Nippel, als würde es irgendetwas daran ändern, dass sie es kaum erwarten konnte, von mir gefickt zu werden. Sie war feucht wie Hölle, das spürte ich, als ich mich ein wenig weiter streckte und mit zwei Fingern in sie stieß.

»Fuck, Baby ...« Ich stöhnte auf, denn dass sie so sehr von mir angeturnt wurde, dass sie beinahe tropfte, das machte mich fertig. »Fuck ... du bist so nass. So unendlich heiß ... den ganzen Abend wollte ich dich einfach nur über diese Kücheninsel hier beugen und dich tief und hart ficken.« Ich spürte, dass meine Worte sie anmachten. Noch mehr, wenn das überhaupt möglich war. Aurelia drückte ihren aufgerichteten Nippel so fest, dass er weiß wurde. Das wiederum machte mich an. Harter, bestimmender Sex, das war es, was ich mochte. Das war es, was mich beinahe dazu brachte, in meine Hose zu spritzen.

»Dann tu es einfach!«, stöhnte sie hemmungslos, schloss die Augen, und unser beider abgehackter Atem durchbrach die erwartungsvolle Stille.

Ich nickte, auch wenn sie es nicht sehen konnte, ließ von ihr ab, und das brachte Aurelia zum Taumeln. Sie hielt sich automatisch an der Arbeitsplatte fest und sah über die Schulter.

»Ich habe eine Spirale, die alles reguliert ...«, brachte sie hervor, während ich meinen Pullover über den Kopf zog und achtlos zur Seite warf. »Ich habe eine Spirale und hatte ... noch nie ungeschützten Sex.« Erstaunt hob ich den Blick, knöpfte meine Hose blind auf und schob sie gemeinsam mit meiner Shorts über meine Beine. Ich hatte bereits ungeschützten Sex, denn Himmel, Melanie und ich waren ewig zusammen gewesen, aber ich war nicht so doof und rieb ihr das nun unter die Nase …

»Ich habe regelmäßige Checkups …«, erklärte ich also stattdessen, und allein die Aussicht, ohne irgendeinen Schutz in ihr zu sein … mein Gott, ich würde vermutlich nur zwei Stöße durchhalten. Allein die Vorstellung, dass ihre engen Wände mich umschlossen, ließ mich beinahe den Verstand verlieren.

»Dann machen wir es ohne Kondom?«, fragte sie und ich fand es gut, dass sie trotz lustverhangener Augen und vor Verlangen geröteter Haut daran dachte, dass das hier ein Punkt war, der unser Leben ändern konnte. Egal, in welche Richtung. »Meine Spirale ist erst ein paar Monate alt, also sicher noch voller Hormone.«

»Ich vertraue dir!«, gab ich zurück und sie sah mich an, ihre langen Wimpern warfen Schatten auf ihre Wangenknochen. Bis gerade eben hatte sie den Blick gesenkt gehalten, doch jetzt durchfuhr er mich heiß. Um uns herum flirrte die Luft, und all das Chaos, das heute Abend zwischenzeitig geherrscht hatte, war verflogen, hatte Platz gemacht für eine vollkommen andere … Dynamik. Das, was wir hier taten … es änderte sich. Es pulsierte. Als würde ein Puzzleteil an seinen verfluchten Platz geschoben werden, auch wenn ich gar nicht versucht hatte, es dorthin zu bringen. »Ich vertraue dir, dass du mir kein Kind unterschiebst …«, sagte ich, ehe ich es zurückhalten konnte, aber Aurelia und ich hatten uns geschworen, dass wir ehrlich zueinander waren. Das war das Gute, wenn es nur um Sex ging und alles andere fake war. Man sagte, was man mochte – wie ich mit dem Höschen –, man sagte aber auch, was man nicht mochte – wie sie, dass sie nicht gefesselt werden wollte. Es war richtig, dass wir all das aussprachen, was uns in den Kopf kam. Wir hatten auch vereinbart, dass wir darüber reden und es klären würden, sollte sich jemand auf den Schlips getreten fühlen oder etwas in den falschen Hals kriegen.

»Ich vertraue dir auch.« Ihr Blick wirkte … müde? Traurig? So schnell, wie ich glaubte, es gesehen zu haben, war es wieder vergangen und die Lust zurück. »Und nein, ich hänge dir kein Kind an. Wenn ich dich erinnern muss, Hayden. Ich habe weitaus mehr Kohle, also solltst du mir kein Kind unterschieben.«

»Du freches Ding!«, gab ich lachend zurück und fühlte mich nicht im Geringsten unmännlich durch ihren Kommentar. Ganz im Gegenteil, das ließ mich sie noch dringender ficken wollen, denn hier im Bett hatte definitiv ich die Oberhand und das – fuck – liebte ich.

»Wie willst du mich?«

»Gerade will ich, dass du dich nach vorne beugst, die Hände flach auf die Arbeitsplatte legst und mir deinen Hintern entgegenstreckst.« Aurelia nickte aufgeregt, kam eifrig meiner Aufforderung nach und ich grinste, als ich ihr den dünnen Stoff, den man gar nicht so nennen durfte, von den Beinen zog und dabei in die Knie ging. Ich umfasste ihren linken Knöchel, hob ihr Bein an und sie stieg heraus, ehe wir das mit ihrem rechten Bein wiederholten, damit ich das Spitzenhöschen zur Seite werfen konnte. Sie roch so unendlich gut. Ich liebte ihren Geruch und auch ihren Geschmack, und während Aurelia eine Gänsehaut bekam, leckte ich mit meinem Mund einmal ihre süße Pussy entlang. Das überraschte sie und entlockte ihr ein tiefes und lautes Stöhnen. Mein Gott, ich liebte dieses Geräusch, ich würde nie wieder ohne diesen Laut klarkommen.

»Fick mich endlich …«, keuchte sie. »Bitte, Jake … fick mich …«

Shit, ich liebte es, wenn sie mich anbettelte, dass ich sie nehmen sollte, und wäre ich nicht selbst so geil gewesen, hätte ich sie tatsächlich noch ein klein wenig länger warten lassen, aber ich wollte sie spüren. So sehr.

Also stellte ich mich hinter sie, hob eines ihrer Beine und winkelte es an, legte es auf die Arbeitsplatte, froh darüber, dass sie so verflucht gelenkig war. Mit ihrem anderen Fuß ging sie auf die Zehenspitzen, sodass ich mit einem Ruck in sie stoßen konnte.

»Halt dich fest, das wird heftig!«, warnte ich sie vor, kümmerte mich nicht weiter darum, ob sie bereit für mich war, und stieß hart und voller Verlangen in sie. Ich brauchte es. Ich brauchte sie. Heilige Scheiße, ihre Wände zu spüren, ohne ein Kondom zwischen uns, wie sie mich massierte und presste. Wie sie die Muskeln anspannte …

»Fuck! Fuck! Fuck!« Jedes meiner Worte begleitete ich mit einem harten Stoß, der mich ihren Gebärmutterhals spüren ließ. Aber ich wollte sie so sehr. Noch mehr in Besitz nehmen und sie für all die anderen Männer auf der Welt versauen. Ihr nackter Oberkörper schabte mit jedem Stoß über die Arbeitsplatte und sie keuchte, stöhnte meinen Namen und schrie, als ich meine Finger fester in ihre Hüften grub, um sie mir hart entgegenzuziehen. Ich konnte mich nicht zurückhalten, spielte mit meinem Daumen an ihrem Hintereingang, während ich sie schnell und erbarmungslos fickte. »Irgendwann werde ich dich hier nehmen. In deinem süßen, engen Arsch. Ich werde es lieben und du auch …« Sie wimmerte, als ich vorsichtig mit meiner Fingerkuppe hineinfuhr, und warf den Kopf zurück. Ihr Körper begann zu zucken und ich verstand es als Einladung, ihr noch mehr zu geben. Mehr davon. Mehr von mir.

»Nicht heute, aber irgendwann …« Sie stöhnte erneut und ich brüllte laut auf, als sie kam, spürte ihre Zuckungen nicht nur um meinen Schwanz, sondern auch an meinem Daumen. Fuck. Fuck. Fuck. Aurelia war genauso versaut wie ich. Genauso geil.

Sobald ihr Orgasmus ein kleines bisschen abgeebbt war, stieß ich noch heftiger in sie und kam ebenfalls.

Heilige verfluchte Scheiße.

Was genau war das zwischen uns eigentlich, wenn nicht absolut einzigartig?

# Kapitel Neun

Aurelia

Ich konnte es nicht fassen, war vollkommen erledigt. Lag matt in den Armen von Jake, der meinen Kopf streichelte und meine Haare immer wieder zur Seite schob. Ich wusste nicht, was ich sagen oder tun sollte … nein, ich konnte nur fühlen. Unendlich gut fühlen.

»Alles okay?«, fragte er.

Ich räusperte mich, da mein Hals ganz rau war von den hektischen Atemzügen und den lauten Schreien, die er mir entlockt hatte. »Alles bestens.« Schief grinsend kuschelte – ja, kuschelte – ich mich tiefer in seine Arme. »Und bei dir?«

»Ich habe mich selten so befriedigt gefühlt!«, gab er zu, was mich überraschte. So wie er vögelte, war klar, dass er kein Kind von Traurigkeit sein konnte. An der Art, wie er mich berührte, merkte man, dass er unglaublich viel Erfahrung hatte.

»Das … freut mich?«

»Oh, mich auch!«, erwiderte er und griff nach der Wasserflasche auf seinem Nachttisch. »Mit meiner Ex … lief es nicht mehr so gut.« Ein kleiner Stich flammte in meinem Herzen auf und ich wusste nicht so genau, weshalb er da war. Wieso? Wieso zwickte es in meinem Inneren, wenn ich daran dachte, dass er sich immer noch mit seiner Ex beschäftigte?

»Wie lange wart ihr denn zusammen?«, fragte ich locker, denn immerhin war vereinbart, dass das hier eine Art Freundschaft Plus und keine Beziehung war. Da konnte man solche Fragen doch stellen. »Ich meine, vielleicht ist das ja normal, wenn man länger zusammen ist …?« Abwehrend hob ich die Hände. »Allerdings habe ich davon keine Ahnung.«

»Es waren einige Jahre, allerdings denke ich nicht, dass es daran lag. Ich schätze eher, es war der andere Kerl, den sie hatte … und am Ende natürlich auch die räumliche Trennung.«

Ich beschloss, nicht näher darauf einzugehen. Ich kannte Jake nicht gut, und auch wenn er wahnsinnig umwerfend aussah und mit Sicherheit Telefonnummern ohne Ende und unzählige Frauen bekommen konnte, war es doch so, dass er … ehrlich wirkte. Als wäre er sich seines Könnens, seines Aussehens sehr bewusst und würde dadurch anders – irgendwie besser – auswählen, was er tat und mit wem er es tat.

»Ja, Meadow Hights entsprach nicht gerade ihrer … Vorstellung.«

»Das tut mir sehr leid. Du bist hier glücklich, oder?«

»Das bin ich. Ich liebe meine Arbeit und ich liebe es, dass es keine namenlosen Patienten sind, die nur eine Nummer haben, sondern dass man die meisten kennt.«

»In den Zeitungen stand aber, und ja, ich habe dich gegoogelt …« Er lächelte mich an und gab mir einen Kuss auf den Kopf. »… dass du auch viele Patienten annimmst, die von außerhalb kommen und denen in den größeren Städten drumherum niemand helfen konnte.«

»Das stimmt. Das war Teil des Deals mit dem Klinikleiter, der viel erneuert und vor allem das Krankenhaus erweitert hat.«

»Dass auch andere angenommen werden?«

Er nickte und seine Stimme klang ruhig. »Genau. Außerdem muss man sagen, dass ich im Bereich der Kinderchirurgie einen gewissen Ruf habe.«

»Ohhh«, erwiderte ich gespielt aufgeregt. »Soll ich dich nach einem Autogramm fragen?«

»Keine Scherze, Fräulein!« Er zwickte mich in den Hintern. »Wie ist es bei dir? Klar, du bist jetzt wegen Jenna in Meadow Hights, aber wie wird es weitergehen?« ›Nein, du Idiot. Ich bin wegen dir hier.‹ Okay, ja, auch wegen Jenna, aber eigentlich vor allem wegen ihm. Damit unser Spiel weitergehen konnte. Damit … ich ihn genießen konnte. Sein umwerfender Geruch kroch mir in die Nase. Er war so gut. So … einzigartig. So unwahrscheinlich männlich. Vermischt mit Schweiß und dem Duft nach Sex.

»Jenna und ich kennen uns schon ewig, und auch wenn wir uns nicht so häufig sehen, sind wir sehr gute Freundinnen. Ich brauchte eine Auszeit von der Stadt und Nick ist gerade nicht da.«

»Ja, ich weiß, er ist auf einem Kongress in Tokio.«

»Richtig«, bestätigte ich, genoss seine Fingerspitzen, die über meine Taille und zu meinem Hintern wanderten und direkt danach wieder zurück. »Also schlug ich vor, dass ich herkommen würde …«

»Heißt, wir hätten uns auch hier begegnen können.«

»Klar, das wäre möglich gewesen. Aber da ich kein Kind bin und du die meiste Zeit im Krankenhaus …«

»Stimmt«, sagte er. »Und wie geht es bei dir weiter? Hast du gerade Urlaub oder so?«

Ich spürte, wie er seine Lippen auf meinen Kopf legte. Ich verstand ihn schlecht, aber die Irritation wurde von einem Kribbeln abgelöst, als er meinen Duft tief inhalierte. Mein Puls beschleunigte sich und ich lächelte in den schwach beleuchteten, maskulinen Raum. Sein Schlafzimmer war ziemlich clean, aber schön eingerichtet. Ich hatte mich auf Anhieb darin wohlgefühlt und war froh, dass er nicht darauf bestanden hatte, in separaten Zimmern zu schlafen. Scheiße, wie konnte man sich binnen weniger Wochen so sehr an einen Menschen gewöhnen? Das war doch verrückt. Mein Herz flatterte bei dem Gedanken und in meinem Bauch begann es zu ziehen. Das war irre. So dermaßen irre. Normalerweise war ich eher rational, ließ mich nicht von meinen Gefühlen leiten.

»Ja, gerade habe ich Urlaub. Aber grundsätzlich ist es so, dass ich von überall aus arbeiten kann.«

»Verstehe ...«

»Am besten sollte ich natürlich vor Ort sein, ich weiß nicht ... es ließe sich womöglich auf zwei bis drei Tage komprimieren, aber ganz ehrlich? So weit ist New York auch nicht weg, und solange man es binnen einer Stunde mit dem Auto erreichen kann?« Ich sprach die Worte, über deren Wahrheitsgehalt ich nie zuvor richtig nachgedacht hatte, und merkte, dass ich verdammt noch mal recht hatte. Wow. Das stimmte. Was machte er nur mit mir, dass ich mich so öffnete, so wohlfühlte, und dass ich ... dass es mir nichts ausmachte, wenn der Großstadtdschungel nicht wie eine Spielwiese vor mir ausgebreitet war, sondern nur die limitierten Möglichkeiten von Meadow Hights.

»Und ...« Er räusperte sich, seine Stimme klang dunkel und rau. »Das würdest du machen?«

»Was?«

»Pendeln, meine ich.«

»Ich ...« Versuchte er gerade, mich irgendetwas durch die Blume zu fragen, und ich kapierte es nicht? »Ich habe einen Fahrer, könnte also in der Zeit, in der ich im Wagen sitze, arbeiten ... Apropos, Donnerstag muss ich nach New York und werde vermutlich eine Nacht dort schlafen.« Was zur scheiß Hölle? Erzählte ich ihm das gerade wirklich so, als wäre er mein fester Freund? Ernsthaft? Was stimmte eigentlich nicht mit mir?

»Okay, ich habe ohnehin Schicht.«

»Dann passt das ja gut!«, entfuhr es mir. Meine Augen weiteten sich vor Überraschung. Was tat ich hier gerade? »Also ich meine, wegen dem Sex und so.«

Jake lachte schelmisch. »Du magst unseren Sex.«

»Ich liebe unseren Sex.« Fuck. Scheiße. Besaß ich nun gar keinen Filter mehr? Hatte ich gerade das Wort Liebe in den Mund genommen, obwohl es das abschreckendste Wort des Jahres war?

»Das ist gut, ich mag ihn nämlich auch ziemlich gerne.«

»Wie schön, dass wir in diesem Punkt so gut zusammenpassen.«

Ich spürte, wie er nickte, und seufzte. Jake veränderte seine Position ein wenig und ich rutschte nach. Immer noch war ich an seine Seite gekuschelt und legte mein Bein über seine nackten Oberschenkel.

»Danke, dass du heute so großartig warst.« Überrascht hob ich den Kopf ein wenig und sah ihn an.

»Wie meinst du das? Ich hab doch nichts gemacht.«

»Doch, und wenn ich ehrlich bin, hat mir das etwas bedeutet.«

»Das ist selbstverständlich. Ich habe es gern getan.«

»Danke jedenfalls!« Er sah mir fest in die Augen, sein dunkles Braun, beinahe Schwarz, in mein Blau. Niemand sprach etwas, nichts durchbrach die Stille, die sich zwischen uns ausbreitete. Angenehme Stille. Beruhigende Stille. Frieden. So fühlte es sich an. Nach … Frieden. Nach einem Zuhause. Schwer schluckte ich und brach den intensiven Blickkontakt, spürte aber tief in mir, dass sich etwas verändert hatte. Etwas Großes.

Etwas, von dem ich nicht gewusst hatte, dass ich es spüren konnte. Etwas, das meinen Bauch kribbeln ließ und sich in mir ausbreitete, sich wie flüssiges Gold einen Weg bahnte. Hitze strömte durch mich hindurch und es war beinahe so, als würde sich das Gold auch auf ihn ausbreiten und uns zusammenschweißen. Als wäre da ein Band, das sich so fest um uns legte wie eine Kette. Dennoch konnte ich so befreit atmen wie selten in meinem Leben. Natürlich war ich mir nicht sicher, ob er ebenso empfand, aber ich wusste, dass es mir so ging. Egal, wie er das gerade wahrnahm. *Vermutlich gar nicht, du Idiotin!*‹, flüsterte es in mir, aber ich klammerte mich voller Verzweiflung an diesen Gedanken, weil die Schmetterlinge in meinem Bauch so wild umher-flatterten …

Als ich es nicht länger aushielt, streckte ich mich und presste meine Lippen auf seinen Mund. Ich küsste ihn, versuchte all das, was ich nicht auszusprechen wagte, hineinzulegen und ihm zu zeigen, was er mir bedeutete … auch wenn wir uns noch nicht lange kannten.

In dieser Nacht vögelten wir nicht mehr, wir fickten auch nicht, nein. Wir schliefen miteinander.

Und sahen uns dabei in die Augen.

Ich spürte es.

Und ich war mir sicher, er tat es auch.

# Kapitel Zehn

J ake

Ich war verrückt geworden, dachte ich für mich, während ich auf mein Handy starrte und erneut die Nachricht las, welche bereits an Aurelia zugestellt und als gelesen markiert worden war. Ich wusste, dass sie bei Jenna war und die beiden Gott weiß was taten, aber ich wollte einfach wissen, ob sie Lust auf ein Date hatte. Ein richtiges Date. Nicht das kleine Café, das es hier gab. Ich wollte gerne mit ihr in die nächste Stadt fahren, um sie einzuladen, und ich hätte schwören können, dass es sich in meinem Kopf auch sehr gut angehört hatte. Ja, ich wollte ein Date mit ihr. Ja, ich wollte, dass sie wusste, dass es ein Date war und nicht einfach ein belangloses Essen oder so eine Scheiße. Mir war wichtig, dass sie wusste, um was es hier wirklich ging. Um … ja, fuck. Um was eigentlich? Kennenlernen? Wollte ich sie kennenlernen? Wollte ich wissen, wie sie wirklich war? Letzte Nacht im Bett hatte sie gesagt, dass sie mich gegoogelt hatte, und ja, ich sie auch. Heute Morgen, sobald ich in der Klinik gewesen war. Aurelia Cardrige wurde als kühle, berechnende Frau dargestellt, der Mode und Ansehen alles bedeuteten. Eindeutig ein von der Presse und von Missgünstigen geschaffenes Bild. Doch ich wusste es besser. Bislang hatte ich sie als warmherzig und witzig kennengelernt. Ich wusste, dass Aurelia ihre Arbeit liebte und für ihren Job wirklich alles tat. Nicht umsonst hatten wir geheiratet, damit sie die Bedingungen ihres Vaters erfüllen konnte. Ich wusste, dass es ihr wichtig war, wie andere Menschen von ihr dachten, und dass ihr gerade die Meinung ihres Vaters überaus viel bedeutete.

Und ich wusste, dass sie fürsorglich und umsichtig mit anderen Menschen umging und dass sie es schade fand, dass Jenna und sie sich so wenig sahen. Das Wichtigste, das ich über sie wusste, war, dass Aurelia dankbar zu sein schien. Sie sah oft, und das hatte absolut gar nichts mehr mit einer eiskalten, über Leichen gehenden Geschäftsfrau zu tun, kleine Dinge, die sie lächeln ließen, und allein dieses Lächeln zeigte ihre Dankbarkeit. Es schien, als würde sie strahlen, seit sie hier in Meadow Hights war. Keine Ahnung, ob das in New York auch der Fall gewesen war … aber hier, in dieser Stadt? Sie wirkte, als wäre sie unendlich glücklich. Schwer schluckte ich und versuchte zu ignorieren, dass es in meinem Magen wie eine Achterbahn auf und ab ging. Ich konnte doch nicht … dabei sein, mich in eine Frau zu verlieben, die ich nicht kannte? Nein, niemals. Das war völlig ausgeschlossen ... oder?

»Du machst dich lächerlich!«, sagte ich leise zu mir selbst, während ich mir im Aufenthaltsraum des Krankenhauses Kaffee einschenkte. »Du machst dich *so* lächerlich.«

»Wer macht sich lächerlich?«, ertönte in dem Moment Carlyles Stimme neben mir.

»Niemand«, lenkte ich sofort ab, doch er beäugte mich skeptisch.

»Na dann ... wie läufts?«

»Sehr gut. Wir haben gerade einen kleinen Patienten, dem es sehr schlecht ging. Ich lag richtig mit der Vermutung, dass er eine von Gallensteinen ausgelöste Pankreatitis hat. Wir konnten das Schlimmste abwenden.«

»Gut gemacht, Jake!«, sagte er und klopfte mir auf die Schulter. Er wusste selbst, wie überaus schwierig es war, eine Pankreatitis zu behandeln, wenn man sie nicht rechtzeitig erkennt. »Wir sind froh, dass du hier bei uns bist.«

»Danke. Ich muss auch ehrlich gestehen, dass ich es mag.«

»Du bist also so richtig in Meadow angekommen?«

Ich nickte und nippte an meinem Kaffee. »Ja, ich denke schon.«

»Das ist gut, freut mich.«

»Mich auch!«, murmelte ich, während wir gemeinsam den Aufenthaltsraum verließen. Mein

Handy vibrierte und ich entschuldigte mich bei ihm, bog ab und ging auf meine Station.

›Ich gehe gerne mit dir essen!‹

lautete Aurelias Antwort und ich spürte, wie mir Steine von meinem verdammten Herzen kullerten. Was zur Hölle war das zwischen uns? Der Sex war unfassbar gut, wirklich mit Abstand der Beste, den ich jemals hatte, denn sie ließ mich mit ihr machen, was auch immer ich wollte und scheiße, ich hatte gerne dreckigen, wirklich dreckigen Sex. Ja, ich riss mich zusammen, überrollte sie nicht damit, dass ich ihr am liebsten ihren süßen Arsch versohlen wollte, aber irgendwas in mir flüsterte, dass sie mitmachen würde, wenn ich es ihr sagte.

›Sehr schön. Ich reserviere uns was für heute Abend‹

schrieb ich eilig zurück, worauf sie mit einem Daumen hoch reagierte. Gerade, als ich mein Handy wegstecken wollte, kam noch ein Kuss-Smiley hinterher. Wow. Okay. Das war … ohne darüber nachzudenken, ob es seltsam war, mit Mitte dreißig noch via Smileys zu kommunizieren, schickte ich einen zurück und öffnete Google, um nachzusehen, wohin ich sie ausführen würde.

Ich wollte, dass es schön für sie war. Der Rest war mir erstaunlicherweise ziemlich egal.

»Du siehst unglaublich aus!«, sagte ich, als Aurelia aus dem oberen Stockwerk nach unten kam. Sie trug ein eng anliegendes, schwarzes Kleid, das klassisch geschnitten war und ihre Figur absolut herausragend betonte. Sie war so unfassbar schön, dass es mir beinahe wehtat. Mein Schwanz wurde hart. Steinhart. »Am liebsten würde ich dich ausziehen und wieder nach oben bringen. Oder hier auf der Treppe im Stehen nehmen, oder …«

»Lass das«, wisperte sie verlegen und wurde rot. »Nicht, dass ich was gegen Sex mit dir habe, aber den können wir auch noch nachholen, oder? Ich esse nämlich mindestens genauso gern.«

Ich lachte auf und schüttelte den Kopf. »Davon kannst du ausgehen, dass ich dich heute Nacht vernaschen werde.«

»Das, Jake, hoffe ich!« Sie lächelte mich neckend an.

Während wir die zwanzig Minuten in die nächste kleinere Stadt fuhren, die einen Italiener und einen Asiaten im Angebot hatte, sprachen wir von unserem heutigen Tag. Mit Aurelia war es völlig anders als mit Melanie. Sie war locker und witzig und interessiert. An allem, was ich zu erzählen hatte. Sie erklärte mir ihre Arbeit so, dass ich sie verstand, und ich versuchte das ebenso. Aurelia erweckte nicht den Eindruck, dass sie ihr Interesse nur heuchelte, im Gegenteil, es fühlte sich so an, als würde sie es ernst meinen.

Der warme Duft von Kräutern und frisch gebackenem Brot schlug uns entgegen, als ich die schwere Holztür des kleinen italienischen Restaurants öffnete. Aurelia trat vor mir ein, und ihre Absätze klackten leise auf dem gefliesten Boden. Ich hatte das Gefühl, ihre Präsenz noch deutlicher zu spüren, sobald wir in dem gemütlichen Raum standen, der von flackerndem Kerzenlicht erhellt wurde. Der Inhaber, gekleidet in eine schwarze Hose und einem weißen Hemd, begrüßte uns mit einem breiten Lächeln, und ich nickte ihm zu.

»Ein Tisch für zwei, bitte«, sagte ich, während ich einen kurzen Blick über die Schulter zu Aurelia warf. Als ich versucht hatte, einen Tisch zu reservieren, war mir mitgeteilt worden, dass dieser Laden nicht mit Reservierungen arbeitete. Das war irgendwie seltsam, wenn man aus dem gehetzten New York kam, aber auf der anderen Seite vertraute ich darauf, dass es irgendwie klappen würde. Das *Il rosso* war gut gefüllt, doch es gab noch ein paar kleine Nischentische. Aurelia erwiderte meinen Blick mit einem Lächeln, das so warm war wie die Atmosphäre des Restaurants. Ihre Augen strahlten im weichen Licht, und ich konnte nicht anders, als für einen Moment stehen zu bleiben, um den Ausdruck in ihrem Gesicht einzufangen.

Der Wirt führte uns zu einem Tisch in der Ecke, abseits der anderen Gäste. Ich schob Aurelia den Stuhl zurecht, und sie ließ sich mit einer Anmut nieder, die sie selbst in den entspanntesten Momenten ausstrahlte. Vermutlich war das einfach so ein Ding, wenn man in der Welt der Mode und Schönheit groß wurde. Ihre aufrechte Haltung und Eleganz waren ihr sicher in die Wiege gelegt worden.

»Es ist gemütlich hier«, sagte sie, während sie den Raum musterte. Ihre schlanken Finger strichen über das rot karierte Tischtuch, und ich bemerkte, wie sich ihre Schultern ein wenig lockerten.

»Ich dachte, das könnte dir gefallen«, antwortete ich und setzte mich ihr gegenüber. »Es ist nicht das größte Restaurant, aber es hat Charakter. Und ich wollte bewusst nicht nach New York fahren.«

Dankbar sah sie mich an. »Es ist auch mal ganz schön, nicht von Paparazzi abgelichtet zu werden.«

»Ist das wirklich so schlimm bei dir?«, fragte ich.

Sie legte den Kopf schief und ihre blonden Haare fielen nach vorne. Gleich danach strich sie sich diese zurück. »Nein, so krass ist es auch nicht, aber wenn ich Party mache, dann schon. Da hofft man auf Skandale. Allerdings gehe ich nicht mehr sonderlich häufig in Clubs und so weiter. Mich reizt eher eine gute Bar, und da ich normalerweise am nächsten Tag wieder arbeiten muss, ist das auch die bessere Alternative«, gab sie zu und lächelte. »Wenn ich dann doch mal unterwegs bin, werde ich in der Regel auch abgelichtet.«

»So wie an jenem Tag, als wir die Kirche und Elvis, der uns verheiratet hatte, fröhlich verlassen haben.« Meine Stimme klang sarkastisch und Aurelia sah betreten zu Boden.

»Ja, zum Beispiel. Aber es ist gut, dass das passiert ist«, erklärte sie. »Lieber so, als wenn wir eine Mitteilung hätten rausgeben müssen.«

Der Kellner kam und wir bestellten Getränke und etwas zu essen. Ich liebte es, dass Aurelia und ich uns einig waren.

Kurz darauf brachte der Kellner eine Flasche Chianti Classico, öffnete sie mit einer geschickten Bewegung und füllte unsere Gläser. Der rubinrote Wein schimmerte im Kerzenlicht, als ich mein Glas hob. Aurelia tat es mir gleich.

»Auf einen Abend, der nicht geplant war, aber vielleicht trotzdem unvergesslich wird?« Ihre Stimme klang weich, fast spielerisch.

»Absolut«, stimmte ich zu und ließ mein Glas mit einem leisen Klingen gegen ihres stoßen. Der Wein war kräftig, mit einem Hauch von dunklen Beeren, und ich nahm einen langen Schluck, bevor ich es wieder abstellte. Sie sah mich an, und für einen Moment lag ein Schweigen zwischen uns, das nicht unangenehm war – im Gegenteil. Die Vorspeise bestand aus einer Antipasti-Platte: gegrilltes Gemüse, Parmaschinken und Büffelmozzarella, der auf der Zunge zerging. Ich beobachtete, wie Aurelia die kleinen Häppchen mit einer eleganten Selbstverständlichkeit genoss. Sie schien das Essen nicht nur zu konsumieren, sondern es tatsächlich zu erleben. Ich liebte, dass sie immer eine Überraschung in petto hatte, dass sie immer irgendwie anders war, als man es von ihr erwartete. Vor allem, wenn man den Zeitungen Glauben schenkte.

»Morgen fahre ich nach New York. Ich werde um zehn abgeholt«, sagte sie schließlich und ließ den Blick über den Tisch gleiten. Ihre Stimme war ruhig, aber ich hörte den Hauch von Anspannung darin. »Mein Vater erwartet mich. Ich werde ihm sagen, dass ich geheiratet habe. Was er mit Sicherheit ohnehin schon weiß, aber es fühlt sich besser an, es ihm selbst zu sagen.«

»Du bist nicht überrascht, dass er dich nicht angerufen hat?«

»Wenn, dann würde er eine E-Mail schreiben.«

»Oh, wow. Das ist … Du klingst frustriert.«

»Bin ich nicht. Es geht nur darum, dass ich es vor ihm aussprechen muss.« Sie winkte ab. »Das wird schon.«

Ich glaubte ihr nicht. Da war noch mehr. Also legte ich meine Gabel neben den Teller und lehnte mich ein wenig zurück. »Das war doch die Idee, oder? Damit er aufhört, dich zu bedrängen, und du die Firma kriegst?«

Sie nickte langsam, aber ich konnte sehen, dass sie innerlich abwog, wie viel sie hier und jetzt dazu sagen wollte. »Ja, das war der Plan. Aber … ich weiß nicht. Es fühlt sich trotzdem seltsam an. Es ist eine Lüge, auch wenn sie nötig ist, um ihn von weiteren Ideen abzuhalten. Oder davon, dass er alles Stella gibt, die es gar nicht will.« Aurelia tupfte sich mit der Serviette den Mundwinkel ab.

»Schon okay«, antwortete ich, kam dann aber wieder zu unserem eigentlichen Thema zurück. Ich lehnte mich vor und faltete die Hände vor mir. »Manchmal sind Lügen der einzige Weg, um andere zu schützen. Oder um sich selbst zu schützen.« Ich sprach leise, fast vorsichtig. »Ich sehe das jeden Tag in meinem

Job. Die Wahrheit ist nicht immer das, was jemand braucht.«

Sie sah mich lange an, als ob sie versuchte, meine Worte zu durchdringen. »Das klingt wie etwas, das ein Kinderchirurg sagen würde.«

Ich lachte leise. Rau. Dunkel. »Vielleicht. Aber es ist wahr. Manchmal musst du kreativ werden, um den Kleinen ein Lächeln ins Gesicht zu zaubern, selbst wenn sie Schmerzen haben.«

Die Vorspeise wurde vom Hauptgang abgelöst. Tagliatelle al Tartufo für sie und ein dampfendes Ossobuco für mich. Der Duft von Trüffeln erfüllte die Luft, und ich konnte sehen, wie Aurelia die Augen schloss und tief einatmete.

»Das riecht himmlisch«, murmelte sie und probierte einen ersten Bissen.

»Du siehst aus, als hättest du gerade den besten Moment deines Tages«, sagte ich, und sie lachte leise. Ihr Gesicht leuchtete regelrecht, erstrahlte, und sie war wunderschön. Schwer räusperte ich mich, versuchte zu ignorieren, dass ich wieder hart wurde. Wie so oft in ihrer Gegenwart.

»Vielleicht habe ich das auch«, antwortete sie und sah mich an, während sie die Gabel ablegte. Ich spürte instinktiv, dass sie mehr meinte als nur das Essen.

Wir redeten weiter, während wir aßen. Ich erzählte ihr von den Kindern, die ich operierte, von dem Jungen, der behauptete, er sei ein Roboter, und von dem kleinen Mädchen, das mich gefragt hatte, ob ich auch Ärzte reparierte. Aurelia lachte herzhaft über meine Geschichten, und ich genoss den Klang fast mehr als den Wein.

Sie hingegen sprach von der Modewelt, von der ewigen Spannung zwischen kreativer Freiheit und den Erwartungen ihres Vaters. »Und jetzt werde ich ihm morgen also sagen, dass ich verheiratet bin«, sagte sie, als der Kellner uns Tiramisu brachte. Wir teilten es uns, nahmen abwechselnd einen Löffel. »Denkst du, er wird es glauben?«

Ich zuckte mit den Schultern. »Vielleicht. Aber spielt das überhaupt eine Rolle? Solange er dich in Ruhe lässt und du die Firma kriegst?«

Sie nickte nachdenklich, schob den Löffel in den Mund und hielt inne. Dann sah sie mich an, ihre blauen Augen plötzlich ernst. »Und du, Jake? Hast du Pläne für ein perfektes Leben?«

Ich lehnte mich zurück und hielt ihrem Blick stand. »Perfektion wird überbewertet. Ich nehme es lieber, wie es kommt.« *Am liebsten mit dir. Unter mir. Vor mir. Auf mir. Über mir. Aber auf jeden Fall in dir. Und du bei mir.* WAS? Was zur Hölle? Was war mit mir los? War ich nun von allen guten Geistern verlassen? Ich biss mir auf die Unterlippe, so hart ich konnte, um die Worte, welche ich eben gedacht hatte, nicht auch noch auszusprechen.

Ein Lächeln zog über ihre Lippen, und in diesem Moment schien die Welt außerhalb dieses kleinen Restaurants keine Bedeutung zu haben. Aurelia und ich, das war ... etwas Gutes.

Etwas Echtes.

Auch wenn es offiziell nur fake war.

# Kapitel Elf

**Aurelia**

Regen prasselte unaufhörlich gegen die Fensterscheiben. Ich fühlte mich innerlich genauso grau und trist wie die New Yorker Skyline, die an mir vorbeizog. Als hätte ich einen Teil meines Herzens in dieser verdammten Kleinstadt zurückgelassen. Ich wusste natürlich, dass das total bescheuert war. Man verliebte sich nicht so schnell in einen Mann. Das ging doch gar nicht … oder? Zugegeben, ich hatte mich noch nie so richtig verliebt, wusste also gar nicht genau, wie sich das anfühlte, wenn man wirklich etwas für jemanden empfand. Klar, ich hatte schon häufiger gedacht, dass ich jemanden mochte, aber dass ich mit dieser Person zusammenleben wollte oder mir Gedanken darüber gemacht hatte, wie es ihr ging … das war noch nie geschehen. In vielerlei Hinsicht war das hier also Neuland für mich.

Ich biss mir auf die Lippe, als ich mich fragte, was

ich an New York nur so toll gefunden hatte. Es war groß und geschäftig und es waren zu viele Menschen hier, von denen ich nichts wusste. Anders in Meadow Hights. Zwar kannte ich dort auch nicht viele Leute, aber es wurden jeden Tag mehr und ich musste gestehen, es fühlte sich gut an, wenn man die kleine duftende Bäckerei mit den überaus leckeren Backwaren betrat und mit einem »Guten Morgen, Aurelia« begrüßt wurde, statt mit der Anonymität des hiesigen Starbucks. Bei dem ich in der Vergangenheit übrigens auch jeden Tag etwas geholt hatte. Die Mentalität war hier einfach eine ganz andere.

Das kalte, nasse Wetter schnitt mir ins Gesicht, als ich schließlich vor dem Gebäude stand, das ich seit meiner Kindheit kannte. Der Anblick des imposanten Modeimperiums, das meinen Namen trug, raubte mir für einen Moment den Atem – jedoch nicht aus Stolz. Heute fühlte sich die Fassade aus glänzendem Glas und Stahl schwerer an als sonst. Wie ein Monument, das über mir aufragte, um mich zu erdrücken, anstatt mich zu schützen.

»Miss?«, fragte mein Fahrer und deutete mit der ausgestreckten Hand auf die Eingangstüren. »Sie werden ganz nass.«

Ich nickte wie auf Autopilot.

Die riesigen Lettern unseres Familiennamens glänzten über dem Eingang, makellos und ineinander verschlungen. *Cardrige*. Sie waren perfekt ausgeleuchtet, ein Symbol für die Vollkommenheit, die mein Vater seit Jahrzehnten von mir und auch meiner Schwester erwartete. Von mir noch etwas mehr als von meiner Schwester. Stella und ich waren uns sehr ähnlich … und doch vollkommen anders. Meine Finger umklammerten den Griff meiner Christian-Dior-Handtasche so fest, dass meine Knöchel weiß hervortraten. Es war, als ob ich die Kälte von draußen mit mir hineintrug, obwohl ich wusste, dass mich hinter diesen Türen nicht nur Wärme erwartete – sondern auch sein Urteil. Ich wusste, dass ich ihm heute sagen musste, dass ich geheiratet hatte. Er würde sich freuen, dessen war ich mir sicher, aber ich war unsicher, ob er nicht doch auch etwas sauer sein würde. Immerhin hatte er eine Liste mit potenziellen – von ihm anerkannten – Junggesellen vorbereitet, die ich mit seiner Sekretärin hätte durchgehen sollen. Womöglich empfand er meine plötzliche Heirat nur wieder als typischen Fehltritt, als Rebellion. Ich atmete tief ein. Die Luft schmeckte nach Metall und einer Spur von Parfüm, die aus der Lobby zu mir hinauswehte, sobald sich die automatischen Türen vor mir öffneten. Meine Füße trugen mich hinein, obwohl ich am liebsten auf dem Absatz kehrtgemacht hätte. Ich wollte zurück nach Meadow Hights. Zurück zu Jake. Zurück in sein Haus, das vor Wärme nur so strotzte. Aber ich wusste, dass ich die heutige Nacht in meinem Penthouse hier in New York verbringen würde, und vor der Kälte, die dort herrschte … hatte ich schon jetzt Angst, wenn ich ehrlich zu mir selbst war. Alles mit ihm war so viel wärmer. Einfach alles. Jeder meiner Schritte hallte auf dem weißen Marmor wider, und das sanfte Klirren des

Kronleuchters über mir erinnerte mich daran, dass alles hier unantastbar war – vor allem mein Vater. Wenn ich als Kind Liebe gewollt hatte, bekam ich Geld. Als Erwachsene bekam ich Liebe immer dann, wenn ich eine berufliche Leistung erbrachte, die ihn stolz machte. Wenn ich seine hohen Erwartungen erfüllen konnte.

Die Angestellten, denen ich begegnete, grüßten mich höflich, aber distanziert. Ihre Blicke waren respektvoll, doch ich wusste, dass sie mich nicht nur als Aurelia sahen, sondern als Erbin eines Imperiums, als die Tochter des Mannes, der dieses Reich führte, als die Enkelin des Gründers. Heute war ich mir mehr denn je bewusst, dass all das auf meinen Schultern lag, auch wenn ich versuchte, es nicht zu zeigen. Mein Gang war gerade, mein Kopf erhoben – zumindest äußerlich. Innerlich fühlte ich mich wie ein kleines Mädchen, das nicht wusste, ob es je gut genug sein würde. Wie ein kleines Mädchen, das sich nur in die Vertrautheit einer Kleinstadt zurückziehen wollte, die es bis vor ein paar Wochen nur dem Namen nach kannte. Der Fahrstuhl brachte mich in die oberste Etage, und während die Türen sich schlossen, musterte ich mich im Spiegel. Die Frau, die mich anblickte, war makellos: Das smaragdgrüne Kleid, das ich für diesen Besuch ausgewählt hatte, saß perfekt, mein Haar war ordentlich hochgesteckt, mein Make-up dezent, aber wirkungsvoll. Alles stimmte – und doch fühlte ich mich nicht wie ich selbst.

Als die Türen sich wieder öffneten, wartete mein

Vater bereits am Ende des langen, lichtdurchfluteten Korridors auf mich. Sein Anzug stand ihm wie immer hervorragend, und sein Blick – streng, durchdringend – traf mich, noch bevor ich auch nur einen Schritt auf ihn zugehen konnte. Ich fühlte, wie mein Magen sich zusammenzog, während ich langsam den Weg zu ihm zurücklegte, durch den weiten Raum, in dem unsere Familie über Jahrzehnte ihre Entscheidungen getroffen hatte.

»Aurelia«, sagte er, und seine Stimme war wie ein scharfes Messer, das durch die Stille schnitt. Automatisch fragte ich mich, was ich falsch gemacht hatte. Ich hatte doch geheiratet, auch wenn er keinen Einfluss auf die Wahl gehabt hatte. Ja, er hatte es aus der Zeitung erfahren … aber das war doch kein Grund, jetzt so mit mir umzugehen. Kein »Wie geht es dir?«, kein »Schön, dass du da bist«. Nur mein Name, so nüchtern, dass ich das Gewicht seiner Erwartungen in jedem Buchstaben spürte.

»Vater«, antwortete ich, und meine Stimme war fester, als ich erwartet hatte. Ich wollte nicht schwach wirken, wollte nicht, dass er sah, wie schwer es mir fiel, hier zu sein. Doch tief in mir fühlte ich mich zerbrechlich. Was war nur mit mir los? Was … was war das? Der Gedanke, dass ich wütend auf ihn war, weil er mich gezwungen hatte, entgegen meiner Prinzipien zu heiraten, breitete sich in mir aus.

Sein Büro war unverändert: große Fenster mit Blick über die Stadt, schwere Mahagonimöbel und diese endlosen Regale voller Akten, die an den Erfolg unseres Unternehmens erinnerten. Ich setzte mich auf den Stuhl vor seinem Schreibtisch, die Hände im Schoß gefaltet, und versuchte, meinen Atem zu beruhigen.

»Gut, dass du hier bist«, begann er. »Ich habe die Nachrichten verfolgt, gehe also davon aus, das ist der Grund?« Immer schön auf den Punkt kommen, das war genau sein Ding. »Oder was gibt es, Aurelia?«, fügte er hinzu und lehnte sich zurück. Seine Augen musterten mich kühl.

Ich spürte, wie meine Kehle trocken wurde, doch ich zwang mich, den Kopf zu heben. »So ist es. Ich bin gekommen, um dir etwas zu sagen. Etwas, das dich mit Sicherheit freuen wird«, begann ich, meine Stimme ruhig, obwohl mein Herz raste. »Ich habe geheiratet. Genau so, wie du es wolltest.«

Für einen Moment herrschte Stille. Dann hob er langsam eine Augenbraue, sein Blick scharf wie Glas. »Gut gemacht, Aurelia!« War seine Stimmfarbe etwas wärmer, als würde er sich beinahe darüber freuen? War ihm nicht klar, dass Hochzeiten eigentlich anders abliefen? Dass man im Kreise seiner Liebsten feiern sollte? »Du bist immer noch in dieser Kleinstadt?« Mein Vater wusste, dass ich es hasste, wenn er Fragen stellte, deren Antwort er bereits kannte. »Wann genau hast du entschieden, mir diese … Neuigkeit mitzuteilen?«

»Ja, ich bin noch in Meadow Hights. Jake lebt dort.« Ich schluckte. »Es war eine spontane Entscheidung.« Konzentriert versuchte ich, den Stolz in seinem Blick zu finden, der mir immer so wichtig gewesen war. Er blitzte auf. Mein Vater lehnte sich zurück und lachte endlich. Dann stand er auf, umrundete seinen Schreibtisch, nur um die Arme auszubreiten und mich zwischen ihnen einzuschließen. Ich wusste gar nicht, wie sehr ich es vermisst hatte, von ihm umarmt zu werden. »Es ging alles sehr schnell. Aber ich bin glücklich.«

Das war die größte Lüge von allen. Er setzte sich auf die Schreibtischkante und lehnte sich vor, und betrachtete mich mit einem Blick, der mich fast durchbohrte.

»Gibt es einen Ehevertrag?«, fragte er und legte die Stirn in Falten.

Ich nickte. »Natürlich. Er ist auch kein armer Kerl.«

»Wer ist er?«

Jake. Sein Gesicht blitzte vor meinem inneren Auge auf – seine ruhige Stimme, die Art, wie er mich ansah, ohne zu urteilen. Ich wusste, dass mein Vater ihn niemals akzeptieren würde, nicht in einer Million Jahren. Mein Vater wollte jemanden für mich, der aus der Modewelt stammte. Das wusste ich … aber es ging eben nicht immer nach meinem Vater.

»Dr. Jake Hayden.«

»Jake Hayden«, wiederholte er und legte den Kopf schief. »Also hat die Presse diesmal nicht gelogen.«

»Nein, hat sie nicht.«

»Ich habe über ihn gelesen. Schlauer Bursche.« Ein verdammt toller Mann, wohl eher, aber ich war klug genug, das nicht laut auszusprechen. »Wann lerne ich ihn kennen?«

»Vater, es ist fake.«

»Und das wirst du nicht laut sagen!«, grätschte er schnippisch dazwischen. »Ihr liebt euch und deshalb habt ihr geheiratet.«

»Mhm.« Ich fing seinen eindringlichen Blick auf. Das Gefühl, dass irgendwas nicht passte, anders und falsch war, schlich sich in meinen Kopf, aber ich konnte es nicht greifen. Unsicherheit machte sich in mir breit und ich verstand nicht, wieso. Wieso war er plötzlich so stolz, wieso war es ihm so wichtig, dass niemand erfuhr, dass es nur eine Zweckehe war? Er hatte verlangt, dass ich heiratete, damit endlich all diese Gerüchte und Zeitungsartikel über mich aufhörten ... von Liebe war nie die Rede gewesen. Ich konnte es nicht greifen und wagte auch nicht, nachzufragen.

Er sah mich an. Eindringlich. Warnend. Bis ich schließlich ergeben nickte. »Ich werde es nicht groß sagen.«

»Auch nicht Stella.« Meiner Schwester? Ich sollte also meiner Schwester weismachen, dass ich mich in diesen Kerl verliebt und ihn deshalb geheiratet hatte? Das war seltsam. Ich würde es tun, natürlich würde ich das, aber es war einfach nur seltsam.

»Nicht einmal Stella?«

»Nein, das wird dieses Zimmer hier niemals verlassen.«

»Okay. Ja.«

»Jake wird die Klappe halten, oder?« Darüber, dass seine Eltern und sein Bruder über uns Bescheid wissen, sage ich lieber nichts.

»Natürlich wird er das.« Meine Stimme klang schwach. Matt. So, als hätte er gewonnen, aber wieso fühlte sich das so an? Was … war da noch, das er mir verschwieg? Was verheimlichte er mir? Was zur Hölle war es? Auch wenn ich es jetzt gerade nicht erfuhr, ich würde es herausfinden, früher oder später. Das schwor ich mir. »Ich gehe jetzt in mein Büro.«

»Wie lange wirst du in New York sein?«

»Nur eine Nacht. Ich nehme einiges an Unterlagen mit. Mach dir keine Sorgen, ich kann wunderbar von dort aus arbeiten, und sobald mein Urlaub, der übrigens noch drei Tage geht, vorbei ist, werde ich pendeln.«

Er nickte knapp. Ich wusste, dass er mit meiner Leistung zufrieden war. Wusste, dass ich es so machte, wie er es wollte, wobei das nie mein primäres Ziel gewesen war. Viel wichtiger war mir immer gewesen, dass ich so arbeitete, wie es mein Bauch und die Zahlen der Firma mir sagten. Das war mein Fokus. Nichts weiter.

»Okay, wir werden uns eng abstimmen.«

»Machen wir!« Ich stand auf. Erst, als ich bereits an der Tür war, hielten mich seine Worte zurück. Sie klangen schwach, resigniert und gleichzeitig erleichtert und stolz.

»Gut gemacht, Lia!«

Beinahe verschluckte ich mich, denn so hatte er

mich schon ewig nicht mehr genannt. Anstatt meine wahren Gefühle zu zeigen, nickte ich nur knapp, verließ sein Büro und ging in mein eigenes auf der gegenüberliegenden Seite.

Irgendetwas stimmte nicht.

Ich hatte nur keine Ahnung, was.

# Kapitel Zwölf

J ake

Mein Tag war scheiße. Er hatte scheiße begonnen und war immer schlimmer geworden. Soeben hatte ich den OP verlassen, ohne auch nur den Hauch von Freude spüren zu können. Ich hatte bei einer Patientin assistiert, die kein Kind mehr war, und diese Patientin lag nun auf der Intensivstation, mit dem ewigen Bangen, ob sie wirklich durchkommen würde. Es trübte die gesamte Stimmung im Krankenhaus. In New York hatte so etwas zur Tagesordnung gehört. Das Krankenhaus dort war anonymer. Größer. Völlig anders. Aber hier? Hier kannte jeder jeden, und dass Mrs. Fuller aufgrund ihres Alters – und ja, wir wussten, dass es ein Risiko war – die Operation womöglich nicht überleben würde … das war etwas vollkommen anderes. Ich zog mir die Maske vom Gesicht, wusch mir die Hände und schlüpfte aus der sterilen OP-Kleidung, die wir getragen hatten. Meine

Augen schmerzten, denn ich hatte eigentlich Nachtdienst gehabt, wäre am Nachmittag fertig gewesen, aber da ich bei der Operation ausgeholfen hatte, war es bereits kurz vor Mitternacht, als ich in den Personalraum ging, mich duschte und anschließend umzog.

Erschöpft ließ ich mich auf die Bank fallen und kramte nach meinem Handy, das in meinem Arztkittel steckte. Ich hatte schon ein paar Stunden nicht mehr darauf geschaut.

Tatsächlich hatte ich drei Nachrichten von Aurelia. Mein Herz begann zu klopfen. Hektisch und schnell. Fuck. Nach diesem Tag hätte ich sie eigentlich in meiner Nähe gebraucht. Zu Hause. Und das nicht nur in meinem Bett.

Erstaunt hob ich den Kopf und blickte in den Spiegel, der mir gegenüber angebracht war. ›Was denke ich da?‹ Ich wollte sie in meiner Nähe haben? Ich wollte noch nie jemanden nur noch in meiner Nähe haben, was stimmte nicht mit mir? War ich nun vollkommen verrückt geworden?

Die kalte Nachtluft lag wie ein Schleier über der Stadt. Meine Schritte hallten leise auf dem Gehweg wider, begleitet vom rhythmischen Zischen der automatischen Glastüren hinter mir, die sich schlossen. Der Tag war lang gewesen, zu lang. Operationen, Gespräche mit besorgten Eltern, die immer gleichen, aber niemals leichten Entscheidungen – ich war erschöpft, körperlich und geistig. Und ich vermisste Aurelia und ihre Wärme. Schon seit heute Morgen, als sie nach New York aufgebrochen war und sie sich mit einem Kuss – so als wären wir ein echtes, wahrhaftiges, liebendes Pärchen – von mir verabschiedet hatte. Eine kleine Wolke stieg aus meinem Mund, als ich die angehaltene Luft ausatmete. Während ich die Hände tief in die Taschen meiner dünnen Jacke schob und mich auf den Weg nach Hause machte, schlich sich ein Hauch von Erleichterung in meine Gedanken. Der Arbeitstag war vorbei und ich hatte einen Plan: ein Bier, ein Anruf, ein Moment für mich – oder besser gesagt, ein Moment mit ihr. Ob sie wollte oder nicht, ob das zu intim war oder nicht: Ich musste ihre Stimme hören und wollte wissen, wie es mit ihrem Dad gelaufen war, wie er reagiert hatte. Ihre Nachrichten waren besorgter Natur gewesen, weil sie eine Weile nichts gehört hatte, doch anstatt mich davon eingeengt zu fühlen, spürte ich einen gewissen Stolz, dass meine Frau mich so sehr vermisste, dass sie sich Sorgen machte.

Okay, fuck, ich musste mich endlich diesem verdammten Chaos in mir stellen, das sie in mir auslöste.

Die Straßenlaternen warfen lange Schatten auf den Asphalt, und in den kleinen Pfützen, die der Regen hinterlassen hatte, spiegelte sich das Licht. Es war ruhig, nur ab und zu fuhr ein Auto vorbei, der Motor ein dumpfes Brummen in der Stille. Ein leichter Wind wehte mir entgegen, scharf und unangenehm, doch ich zog nur den Kragen meiner Jacke höher und lief weiter. Mein Haus war nicht weit entfernt und die Vorstellung, gleich die Haustür hinter mir schließen zu können, ließ mich schneller werden. Ich dachte an Aurelia. Sie beherrschte meine Gedanken, auch wenn sie gerade in New York war, und das Haus fühlte sich ohne sie … seltsam an. Zu still. Zu leer. Als sie das letzte Mal vor ihrer Abreise durch die Küche gelaufen war, hatte sie noch einen der Espressolöffel in der Hand gehabt und ihn gegen die Arbeitsplatte klopfen lassen, während sie mir von ihren Meetings heute erzählt hatte. Es war eine dieser kleinen, unbedeutenden Gesten, die sich in mein Gedächtnis eingebrannt hatten. Fuck. Ich war so dermaßen am Arsch, dass es beinahe lächerlich war.

Als ich mein Haus erreichte, lag es erwartungsgemäß in Dunkelheit. Kein warmes Licht hinter den Fenstern, kein leises Summen vom Fernseher. Und erst recht würde es heute nicht nach Essen riechen. Scheiße, wie schnell konnte man sich eigentlich an einen Menschen gewöhnen? Selbst dann, wenn man gerade aus einer Beziehung kam? Das war doch … fuck. Ich blieb kurz stehen und betrachtete die Fassade. Es war immer noch mein Zuhause, aber seit Aurelia eingezogen war, hatte es sich verändert. Es hatte sich lebendiger angefühlt, voller Energie – auch wenn unsere Ehe eine Farce war, ein wohl geplanter Fake. Ich wusste, dass ich mich darauf eingelassen hatte, um ihr zu helfen, um sie vor ihrem Vater und dem damit verbundenen Verlust des Erbes zu schützen, aber mittlerweile war es mehr geworden. Viel mehr, als ich zugeben wollte.

Ich zog den Schlüssel aus der Tasche und sperrte

die Tür auf. Die Stille im Inneren schlug mir entgegen wie eine Wand. Ich trat ein, knipste das Licht im Flur an und warf meine Tasche achtlos in die Ecke. Der Kühlschrank summte leise in der Küche und ich wusste, dass mich dort mein Ziel erwartete: ein kaltes Bier. Genau das, was ich jetzt brauchte. Der Tag war einfach Horror gewesen.

Ich öffnete den Kühlschrank, griff nach der Flasche und drehte den Kronkorken mit einem Zischen ab. Der erste Schluck war kühl, bitter und irgendwie tröstlich. Ich ließ mich in den Sessel im Wohnzimmer fallen, stellte das Bier auf den Tisch und zog mein Handy aus der Tasche. Mein Daumen schwebte kurz über dem Bildschirm, bevor ich ihren Namen antippte.

Es klingelte nur einmal, bevor sie ranging. »Jake«, sagte sie, und ihre Stimme klang warm, trotz der Distanz zwischen uns. »Hi.« Es raschelte am anderen Ende.

Ich nahm die Flasche, lehnte mich zurück und schloss die Augen. »Hey«, antwortete ich und nippte an dem Bier. »Hab ich dich geweckt?«

»Nein, nein. Ich sitze noch im Bett und arbeite an einer Tabelle.«

»Klingt spannend«, antwortete ich. »Wie läuft es in New York? Wie war es mit deinem Vater?«

Sie lachte leise, und allein dieses Geräusch ließ die Dunkelheit um mich herum ein wenig heller erscheinen. »Sagen wir, es verlief … genau so, wie ich es erwartet habe. Mein Vater war wenig begeistert, bis ich ihm sagte, dass die Zeitungen keinen Scherz gemacht haben und ich wirklich mit dir verheiratet bin.«

»Oh.«

»Es ist seltsam, aber es fühlt sich so an, als wäre da noch etwas anderes …«

»Wie meinst du das?«

»Kennst du das …« Erneut raschelte es und ich fragte mich, ob sie ein Nachthemd trug oder einen Pyjama oder … vielleicht nur Unterwäsche. »… wenn jemand wirklich versteht, was du gerade gesagt hast, und diese Erkenntnis ihn so … aufleuchten lässt? Erleichtert aussehen lässt?«

»Ja, das kenne ich. Viel zu gut. Erlebe ich im Krankenhaus beinahe täglich.«

»So war das …«

»Okay.«

»Als würde er mir etwas verheimlichen. Ich meine, er hat gesagt, dass der Grund, wieso ich heiraten sollte, der sei, dass meine Eskapaden, die ja gar nicht so ausschweifend waren, dadurch aufhören würden …«

»Das ist seltsam.«

»Egal!« Plötzlich wirkte sie wieder fröhlich. »Wie war dein Tag?«

»Anstrengend. Ich habe nach meiner eigentlichen Schicht bei einer OP assistiert. Deshalb hast du auch nichts von mir gehört.«

»Oh«, erwiderte sie. »Das ist … heftig.«

»Das ist es. Aber dein Tag war offensichtlich auch nicht besser.«

»Nein … das nicht. Wir schaffen das schon.«

Ich lächelte und nahm einen weiteren Schluck. »Das überrascht mich nicht. Aber du machst das schon.«

»Was war das für eine OP?« Ihre Frage war einfach, aber ehrlich, und ich spürte, wie die Anspannung des Tages langsam von mir abfiel, während ich ihr davon erzählte – und danach von den kleinen Patienten, von den Erfolgen und den schwierigen Momenten. Sie hörte zu, wirklich zu, und ich bemerkte, wie viel mir das bedeutete. Ich erzählte ihr, dass eine Patientin auf der Intensivstation lag und es fraglich war, ob sie durchkam oder nicht …

Und sie sagte, dass sie mich verstand und das eine harte, heftige Bürde war.

»Es wird schon irgendwie. Nun ja, jetzt habe ich Hunger und trinke doch nur Bier.«

»Mach dir doch einfach ein Sandwich. Oder schieb was in die Mikrowelle?«

»Ich … habe anderen Hunger.« Wenn ich einen harten Tag hatte, musste ich die Anspannung loswerden, und in den vergangenen Wochen hatte ich festgestellt, dass ich diese Anspannung am besten loswurde, indem ich mit Lia vögelte.

»Oh!«, sagte sie leise, beinahe sehnsuchtsvoll. »Kann ich dir dabei helfen?«

»Ich weiß nicht. Bist du hier?«, scherzte ich und rutschte etwas weiter auf dem Sessel nach unten. Die Tonlage ihrer Stimme ließ meinen Schwanz hart werden. Sehr unangebracht, wenn man bedachte, dass wir gerade noch über meine Arbeit geredet hatten.

»Ich bin vielleicht gerade nicht körperlich anwesend … aber ich kann mir durchaus vorstellen …«

»Was?«, fragte ich heiser und schloss gequält die Augen, als sie abbrach. »Was kannst du dir durchaus vorstellen?«

»Dass wir beide …«

»Telefonsex haben?«, fragte ich direkt und grinste. Auch wenn die Presse Aurelia als Partygirl und männerverschlingendes, kühles Monster dargestellt hatte … sie war so süß und unschuldig. Sie ließ mich mit sich machen, was ich wollte, und das liebte ich.

»Sag das nicht so einfach.«

»Trägst du denn ein Höschen?«, fuhr ich fort und hörte sie scharf einatmen.

»Du kannst das nicht …«

»Natürlich kann ich das. Alles, was zwischen dir und mir passiert, ist okay, solange es für uns beide okay ist.«

»Ich trage ein Höschen. Ein weißes.«

»Unschuldiges Weiß.« Schwer schluckte ich. »Zieh es aus.«

»Ich …«

»Zieh! Es! Aus!« Meine Stimme klang dominanter und es raschelte.

»Okay.«

»Bist du feucht?«

»Ich weiß nicht …«

»Dann berühr dich selbst und sag mir, ob du feucht bist. Streich langsam mit deiner Hand über deinen Kitzler und sag mir, wie es sich anfühlt.«

»Es fühlt sich gut an und ich spüre, wie ich feucht werde ...«

»Das ist sehr gut.« Ich öffnete meine Hose und griff nach meinem Schwanz. »Streichel dich.« Aurelia seufzte leise und fuck, dieses Geräusch gehörte zu meinen Lieblingslauten. »Streichel dich so, als wäre es meine Hand, die dich anheizt.«

»Ich möchte nach Hause!«, wisperte sie und ich schwor bei Gott, mein Schwanz schwoll noch mehr an. »Ich will, dass du mich vögelst, dass ich dich reiten darf.«

»Oh, meine Schöne, das wirst du morgen Abend wieder, wenn du hier bist, aber bis dahin müssen wir uns anderweitig Erleichterung verschaffen, oder?«

»Ich ... Was soll ich tun?«

»Streichel deinen Kitzler, umkreise ihn, mal fest, mal leichter, und fahr dann mit deinem Mittelfinger durch deine Falten.«

»Ich bin ... nass.«

»So ist es gut, Baby ...«, wisperte ich, klemmte mein Handy zwischen Kopf und Schulter und zog meine Jeans inklusive Shorts nach unten, ehe ich mich wieder auf die Couch legte. Mein Bier war vergessen. »Stell dir vor, dass ich es bin, der dich berührt, der einen Finger in dir versenkt.« Ich hörte, wie sie aufkeuchte, und grinste, weil sie offenbar meinen Anweisungen Folge leistete. Ich streichelte mich hart, aber langsam.

»Jake ...«, jammerte sie und schluckte schwer. Ich leckte mir über die Lippen, mein Puls beschleunigte sich.

»Finger dich, Baby … fingere dich für mich und stell dir vor, dass ich es bin, der dich genüsslich verwöhnt.«

»Nicht genug.«

»Mach mich auf Lautsprecher und nimm deine andere Hand, um deinen Kitzler zu streicheln.«

»Ich … mehr …«

»Hast du einen Vibrator?«, fragte ich dunkel, einer Eingebung folgend, hörte sie jedoch nicht antworten. Vielleicht nickte sie, weil sie so in ihrer Lust gefangen war, aber ich wusste es nicht. »Hast du einen Vibrator?«, wiederholte ich drängend.

Keuchend antwortete sie: »Ja.«

»Dann hol ihn und nutze ihn, Aurelia!« Meine Stimme war scharf und bestimmend. Kurz darauf hörte ich ein Surren und sie stöhnte laut meinen Namen. »Mit der freien Hand streichelst du nun deine Klit. So, wie ich es tun würde. Komm schon, Baby, schenk mir einen Orgasmus.«

»Ich will, dass es dein Schwanz ist, der mich zum Kommen bringt!«

»Morgen wieder … streichel dich für mich.«

»Berührst du dich auch?«

»Du hast keine Ahnung, wie hart du mich machst. Du hast keine Ahnung, wie tief und hart ich dich ficken will.« Aurelia seufzte erneut und ich stöhnte ebenfalls. »Du hast keine Ahnung, wie sehr mein Schwanz und ich deine feuchte, enge Pussy vermissen.«

»Morgen …«

»Du kannst davon ausgehen, dass du morgen Nacht

mir gehörst. Deine Muschi, dein Hintern. Dein Mund. Du auf Knien vor mir, während du mich bläst.«

»Ich … komme gleich …«, keuchte sie abgehackt und ihre hektischen Atemzüge vermischten sich mit meinen. Ich massierte meinen Harten fester, immer schneller, und schließlich, genau in dem Moment, als Aurelia laut stöhnte und meinen Namen schrie, kam ich in heftigen Schüben und spritzte mir alles auf meinen Bauch.

»Fuck«, entfuhr es mir, als wir uns wieder beruhigt hatten. »Das habe ich gebraucht.«

»Ich auch.« Das matte Lächeln war ihr deutlich anzuhören. »Danke.«

»Bedank dich nicht, wenn ich meinen Pflichten als guter Ehemann nachkomme.« Sie kicherte und scheiße, auch dieses Geräusch liebte ich. »Gib mir zehn Minuten. Ich geh duschen und ruf dann noch mal an?«

*Was?*

Wieso sollte ich das tun?

»Ja, das klingt gut, ich räume hier mein Zeug zusammen und bin dann wieder im Bett.«

»Für Runde zwei?«, neckte ich sie und war froh, dass wir so offen und ehrlich miteinander umgehen konnten, ohne dass es seltsam zwischen uns wurde.

»Vielleicht für Runde zwei!«, gab sie zurück und wir legten auf.

Die Stille im Haus störte mich plötzlich gar nicht mehr. Es fühlte sich nicht mehr leer an. Denn mit ihrer Stimme, die ich in wenigen Minuten wieder in meinem

Ohr haben würde, war sie irgendwie doch da – und das war alles, was ich in diesem Moment brauchte.

Heilige Scheiße. Was genau lief hier eigentlich ab?

Es gab kein Zurück mehr. Das war offensichtlich.

Ich hatte mich in Aurelia Cardrige, meine Fake-Ehefrau, verliebt. Und das nur wenige Wochen, nachdem ich sie kennengelernt hatte. Obwohl ich gerade aus einer festen Beziehung kam, von der ich gedacht hatte, sie würde den Rest meines Lebens halten. Heilige Scheiße.

Wie hatte das geschehen können?

Und wieso konnte ich es nicht aufhalten?

## Kapitel Dreizehn

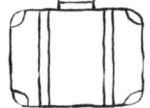

Aurelia

Ich hatte ein Frühstücksdate mit einer meiner Freundinnen aus New York.

Dass sie allerdings ihren Freund und einen seiner Singlefreunde mitbringen würde, war so nicht vereinbart gewesen.

Die Glocke über der Tür klingelte leise, als ich das Café betrat. Der warme Duft von frisch gebrühtem Kaffee und süßem Gebäck schlug mir entgegen, doch er konnte nicht die Anspannung vertreiben, die sich in meinen Schultern festgesetzt hatte. Mein Blick glitt durch den Raum, bis ich sie entdeckte – Clara, wie immer perfekt zurechtgemacht, in einem hellblauen Kaschmirpullover, der bestimmt mindestens so teuer war wie ein Flugticket. Neben ihr saß ihr Freund Ethan, breit grinsend, und zu meiner Überraschung auch ein zweiter Mann. Er war mir fremd, aber es dauerte nur einen winzigen Moment, um zu verstehen, warum er da war. Offenbar hatte es sich verbreitet, dass ich einen Mann suchte. Oder gesucht hatte. Sie las keine Klatschzeitschriften und hatte es deshalb wohl nicht mitbekommen.

Clara winkte mir zu, als hätte sie mich seit Jahren nicht gesehen, obwohl wir uns erst kurz vor meiner Abreise nach Meadow Hights getroffen hatten.

»Aurelia! Endlich!« Ihre Stimme war ein bisschen zu laut, und ein paar Köpfe drehten sich in unsere Richtung, als ich mir einen Weg zu unserem Tisch bahnte.

»Guten Morgen«, sagte ich knapp, zwang mir ein Lächeln ins Gesicht und setzte mich auf den Platz, den Clara großzügig für mich freigehalten hatte. Ethan nickte mir zu, während er einen Schluck von seinem schwarzen Kaffee nahm. Der andere Mann, der mir gegenüber saß, lächelte höflich. Dunkles Haar, ordentlich gescheitelt, teurer Anzug – alles an ihm wirkte wie aus dem Lehrbuch für aufstrebende Geschäftsmänner. Clara strahlte förmlich vor Begeisterung. Ja, früher wäre das genau mein Typ Mann gewesen, aber heute war dies eher ein Kerl, der privat ziemlich lässig unterwegs war, im Anzug wie ein Adonis aussah und ansonsten eher den Gott in Weiß für kleine Patienten darstellte. Meine Augen weiteten sich, das sah ich überdeutlich in dem Spiegel, der an der Wand hinter Clara hing. Ich war verliebt.

Gottverdammt noch mal, ich hatte mich in meinen Fake-Ehemann verliebt. Genau das, was nicht hatte passieren dürfen, war passiert. Ich war nun völlig am Arsch. Absolut und völlig.

»Aurelia, das ist Mark«, sagte sie mit einer Stimme, die mir verriet, dass sie diesen Moment schon seit Tagen geplant hatte. »Mark, das ist meine sehr gute Freundin Aurelia.«

»Freut mich«, sagte Mark und streckte mir die Hand entgegen. Sein Händedruck war fest, aber nicht unangenehm. Trotzdem spürte ich, wie sich eine leichte Genervtheit in mir regte. Ich wusste, worauf das hinauslief. Clara konnte es einfach nicht lassen. Sie versuchte es immer wieder. Vorzugsweise mit Kumpels von Ethan. Ich hätte es wissen müssen. Normalerweise machte es mir Spaß und ich spielte mit ... aber jetzt? Jetzt wollte ich einfach nur zu Jake. *Nach Hause.*

»Ganz meinerseits«, erwiderte ich höflich, bevor ich meine Aufmerksamkeit auf die Speisekarte richtete, die vor mir lag. Es war ein klassisches New Yorker Café, mit Avocado-Toast und pochierten Eiern, dazu die obligatorischen Flat Whites und Cappuccinos. Normalerweise hätte ich mich darauf gefreut, hier zu sein, aber heute fühlte sich alles wie eine Inszenierung an – und ich war der unfreiwillige Statist.

»Mark ist Anwalt«, sagte Clara, als wäre das die beste Nachricht, die sie mir heute überbringen konnte. »Er arbeitet in einer der angesehensten Kanzleien der Stadt. Und weißt du, was das Beste ist? Er liebt Mode.«

Ethan wackelte mit den Augenbrauen, so als würde ich hier auf den Jackpot stoßen, ohne es anzuerkennen.

Ich zwang mich, nicht die Augen zu verdrehen, und

murmelte »Wie interessant«, während ich versuchte, so gelassen wie möglich zu wirken. Ethan grinste über den Rand seiner Tasse hinweg, als hätte er genau verstanden, wie sehr mich das alles nervte. Aber er sagte nichts – wie immer. Clara führte Regie, er spielte nur mit.

»Also, Aurelia«, begann Mark, während er seinen Löffel in den Cappuccino tunkte. »Clara hat mir erzählt, dass du in der Modebranche bist. Das klingt unglaublich spannend.«

Ich nickte, versuchte, neutral zu bleiben. »Ja, das ist es manchmal. Aber auch anstrengend.« Beinahe lachte ich laut auf. Clara hatte ihm mit Sicherheit erzählt, dass ich die Erbin eines Milliarden-Imperiums war. Deshalb fand er das auch ›spannend‹.

Clara schnitt mir sofort das Wort ab. »Oh, sie ist so bescheiden. Aurelia ist die Erbin von Cardrige!« Ihre Stimme überschlug sich fast vor Begeisterung, und ich spürte, wie Hitze in mir aufstieg. Warum musste sie das immer so betonen? Es war, als wäre ich für sie nur ein Statussymbol, das sie präsentieren konnte.

Mark hob interessiert die Augenbrauen. »Cardrige? Beeindruckend. Dann bist du ja quasi die Königin der Modewelt.« Ich durchschaute sein Schauspiel sofort. Er war nicht so ahnungslos, wie er sich gab. Immerhin war es so, dass ich wirklich häufig in den Zeitungen vertreten gewesen war. Zumindest, bis ich mich … nach Meadow Hights zurückgezogen hatte.

»Eher eine überarbeitete Angestellte«, entgegnete ich trocken und nahm einen Schluck von meinem

Kaffee. Der war wenigstens so gut, wie ich ihn erwartet hatte.

»Ach, Aurelia«, sagte Clara und schlug mir spielerisch auf den Arm. »Warum so negativ? Du bist großartig und brauchst jemanden, der das auch zu schätzen weiß.«

Ihr Blick wanderte vielsagend zu Mark, der mir ein charmantes Lächeln schenkte, das eindeutig zu oft geübt worden war. Anwälte. Mein Level der Genervtheit stieg beinahe ins Unermessliche.

Ich seufzte leise und legte die Speisekarte weg. »Clara, ich habe dir doch gesagt, dass ich gerade keinen Kopf für so etwas habe.« Mein Ton war höflich, aber fest. »Ich befinde mich in einer … komplizierten Situation.« Wusste sie wirklich nicht, dass ich verheiratet war? Dass ich mittlerweile einen Mann hatte? Ich würde ganz bestimmt niemandem Futter geben und diese Verbindung anzweifeln.

Clara winkte ab, als wäre das alles unwichtig. »Ach, Unsinn! Manchmal muss man einfach loslassen und sich auf etwas Neues einlassen. Mark ist ein großartiger Typ. Du wirst sehen.«

»Vielleicht sollten wir erst mal bestellen«, warf Ethan ein und hob die Hand, um die Kellnerin heranzuwinken. Ich war dankbar, dass er die Situation entspannte.

Während wir unsere Bestellungen aufgaben – ich nahm einen Avocado-Toast mit pochiertem Ei und einen zweiten Cappuccino – spürte ich Marks Blick auf mir. Er war freundlich, das musste ich ihm lassen,

aber die ganze Situation war mir trotzdem unangenehm. Es war nicht seine Schuld, lag vielmehr an
Claras penetranter Art, mich zu etwas zu drängen, das
ich nicht wollte.

Als die Kellnerin unser Essen gebracht hatte, lehnte
Clara sich vor und grinste verschwörerisch. »Also,
Aurelia. Wann warst du eigentlich das letzte Mal auf
einem Date?« Vorgestern. Mit meinem Ehemann.
Meinem Fake-Ehemann, in den ich mich verliebt
hatte.

Ich hielt inne, die Gabel auf halbem Weg zum
Teller. »Clara«, sagte ich langsam, »kannst du bitte
damit aufhören? Ich habe dir gesagt, dass ich keinen
Kopf dafür habe.«

Sie zog eine Augenbraue hoch, als wäre ich ein
bockiges Kind. »Du sagst das immer. Aber irgendwann
musst du dich öffnen. Und ich wette, Mark ist genau
der Richtige, um dir zu zeigen, dass …«

»Clara«, unterbrach ich sie, meine Stimme schärfer
als beabsichtigt. »Bitte.« Wieso war ich hier? Wieso?
Ich hätte im Büro sein können, um meinen Kram zu
erledigen und sehr bald nach Hause zu fahren.

Für einen Moment herrschte Stille am Tisch. Ethan
sah zwischen uns hin und her, bevor er Mark einen
entschuldigenden Blick zuwarf und die Spannung zu
überspielen versuchte. »Tja, äh, wie ist das Wetter
heute?«

Ich seufzte und schüttelte den Kopf. Der Morgen
war noch nicht vorbei, aber ich wusste schon jetzt, dass
ich dringend einen dritten Kaffee brauchen würde –

oder ein Glas Wein, sobald es gesellschaftlich akzeptabel war.

Zwei Stunden später konnte ich mich loseisen. Und ja, ich hatte nach drei weiteren von Claras Versuchen, uns zu einem Date zu nötigen, gesagt, dass ich vergeben war. Natürlich war Clara sauer geworden und hatte gesagt, sie sei sicher gewesen, es wären nur Gerüchte, aber ich verneinte das, entschuldigte mich bei Mark, dem ich kurz die Hand auf den Arm legte, und Ethan, ehe ich mein Essen bezahlte.

Irgendwas in mir flüsterte, dass es absolut schwachsinnig wäre, noch länger hierzubleiben, also flüchtete ich mich regelrecht ins Büro, um meine Sachen zusammenzupacken, rief meinen Fahrer und machte mich auf den Weg nach Meadow Hights. O ja, erst das fühlte sich richtig an, und als wir das Ortsschild passierten, war es, als würde alles in mir wieder an den rechten Platz gerückt werden. Heilige Scheiße. Das wurde langsam zu einem Problem, oder?

Irgendwie schon.

Verdammt.

Als ich endlich die Haustür hinter mir schloss, atmete ich tief durch. Die vertraute Stille meines – seines – Zuhauses empfing mich, und ich ließ die Tasche auf den Boden fallen, ohne mir die Mühe zu machen, sie ordentlich wegzustellen. Der Vormittag im Café war wie ein Marathon gewesen – ein Marathon des höflichen Lächelns und der Geduld, die Clara hart auf die Probe gestellt hatte. Mark war nett, wirklich, aber das war nicht der Punkt. Clara verstand einfach nicht, dass ich keinen Mann brauchte, um mich vollständig zu fühlen. Dass ich ihren Vorschlag nicht wollte – erst recht nicht jetzt … weil ich Jake hatte. Ich kaute auf meiner Unterlippe herum und schob meine Bluse wieder ordentlich in den taillenhohen Bund meiner dunkelblauen Hose.

Nachdem ich aus meinen Schuhen geschlüpft war, schaltete ich die kleine Tischlampe im Wohnzimmer ein. Das weiche Licht füllte den Raum, und ich seufzte leise, während ich meine Haare löste und die Nadeln auf den Couchtisch legte. Mein Blick fiel auf die Uhr – Jake würde bald Feierabend haben. Die Vorstellung, ihn gleich zu sehen, ließ ein unerwartetes Kribbeln durch meinen Körper laufen. Es war seltsam, wie sehr ich mich inzwischen darauf freute, Zeit mit ihm zu verbringen, obwohl unsere Ehe nur ein Arrangement war. Ich liebte es, wenn ich unser Zuhause betrat, und arrangierte die Tulpen, die ich an einem der unzähligen Blumenstände in der Stadt gekauft hatte, in einer Vase, welche ich mitgebracht hatte. Anschließend stellte ich die Blumen auf den großen Esstisch und sah mich um. Es war ordentlich. Wow. Damit hatte ich gar nicht gerechnet, aber auf der anderen Seite war es auch das erste Mal, dass ich mit einem Mann zusammenlebte. Von diesen Dingen hatte ich keine Ahnung.

Jake war … anders. Bei ihm musste ich niemand sein, den andere von mir erwarteten. Ich musste keine Perfektion vorgeben oder Status demonstrieren. Er sah mich an, als wäre ich einfach ich – und das war genug. Die Vorstellung, dass er in ein paar Stunden durch diese Tür kommen würde, war der perfekte Abschluss für diesen anstrengenden Tag.

Ich schlenderte in die Küche, zog die Schränke auf und holte die Zutaten hervor, die ich am Tag vor meiner Abreise eingekauft hatte. Ein Rezept für Lasagne lag ausgedruckt auf der Arbeitsplatte – *gelingsicher*, hatte der Titel versprochen, doch ich konnte nicht anders, als ein wenig skeptisch zu sein. Kochen war nie meine Stärke gewesen, aber seit ich hier lebte, fühlte es sich einfach richtig an, das zu tun. Vielleicht auch aus dem Grund, weil Jake nicht erwartete, dass ich kochte. Oder weil er nicht davon ausging, dass ich eine kleine Hausfrau war. Nein, bei ihm musste ich nicht dafür kämpfen, wer ich war. Er akzeptierte es einfach. Es festigte mich, dass ich mich nicht ständig behaupten musste, denn er … er wusste einfach, wie heftig mein Job war und wie viel er mir bedeutete.

Ich band mir eine Schürze um und krempelte die Ärmel meiner beigen Bluse nach oben. Die erste Aufgabe war einfach: Zwiebeln hacken. Ich schnitt sie sorgfältig, aber bald brannten meine Augen, und ich fluchte leise, während ich sie mit dem Handrücken rieb. »Gelingsicher«, murmelte ich spöttisch vor mich hin, während ich die Zwiebeln in die Pfanne warf und sie zu brutzeln begannen.

Als sich die Küche langsam mit dem Duft von Tomatensoße, Knoblauch und Kräutern füllte, wurde ich etwas zuversichtlicher. Ich schichtete die Lasagneplatten, die Soße und den Käse in die Auflaufform, wie es beschrieben und abgebildet war, und dass ich dabei laut aus dem Rezept vorlas, gab mir das Gefühl, als ob es meine Chancen erhöhen würde.

Der Käse war das Beste – ich streute ihn großzügig darüber und stellte die Form schließlich in den Ofen. Ich ging allerdings davon aus, dass es schon passen würde, wenn der Ofen erst aufheizte, während das Gericht schon darin stand. Schulterzuckend betrachtete ich den schwach beleuchteten Ofen und redete mir ein, dass das schon irgendwie klappen würde. Herrgott, es konnte doch nicht so schwer sein, eines der beliebtesten Gerichte der Welt zuzubereiten!

Als ich feststellte, dass ich meine Bluse versaut hatte, zog ich sie mir schnell über den Kopf und holte mir ein einfaches Shirt aus dem Schrank im Schlafzimmer, in dem mir Jake eine Hälfte überlassen hatte. Anschließend tauschte ich die dunkelblaue Bügelfaltenstoffhose gegen eine Leggings. Grinsend sah ich mich an. Ich war verheiratet, ich musste nicht mehr überzeugen, oder?

Während die Lasagne weiterhin vor sich hin backte, nutzte ich die Zeit, um den Tisch zu decken. Ich entschied mich für zwei schlichte Teller und zwei Gläser, in denen wir nachher Rotwein trinken konnten. Zusammen mit dem bunten Strauß Tulpen war es vielleicht ein bisschen kitschig, aber es gefiel mir.

Als ich gerade den Wein öffnete, hörte ich, wie sich die Tür öffnete und Jakes Stimme durch den Flur hallte. »Aurelia?«

Ich drehte mich um und grinste, während ich die Flasche abstellte. »In der Küche!«

Wenige Augenblicke später stand er im Flur, immer noch in seiner Nike-Jacke, mit seiner Tasche über der Schulter. Sein dunkles Haar war vom Wind zerzaust, und er sah müde aus – aber auch zufrieden, auf eine Art, die ich nicht beschreiben konnte. Er betrachtete mich und den gedeckten Tisch, dann hob er überrascht eine Augenbraue. »Was ist das? Ein Festmahl?«

Ich zuckte mit den Schultern und schenkte ihm ein schelmisches Lächeln. »Lasagne.«

»Du sagtest, du kannst nicht kochen!«, warf er ein.

»Das Rezept behauptet, es sei gelingsicher.«

Jake lachte leise und stellte seine Tasche ab. »Das klingt vielversprechend. Und wenn nicht?«

»Dann bestellen wir Pizza«, sagte ich und zog eine Schublade auf, um eine Schöpfkelle herauszuholen. »Aber ich habe ein gutes Gefühl.« Hatte ich nicht. Aber egal.

Er kam näher und lehnte sich gegen die Arbeitsplatte, die Arme vor der Brust verschränkt. »Das ist schön. Aurelia Cardrige kocht. Muss ich mir Sorgen machen?«

»Nur, wenn du das hier nicht überlebst«, neckte ich ihn, während ich die Lasagne aus dem Ofen holte. Der Käse war perfekt geschmolzen, die Ecken goldbraun, und der Duft war einfach himmlisch. Ich konnte mir ein kleines, triumphierendes Lächeln nicht verkneifen. »Sieht doch gut aus, oder?«

Jake beugte sich vor, ignorierte sein Handy, das permanent aufsummte, um die Lasagne zu begutachten, und nickte anerkennend. »Ich bin beeindruckt.

Wenn das so schmeckt, wie es aussieht, könnte ich mich glatt daran gewöhnen.«

Wir lachten, und für einen Moment vergaß ich alles – Clara, Mark, das anstrengende Frühstück. Es war, als wäre die Welt außerhalb dieser Küche nicht mehr wichtig. Es gab nur uns beide, den Wein und die Lasagne. Und das war genug.

Nach dem Essen ging Jake kurz nach draußen, um etwas aus seinem Wagen zu holen, und ich räumte den Tisch ab. Die Harmonie zwischen uns war beinahe ekelhaft. Ich grinste breit, als ich daran dachte, wie schnell sich Dinge ändern konnten. Wie leicht und wunderschön sie sich anfühlen konnten, wenn der verdammte Druck raus war. Wenn man jemanden datete und ernsthaft interessiert war, gab es immer diesen Druck, gut auszusehen, perfekt zu sein, dem anderen zu gefallen … aber mir war das mittlerweile fuckegal. Ich war an seiner Seite, und auch wenn es unter falschen Tatsachen begonnen hatte, konnte ich nicht länger so tun, als würde es mich nicht berühren, ihn an meiner Seite zu wissen. Als wäre er mir egal. Denn Scheiße, nein, das war er nicht. Ich musste es ihm sagen. Ich musste mich trauen, ihm zu sagen, dass da mehr war, denn wenn er es anders sah, war es besser, sofort einen Riegel davorzuschieben und dieses Freundschaft-Plus-Ding zu beenden.

Plötzlich schlug die Tür mit einem lauten Knall ins Schloss, und ich zuckte zusammen. Mein Blick wanderte Richtung Flur, wo Jake wie ein Sturm hereinmarschierte. Sein Gesicht war angespannt, die Augen dunkel vor Wut, und er warf sein Handy mit einem dumpfen Knall auf die Kücheninsel. Die Energie, die er mitbrachte, ließ die Luft zwischen uns knistern. All das Leichte von eben war verpufft wie eine Rauchwolke.

»Was zur Hölle ist los mit dir?«, fragte ich, während ich die Arme vor der Brust verschränkte. Ich hatte mich den ganzen Tag darauf gefreut, ihn zu sehen, den Abend mit ihm zu verbringen, und jetzt das? Er war nur kurz am Auto gewesen, kam wieder und knallte Türen, als hätte ich ein Verbrechen begangen?

Er lachte – ein bitteres, kaltes Lachen, das mich frösteln ließ. »Was los ist?« Seine Stimme war schneidend, als er auf sein Handy zeigte. »Vielleicht solltest du mir das sagen, Aurelia. Hast du dir mal die Schlagzeilen angeschaut? Vielleicht so etwas wie: ›*Aurelia Cardrige: Eheglück oder Untreue? Wer ist der mysteriöse Mann an ihrer Seite?*‹«

Ich starrte ihn an, unfähig, zu reagieren. Er sprach von Mark. Von diesem idiotischen Frühstück, das ich nie gewollt hatte, und von Clara, die mich wie eine Schachfigur durch ihren Plan geschoben hatte. Die Artikel wären mir egal gewesen, aber jetzt, wo Jake es erwähnte, brannte mir das Blut in den Adern. Ich selbst hatte nicht geguckt, ob darüber berichtet worden war ... aber scheiße, hätte ich es mal getan, dann wäre ich vorbereitet gewesen.

»Mark? Du glaubst, ich hätte etwas mit Mark?«, fragte ich. Meine Stimme wurde lauter, schärfer. »Bist du völlig übergeschnappt? Was entgeht mir hier gerade, Jake?«

Er kam näher, seine Augen fixierten mich wie ein Raubtier.

»Wie soll ich das denn sonst verstehen?«, fauchte er. »Ich komme nach einem langen Tag nach Hause und finde diese verdammten Bilder. Du lächelst, er hält dir die Tür auf – es sieht aus, als hättest du den perfekten Tag mit einem anderen Kerl verbracht! Und ich bin der Idiot, der davon aus der Presse erfährt.« In seinen Augen wütete ein Tornado, der bereit war, alles zu vernichten, was auch immer sich ihm in den Weg stellte.

Mein Herz raste, und meine Hände ballten sich zu Fäusten. »Weißt du, was lächerlich ist?«, zischte ich zurück. »Dass du mir nicht einmal die Chance gibst, dir zu erklären, was wirklich passiert ist. Ich habe mich den ganzen Tag auf dich gefreut, Jake! Auf dich, nicht auf Mark, nicht auf irgendjemanden sonst!«

»Ach ja?« Seine Stimme war schneidend, fast zynisch. »Dann erklär mir doch, warum es so aussieht, als würdest du lieber Zeit mit ihm verbringen als mit mir.«

Ich spürte, wie die Wut in mir überkochte. »Weil Clara mich in diese verdammte Situation gezwungen hat! Ich wollte da nicht mal hin, aber sie hat nicht lockergelassen. Und weißt du, was das Beste ist? Nachdem das Ganze vorbei war, habe ich meine Sachen gepackt, um nach Meadow Hights zu fahren, weil ich nichts anderes wollte, als den Tag mit dir zu beenden. Und jetzt stehe ich hier und muss mich für eine völlig harmlose Situation rechtfertigen! Du spinnst doch!«

Er war nur noch wenige Zentimeter von mir entfernt, seine Augen funkelten vor Zorn und etwas anderem, etwas Tieferem, das ich nicht benennen konnte. »Das soll ich dir einfach glauben?«, fragte er leise, aber seine Stimme war wie eine Herausforderung. Knurrend. Dunkel. Rau. Er war eifersüchtig, durchfuhr es mich. Er war einfach nur eifersüchtig wegen eines anderen Mannes. Konnte es sein … dass ich für ihn auch mehr als nur Fake war, sondern womöglich etwas … Reales? Nichtsdestotrotz hielt ich seinem Blick stand, mein Herz pochte wie verrückt. Es war einer jener Momente, in denen ich nicht bewusst entschied, dass ich etwas von mir offenbaren wollte. Nein, es geschah einfach, auch wenn ich das nicht wirklich geplant hatte.

»Ja, verdammt noch mal, das sollst du. Weil du derjenige bist, den ich sehen wollte, mit dem ich den Abend verbringen wollte. Du. Kapierst du das nicht?«

Seine Augen weiteten sich kurz, und ich sah, wie meine Worte ihn trafen. Für einen Moment war es still, nur unser schwerer Atem füllte den Raum. Die Spannung zwischen uns war greifbar, elektrisierend.

Dann, ohne Vorwarnung, packte er mich mit einem dunklen Knurren an der Taille, der Sturm gut sichtbar in seinen markanten Gesichtszügen, und zog mich zu sich. Bevor ich überhaupt reagieren konnte, waren seine Lippen auf meinen, heiß und fordernd. Es war kein sanfter Kuss, sondern einer voller Wut, Eifersucht und einer Leidenschaft, die uns beide übermannte. Ich legte meine Hände auf seine Brust, um mich abzustützen, doch stattdessen griff ich sein Hemd und zog ihn noch näher.

Die Welt um uns herum verschwamm. Der Zeitungsartikel, der Streit, Mark – alles war vergessen. Es gab nur uns, diesen Moment, und die Flut von Gefühlen, die mich fast überwältigte. Seine Zunge drang wild in meinen Mund ein, kämpfte mit mir, als würde er verzweifelt versuchen, die Oberhand zu behalten. Als wir uns schließlich voneinander lösten, war mein Atem schwer, meine Lippen kribbelten, und ich sah Jake an, dessen Augen weicher, aber nicht weniger intensiv und voller Wut waren.

»Ich …« Er brach ab und seufzte tief. Seine Hände lagen fest auf meinem Körper. Ich mochte es, dass er mich so besitzergreifend hielt. »Ich bin ein Idiot«, murmelte er schließlich, und seine Stirn berührte meine.

»Ja«, sagte ich leise, ein kleines Lächeln auf meinen Lippen. »Aber du bist mein Idiot.« Er fuhr mit seinem Daumen zu meiner Unterlippe und rieb sanft darüber. Als würde er sich all das einbrennen wollen.

Erneut zog er mich an sich und diesmal war der Kuss weniger stürmisch, aber nicht weniger leidenschaftlich. In diesem Moment wusste ich, dass wir beide etwas überstanden hatten, das uns näher zueinander brachte.

So nah, wie es zwei Menschen nur aneinanderketten konnte.

Bis es an unsere Tür klopfte.

Leise und zaghaft.

Aber dennoch so ohrenbetäubend laut, dass sich alles in mir zusammenzog.

Sobald er jetzt die Tür öffnen würde, ich ahnte es einfach, wäre alles anders als zuvor.

Alles.

Unwiderruflich.

Ich wusste nur nicht, was genau es war.

J ake

»Ich komme!«, sagte ich laut und deutlich, auch wenn es mir widerstrebte, Aurelia genau jetzt, nach unserem ersten Streit, freizugeben.

Die Uhr zeigte kurz nach zehn, und ich runzelte die Stirn. Wer wollte um diese Uhrzeit noch etwas? Aurelia begann, die Reste der Lasagne in den Kühlschrank zu räumen. Sie hielt inne, warf mir einen fragenden Blick zu, und ich hob nur die Schultern. Ein ungutes Gefühl kroch mir über den Rücken, ohne dass ich sagen konnte, wieso.

»Also gut«, sagte ich und setzte mich in Bewegung. Es klopfte erneut. Energischer. »Ich komme ja!«, rief ich, war mittlerweile genervt, und das nicht nur, weil ich Aurelia hatte loslassen müssen, anstatt sie über den Tisch gebeugt zu vögeln.

Bumm. Bumm. Bumm.

»Ist ja gut!« Frust. Ziemlich viel Frust machte sich

in mir breit, als ich die Tür aufriss und es mich wie ein Blitz, der den Himmel für eine Sekunde erhellte, durchfuhr.

Da stand sie.

Melanie.

Meine Ex.

Verheult.

Mit fleckigen Wangen und unordentlichen Haaren. Sie hielt eine Tasche in der Hand, die aussah, als hätte sie sie in größter Eile gepackt, und ihre Augen waren gerötet, als hätte sie den ganzen Abend geweint.

»Was willst du?«, kam es ziemlich wütend von mir. Nicht nur, weil sie mich störte, sondern … Was glaubte sie eigentlich, wer sie war?

»Jake … bitte«, brachte sie kaum hörbar hervor, ihre Stimme brüchig wie dünnes Glas. »Ich … kann ich reinkommen?«

Völlig erstarrt blieb ich stehen, meine Hand immer noch an der Eingangstür. Mein Gehirn arbeitete auf Hochtouren. Was zur Hölle machte Melanie hier? Warum war sie in diesem Zustand? Mein Blick glitt zu der Tasche in ihrer Hand, und das ungute Gefühl in meiner Brust wuchs. Alles an dieser Situation schrie danach, dass sie nichts Gutes mitbrachte.

»Melanie … was machst du hier?«, fragte ich, meine Stimme misstrauisch und ungläubig.

»Bitte«, wiederholte sie, ein Schluchzen unterdrückend. War das eine Show? Oder war das gerade echt? »Lass mich einfach rein. Ich muss mit dir reden.«

Ich hätte ihr am liebsten gesagt, dass das keine gute

Idee war. Dass sie gehen sollte, dass das nicht mehr mein Problem war. Dass ich auf sie und was auch immer sie nach Meadow Hights führte, einen Scheiß gab. Aber dann sah ich diesen verzweifelten Ausdruck in ihrem Gesicht und konnte nicht anders. ›Du kannst nicht jeden retten.‹ Das hatte Brian einmal zu mir gesagt … und dennoch trat ich einen Schritt zur Seite und ließ sie ins Haus. Mein Herz schlug schneller, während ich spürte, dass ich mich auf dünnes Eis begab.

Kaum war sie eingetreten, hörte ich Aurelias Stimme aus der Küche. »Jake? Wer ist an der Tür?« Ihr Tonfall war neugierig, aber nicht besorgt – noch nicht. Sie kam um die Ecke, und ich sah, wie sich ihre Augen verengten, als sie Melanie musterte. Auch wenn ich ihr nie ein Foto gezeigt hatte, erkannte sie vermutlich sofort, dass es Melanie war. Ich sah es in ihrem Gesicht, das aschfahl wurde, und als sie plötzlich die Kiefer aufeinander mahlte, wusste ich einfach, dass das hier eine ganz beschissene Situation war.

»Das ist Melanie«, sagte ich leise, als wollte ich die Situation entschärfen, bevor sie eskalieren konnte. Doch Aurelias Blick blieb kalt und unnachgiebig. Sie verschränkte die Arme vor der Brust und lehnte sich gegen die Wand, wobei ihre blauen Augen Melanie mit der Präzision eines Messers durchbohrten. Sie hasste sie. Man sah es überdeutlich.

»Was macht sie hier?«, fragte Aurelia direkt, ihre Stimme kühl, aber deutlich angespannt. Melanie schniefte, ignorierte Aurelia aber vollkommen.

»Jake, ich musste zu dir kommen. Ich … hatte

keinen anderen Ort, an den ich gehen konnte.« Sie zitterte. Aurelia schnaubte leise, und ich warf ihr einen warnenden Blick zu, bevor ich mich an Melanie wandte.

»Ich wüsste nicht, was du und ich noch zu klären hätten oder wobei genau ich dir helfen sollte … also hör auf, hier so eine Show zu veranstalten, und sag einfach, was los ist. Spuck es aus. Warum bist du hier?«

Melanie schluckte schwer, ihre Hände krallten sich in den Gurt ihrer Tasche, und ich konnte sehen, dass sie mit sich rang. Schließlich atmete sie tief durch und sah mich mit einem Ausdruck an, der gleichzeitig flehend und entschlossen war.

»Können wir allein reden, Jake?«

Aurelia schnaubte. »Nur über meine Leiche.« Ich lächelte leicht, auch wenn die Situation etwas anderes erforderte. Aber Aurelia war genauso süchtig nach mir wie ich nach ihr. Und sie war genauso besitzergreifend, wie ich es war.

»Du kannst vor meiner Frau, meiner Ehefrau, gerne alles auspacken, was du zu sagen hast!«, klärte ich die Fronten, was ein Lächeln an Aurelias Mundwinkeln zupfen ließ.

»Na gut, wenn du es so willst …«, sagte sie und hob den Blick. Fest sah sie mir in die Augen, aber ich erkannte, dass die Angst durch dieses Grün, das ich einst so vergöttert hatte, floss. »Jake … ich bin schwanger.« Ihre Stimme war kaum mehr als ein Flüstern. »Und … es ist deins.«

Die Worte trafen mich wie ein Schlag in den

Magen. Alles um mich herum schien plötzlich still zu stehen, und ich konnte nur starren. Mein Kopf arbeitete fieberhaft, während ich versuchte, zu verstehen, was sie gerade gesagt hatte. Schwanger? Von mir? Das konnte nicht sein – es durfte nicht sein.

»Was hast du gerade gesagt?«, fragte ich, meine Stimme rau und ungläubig. Aurelia neben mir ballte die Hände zu Fäusten, aber das nahm ich nur vage wahr.

»Ich bin schwanger«, wiederholte sie, und ihre Augen füllten sich erneut mit Tränen. »Ich weiß, dass es deins ist, Jake. Es gab keinen anderen. Es gibt keinen anderen.«

»Das ist jetzt nicht dein Ernst.« Aurelias Stimme war scharf wie eine Klinge, und ich drehte den Kopf zu ihr. Ihr Gesicht war eine Maske aus Wut und Ungläubigkeit. Sie trat einen Schritt nach vorne, zeigte auf Melanie und funkelte mich an. »Jake, sag mir, dass das irgendein scheißkranker Scherz ist.«

»Ich …«, stammelte ich, völlig überfordert. »Ich weiß es nicht.«

»Oh, das ist ja fantastisch«, fauchte Aurelia und warf ihre Hände in die Luft. »Deine Ex steht hier auf unserer Türschwelle, behauptet, sie sei schwanger von dir, und du *weißt es nicht*? Soll das ein Witz sein?«

Melanie trat einen Schritt vor, ihre Stimme zitterte vor Emotionen. »Wir haben immer zusammengehört, und jetzt … mit dem Baby …«

»Oh, ich glaube, es hakt!« Aurelia unterbrach sie, ihre Stimme schneidend. »Du tauchst hier auf, zerstörst unseren Abend, schmeißt ihm ein ›Ich bin schwanger‹ an den Kopf und erwartest, dass er einfach zu dir zurückrennt?« Sie sah mich an, als hätte ich den Verstand verloren und würde das hier provozieren. »Wir sind verheiratet, das hast du aber schon mitbekommen, oder?«

»Aurelia, das reicht«, sagte ich schließlich, verstand sie allerdings sehr gut, denn sie sprach genau das aus, was mir durch den Kopf ging. Meine Stimme klang allerdings schwach. Mein Kopf schwirrte vor Gedanken und Fragen, während ich versuchte, die Kontrolle über die Situation zu behalten. *Schwanger. Schwanger. Vater. Schwanger. Melanie. Ich. Schwanger.* Es fühlte sich an, als würde mein Kreislauf versagen, aber ich holte mehrmals kontrolliert und tief Luft.

»Nein, das reicht nicht, Jake«, schoss Aurelia zurück. Ihre Augen brannten vor Wut.

»Genau!«, herrschte ich los. »Melanie, du solltest in ein Hotel gehen, hier kannst du nicht bleiben … und wir werden uns zu einer vernünftigen Uhrzeit unterhalten.«

»Du … schickst mich weg?«

»Ich schicke dich weg, ja!«, sagte ich, die Arme vor der Brust gekreuzt, und sah ihr fest in die Augen, damit sie merkte, dass ich es ernst meinte, und scheiße, ja, das tat ich. Stumm warteten wir beide, bis Melanie gegangen war.

Keine Ahnung, was sie nun tun würde. Keine Ahnung, ob das eine Arschlochaktion war. Aber ich wollte erst einmal … ich musste das hier auf die Reihe kriegen.

»Du wolltest wissen, ob du mir vertrauen kannst?«, wanderte Aurelias verletzte Stimme spöttisch zwischen uns hin und her. »Die Frage lautet wohl eher: Kann ich dir vertrauen?«

Die Worte trafen mich tief, und für einen Moment wusste ich nicht, was ich sagen sollte. Der Raum war erfüllt von Spannung, die Luft war so dick, dass ich kaum atmen konnte.

Und dann war da nur noch Stille – eine Stille, die lauter war als jedes Wort.

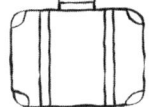

Aurelia

Ich fühlte mich, als befände ich mich in einem freien Fall, ohne zu wissen, ob ich jemals den Boden erreichen würde. Mein Atem ging flach, meine Brust zog sich zusammen, und obwohl Jake direkt vor mir stand, schien er meilenweit entfernt zu sein. Melanies Worte hallten in meinem Kopf wider, wie ein ekelhaftes Echo, das nicht verstummen wollte. *»Ich bin schwanger. Es ist deins.«*

Schwanger. Mit Jakes Kind. Meine Beine fühlten sich an wie Wackelpudding, und doch stand ich starr da, unfähig, mich zu bewegen. Alles in mir verlangte, davonzulaufen, diesen Raum zu verlassen, bevor ich endgültig in Tränen ausbrach. Aber ich blieb stehen, weil ich nicht wusste, wohin ich gehen sollte – wohin ich fliehen konnte, um diesem Schmerz zu entkommen. Ich hasste es, dass ich nicht in der Lage war, meine kühle Fassade aufrechtzuerhalten. Dass ich nicht einmal versucht hatte, meinen Schmerz und den Schock darüber zu verbergen.

Jake machte einen Schritt auf mich zu, und ich spürte die Wärme seiner Hand, als er sie nach mir ausstreckte.

»Aurelia«, sagte er, und seine Stimme war leise, fast flehend. »Lass mich das erklären.« Was wollte er denn erklären? Es gab nichts zu erklären. Alles lag klar auf der Hand. Ich wich zurück, so schnell, dass ich beinahe gegen die Wand stieß.

»Fass mich nicht an«, flüsterte ich, und meine eigene Stimme klang fremd in meinen Ohren. Mein Blick war auf den Boden gerichtet, denn ich konnte ihn nicht ansehen – nicht nach alledem. »Ich ... ich muss hier raus.«

»Aurelia, bitte«, versuchte er es erneut, doch ich schüttelte heftig den Kopf und hob die Hand, um ihn aufzuhalten.

»Lass mich einfach.« Ja, das war unfair, aber ich konnte nicht anders. Ich konnte einfach nicht anders, als mich ihm zu verweigern. Tiefer, alter Schmerz saß in mir. Schmerz und eine Dunkelheit, die ich kaum in Worte fassen konnte. Es war seine Geschichte, sein Theater, und dennoch schaffte ich es nicht anders, als mich ihm zu entziehen. Auch wenn er mich gerade vielleicht brauchte. Jake wirkte geschockt und gleichzeitig gefasst, als hätte er beinahe damit gerechnet. Ich wusste nicht, was das hier war ... aber ich wusste, dass ich erst mit mir klarkommen musste, ehe ich wieder mit ihm klarkam.

Also tat ich das Einzige, das ich tun konnte: Ohne ein weiteres Wort drehte ich mich um und verschwand nach oben. Ich hörte seine Schritte hinter mir, aber er folgte mir nicht. Vielleicht spürte er, dass es nichts bringen würde. Vielleicht hatte er einfach aufgegeben. Ich wusste es nicht, und in diesem Moment war es mir auch egal. Ziemlich sicher war es unfair. Ziemlich sicher war ich gerade der Fiesling in dieser abartigen Geschichte ... fuck!

Ich verriegelte die Badezimmertür hinter mir und schloss kurz und gequält die Augen. Die Stille im Raum war erdrückend, und als ich mein Abbild im großen Wandspiegel sah, erkannte ich mich kaum wieder. Meine Augen waren weit aufgerissen, mein Gesicht blass, und meine Lippen zitterten. Ich sah aus wie jemand, der gerade in einen Albtraum gezogen worden war – und genau so fühlte es sich auch an. Das Bad hier war völlig anders, als man es erwartete. Eine freie Badewanne stand auf goldfarbenen Füßen mitten im Raum. Der Waschtisch war groß und sämtliche Armaturen ebenfalls aus protzigem Gold. Sogar der Seifenspender war golden. Ebenso die Lampe, die Teppiche auf dem Boden, die Griffe der gläsernen Dusche ... Ich liebte es hier, aber jetzt? Jetzt gerade fühlte ich mich fehl am Platz. Mit einem spöttischen Ausdruck auf den Lippen warf ich den Blick auf unseren Zahnputzbecher. Seine blaue und meine gelbe Zahnbürste standen dort zusammen. Ich biss auf meine Unterlippe und feuerte sie mit einem heftigen *Wutsch* quer durch den Raum.

Nachdem ich mehrmals tief Luft geholt hatte, drehte ich die Dusche auf. Das Wasser prasselte laut auf die Fliesen, und ich ließ mich langsam an der Wand hinuntergleiten, bis ich auf dem kalten Boden saß. Meine Knie zog ich an meine Brust, umklammerte sie mit meinen Armen, als könnte ich mich so zusammenhalten, während die Tränen endlich frei flossen.

Jake. Ich hatte angefangen, ihn zu mögen – wirklich zu mögen. Zum ersten Mal seit … seit ich denken konnte, fühlte ich mich bei einem Mann sicher, verstanden, fast schon … glücklich. Und jetzt das. Jetzt tauchte seine Exfreundin auf, verheult, mit einer Tasche in der Hand, und sagte, dass sie schwanger sei. Von ihm. Ich konnte es kaum glauben, aber die Worte waren so klar, so *endgültig* gewesen. Es fühlte sich an, als hätte mir jemand mit voller Wucht in den Magen geschlagen. Es fühlte sich scheiße an. Absolut abgefuckt.

Der Dampf des heißen Wassers begann, den Raum zu füllen, doch ich saß immer noch auf dem Boden, meine Wangen nass von Tränen, die ich nicht stoppen konnte. Vor meinem inneren Auge blitzten Bilder auf, die ich längst begraben hatte, Bilder, die ich nie wieder hatte sehen wollen.

Ich war zurück in der Vergangenheit. Still war es damals gewesen, zu still, als er auf den Bildschirm des Ultraschalls gesehen und mir schließlich tonlos, fast mitleidig erklärt hatte: »Es tut mir leid, Aurelia. Aber es ist sehr unwahrscheinlich, dass Sie jemals Kinder bekommen können.«

Diese Worte hatten sich wie glühende Nadeln in mein Herz gebohrt, und der Schmerz war nie wirklich verschwunden. Ich hatte ihn nur tief in mir vergraben, so tief, dass ich kaum noch darüber nachdachte. Aber jetzt war er wieder da, lauter als je zuvor. Jake konnte ein Kind haben. Mit ihr. Und ich würde niemals ... ich würde ihm nie ... ein Kind schenken können. Herrgott, ich wusste nicht einmal, ob er Kinder wollte oder ob ihm das egal war. Ich wusste nichts davon, es war nie Thema gewesen ... Die Spirale hatte ich nur, weil meine Periode immer mit großen Schmerzen verbunden gewesen war. Und ich zwei Tage völlig ausgeknockt mit der Blutung dazu im Bett lag ... jetzt allerdings, regulierten das die Hormone.

Wir kannten uns ja kaum, wenn ich ehrlich zu mir selbst war. Zittrig strich ich mir eine Haarsträhne aus dem Gesicht, ehe ich laut schluchzend meinen Kopf auf die Knie legte. Es waren nicht nur Melanies Anwesenheit oder ihre Worte, die mich so aus der Fassung brachten – es war alles. Die Eifersucht, die Unsicherheit, die Tatsache, dass ich Jake nicht nur mochte, sondern mich in ihn verliebt hatte. Es war nicht länger eine Farce, nicht länger nur ein Deal. Es war echt geworden, zumindest für mich. Auch wenn wir uns erst so kurz kannten, war es wie der freie Fall. Wie ein Fallschirmsprung, den ich nicht kontrollieren konnte. Das Schicksal hatte mich aus dem Flugzeug geschubst, während ich nicht auch nur den Hauch von Kontrolle darüber hatte.

Und genau deshalb tat es jetzt so weh.

Ich hörte ein leises Klopfen, ehe Jakes Stimme gedämpft durch das Rauschen des Wassers drang.

»Aurelia, bitte mach die Tür auf. Lass uns reden. Du musst mir glauben, ich wusste nichts davon.« Seine Stimme klang ehrlich, aber ich konnte nicht. Nicht jetzt.

Stattdessen zog ich die Knie noch enger an mich und schloss die Augen. Vielleicht gab er irgendwann auf. Vielleicht ging er einfach weg. Vielleicht würde ich dann aufhören, zu weinen.

Aber jetzt? Jetzt wollte ich nur, dass der Schmerz abflaute.

Eine Stunde war vergangen, vielleicht ein bisschen länger – ich wusste es nicht genau, denn mein Handy lag immer noch in der Küche, in der bis vor Kurzem noch alles wundervoll gewesen war. Die Zeit hatte sich aufgelöst, während ich im Badezimmer saß, das Rauschen der Dusche wie ein Vorhang, der die Welt draußen dämpfte. Mein Kopf fühlte sich leer und schwer zugleich an, doch irgendwann entschied ich, dass ich einfach aufstehen musste. Weitermachen musste. Es war kein Plan, sondern eher ein verzweifelter Versuch, mich selbst aus diesem Chaos zu befreien. Außerdem war es nicht fair. Es war unfair, dass ich gerade nicht für ihn da, sondern so sehr mit mir selbst beschäftigt war. Es kostete mich mehrere Minuten, gefühlte Stunden, bis ich die Erinnerung wieder in den Tiefen meiner Seele verschüttet hatte und duschen konnte.

Das heiße Wasser in der lauen Sommernacht war

fast unerträglich. Die Feuchtigkeit hing noch immer in der Luft, und meine Haut prickelte leicht, als ich in meinen alten Flanellschlafanzug schlüpfte. Er war blau-weiß kariert, zu warm für diese Jahreszeit, aber er fühlte sich … sicher an. Der Stoff war weich, fast wie eine schützende Barriere zwischen mir und der Realität. Und in diesem Moment brauchte ich genau das.

Ich öffnete die Badezimmertür, trat hinaus in den Flur, wo die Stille des Hauses mich umfing. Mit jedem Schritt, den ich die Treppe hinunterging, spürte ich das Gewicht auf meiner Brust ein wenig schwerer werden. Das Licht im Wohnzimmer war gedämpft, ein warmer Schein, der von den beiden Stehlampen ausging. Als ich den Raum betrat, blieb ich einen Moment stehen und betrachtete Jake.

Er saß auf dem Sofa, ein Glas Whiskey in der Hand, und starrte auf einen Punkt irgendwo vor sich, den ich nicht sehen konnte. Seinen Pullover hatte er mittlerweile ausgezogen, er trug nur ein T-Shirt mit dem Logo seiner Universität. Harvard. Sein dunkles Haar fiel ihm unordentlich in die Stirn. Die Anspannung in seinen Schultern war fast greifbar, und ich konnte den leichten Geruch des Whiskeys im Raum wahrnehmen.

Er bemerkte mich sofort, seine Augen suchten meinen Blick, aber ich sah kurz weg, unsicher, wie ich beginnen sollte. Ich blieb in der Tür stehen und spielte nervös mit dem Aufschlag meines Oberteils, meine Finger nestelten an dem weichen Stoff, während ich versuchte, meine Gedanken zu ordnen. Ich schämte mich. Weil ich so reagiert hatte, in einer Situation, in der er mich vermutlich gebraucht hätte. Schwer schluckte ich, bezwang den Kloß in meinem Hals und drängte erneut aufkeimende Erinnerungen zurück.

»Jake«, sagte ich schließlich, meine Stimme leise, aber deutlich. In seinen dunklen Augen konnte ich den Schmerz und die Müdigkeit erkennen, die ich selbst so deutlich spürte. »Können wir reden?«

Er stellte das Glas auf den Tisch und lehnte sich zurück, sein Blick blieb auf mir haften. »Natürlich«, antwortete er, seine Stimme rau, aber nicht kalt. »Wenn du jetzt dafür bereit bist.«

»Ich … entschuldige bitte.«

»Ich wollte dich nicht drängen. Ich wollte nur, dass du … dass du bereit bist.«

Ich nickte langsam und trat näher, meine Hände noch immer an meinem Flanelloberteil. Ich wusste nicht, warum ich so nervös war – das hier war Jake. Jake, der mich zum Lachen brachte, der mich verstand, der mich … der mich verletzt hatte, auch wenn es nicht seine Absicht gewesen war. Jake, der mir wehgetan hatte, auch wenn es meine eigene Schuld gewesen war.

Ich setzte mich in den Sessel gegenüber, zog die Beine unter meinen Po und ließ den Blick über das Wohnzimmer gleiten, bevor ich ihn wieder ansah. Hier fühlte ich mich so gut. So wohl. Und das lag nicht nur an der gemütlichen Einrichtung. »Ich weiß nicht, wo ich anfangen soll«, gab ich zu, meine Stimme kaum mehr als ein Flüstern.

Jake lehnte sich vor, seine Ellenbogen auf den Knien, und verschränkte die Hände vor sich.

»Dann lass mich anfangen«, sagte er. »Es tut mir leid, Aurelia. Ich weiß, wie es ausgesehen haben muss. Und ich weiß, wie es sich für dich angefühlt haben muss. Aber ich schwöre dir, ich hatte keine Ahnung, dass Melanie auftauchen würde. Das mit dem Baby … ich …« Er hielt inne, schüttelte leicht den Kopf, als müsste er selbst noch begreifen, was passiert war. »Ich weiß nicht, ob das wahr ist.«

Ich spürte, wie erneut dieser Kloß in meinem Hals aufstieg, aber ich zwang mich, ruhig zu bleiben. »Und was, wenn es wahr ist, Jake?«, fragte ich leise, meine Augen suchten seine. »Was, wenn sie wirklich dein Kind erwartet?« Ich konnte mir nicht vorstellen, dass irgendjemand darüber lügen würde. Nein. Das glaubte ich einfach nicht.

Er sah mich lange an, als würde er nach einer Antwort suchen, die er selbst nicht hatte. Das warme Licht fiel auf seine schönen, markanten Züge. Auf den scharfen Kiefer, der verborgen hinter seinem Sieben-Tage-Bart war, auf die kleinen Lachfalten um seine tiefen, dunklen Augen, die mir das Gefühl gaben, dass er mich wirklich sah. Auf seine hohen Wangenknochen und die gerade, aristokratische Nase. Auf sein Kinn, das markant war, und diese sinnlichen, vollen Lippen, die mich in den Wahnsinn trieben, wenn ich sie spürte, und noch viel mehr, wenn ich sie nicht auf mir spürte.

»Dann werde ich Verantwortung übernehmen«, sagte er schließlich. »Du kennst Brian, meinen Bruder.« Schwach nickte ich, unsicher, ob mir der weitere Verlauf des Gesprächs gefallen würde. »Er ist nicht mein leiblicher Bruder. Er kam zu uns, als er jung war, und das ist keine Geschichte, die ich erzählen darf, das muss er tun, aber sie ist der Grund, wieso ich niemals eine Frau, die mein Kind bekommt, im Stich lassen würde. Ich wollte immer Kinder, habe mir immer welche gewünscht. Ich wollte das Lachen, die Wärme und dieses Gefühl … ich …« Er hielt inne, seine Stimme zögernd, als wäre er sich selbst nicht sicher, ob er das aussprechen konnte. Schließlich seufzte er tief und mein Herz brach. Es splitterte etwas davon ab und ich drohte, zu ersticken. »Aber ich will auch dich, Aurelia. Dich.«

Mein Herz zog sich zusammen, und ich spürte, wie erneut Tränen in meine Augen stiegen. Ich wandte den Blick ab, spielte nervös mit dem Ärmel meines Oberteils, während ich versuchte, die Worte zu finden, die mir auf der Zunge lagen. »Jake, ich habe mich noch nie so gefühlt. Bei niemandem.« Meine Stimme brach leicht, und ich schloss die Augen für einen Moment, um die Tränen zurückzuhalten. »Aber das hier … es hat mich aus der Bahn geworfen.« Mehr konnte ich nicht sagen. Ich war wie blockiert.

Er hob den Kopf, seine Augen weiteten sich leicht, aber er sagte nichts. Ich atmete tief ein.

Die Worte hingen schwer im Raum, und Jake sah mich an, als würde er versuchen, mich zu verstehen. Dann stand er langsam auf, ging um den Tisch herum und kniete sich vor meinen Sessel. Er griff nach meinen Händen, und diesmal zog ich sie nicht zurück. Seine Berührung war warm und tröstlich und als ich endlich in seine Augen sah, spürte ich, dass er ehrlich war.

»Aurelia«, sagte er leise, seine Stimme brüchig, »ich weiß, dass ich das nicht ungeschehen machen kann. Ich bin doch auch überfordert.«

Ich nickte, ohne ein Wort zu sagen, und die Tränen, die ich zurückgehalten hatte, liefen über meine Wangen. In diesem Moment fühlte ich mich, als könnte ich vielleicht wieder atmen. Irgendwann.

Jake wollte ein Kind. Er wünschte es sich.

Ich konnte keine Kinder kriegen, doch nun war diese Chance zum Greifen nahe für ihn. War es also nicht egoistisch von mir, das Baby nicht anzuerkennen? Vielleicht war es nicht mein Kind … aber ich konnte ein Teil seines Lebens sein, wenn ich es wollte.

Zumindest dessen war ich mir sicher.

# Kapitel Sechzehn

J ake

Die ganze Nacht lag ich wach, starrte an die
Decke und hörte Aurelias leisen Atem neben mir.
Normalerweise hätte mich dieses Geräusch beruhigt, aber heute fühlte es sich an, als würde es die Stille
in mir nur noch verstärken. Immer wieder gingen die
Ereignisse des Abends durch meinen Kopf. Wie ein
verdammter Löwe im Käfig, der auf und ab lief. Es war
eine Dauerschleife – Melanie vor der Tür, ihre Worte,
Aurelias verletzter Blick, die Tränen in ihren Augen. Es
war, als würde ich einen Albtraum immer wieder neu
durchleben.

Irgendwann, es war beinahe vier Uhr morgens, gab
ich auf und versuchte, leise aus dem Bett zu steigen,
um sie nicht zu wecken. Sie schlief noch, tief und ruhig,
ihre goldblonden Haare wie ein sanfter Schleier über
das Kissen ausgebreitet. Ich blieb einen Moment stehen
und sah sie an, spürte das schwere Gewicht auf meiner

Brust überdeutlich. Gottverdammt, was war nur aus mir geworden? Ich wollte mich selbst geißeln für das, was ich tat.

Es war noch nicht einmal sechs Uhr, als ich mein Büro in der Klinik erreichte. Die Gänge waren still, das Licht gedimmt, und der Duft von Desinfektionsmitteln hing wie immer in der Luft. Normalerweise mochte ich diese Ruhe in den frühen Morgenstunden, bevor die Hektik begann. Heute jedoch fühlte sie sich erdrückend an. Ich ließ mich auf den Stuhl hinter meinem Schreibtisch fallen und fuhr mir mit den Händen über das Gesicht. Mein Kopf war ein einziges Chaos.

Melanie war schwanger. Schwanger. Schwanger. Schwanger. Mit meinem Kind – oder zumindest behauptete sie das. Ich wusste nicht, was ich glauben sollte. Ich wusste nicht, wie ich mit all dem umgehen sollte. Aber eines wusste ich sicher: Wenn es wirklich mein Kind war, würde ich es nicht im Stich lassen. Niemals. Das war keine Option.

Ich nahm mein Handy vom Tisch und scrollte durch die Kontakte, bis ich Brians Nummer fand. Mein Bruder würde vielleicht wissen, was ich tun sollte. Wenn jemand verstand, wie zerrissen ich mich fühlte, dann er. Ich zögerte einen Moment, bevor ich den Anruf startete. Es klingelte nur zweimal, bevor er ranging.

»Jake?« Brians Stimme klang verschlafen, und ich hörte das Rascheln von Bettzeug im Hintergrund. »Ist dir klar, dass es mitten in der Nacht ist?«

»Ich weiß, sorry«, sagte ich und lehnte mich

zurück. Meine Stimme klang rauer, als ich erwartet hatte. Müde fuhr ich mir über mein Gesicht. »Aber ich muss mit dir reden.«

Brian gähnte leise, aber ich hörte, wie er sich aufsetzte. »Was ist los? Du klingst beschissen.«

Ich atmete tief durch, unsicher, wie ich anfangen sollte. »Es ist Melanie«, begann ich schließlich und merkte, wie sich mein Hals zuschnürte, als ich ihren Namen aussprach. »Sie war gestern Abend bei mir. Und sie hat gesagt, dass sie schwanger ist.«

Am anderen Ende herrschte für einen Moment Stille. Dann hörte ich, wie Brian leise fluchte. »Schei-ße«, murmelte er. »Und … bist du dir sicher, dass es von dir ist?« Er spielte auf meine Vermutung an, dass sie etwas mit ihrem Arbeitskollegen hatte.

»Nein«, gab ich zu, meine Stimme brüchig. »Ich weiß es nicht. Aber was, wenn es wahr ist, Brian? Was, wenn es wirklich mein Kind ist?«

Ich hörte, wie er tief durchatmete, und stellte mir vor, dass er auf der Bettkante saß, sich mit einer Hand durch das Haar fuhr, wie er es immer tat, wenn er nachdachte. Dann pfiff er leise durch die Zähne.

»Das ist brutal abgefuckt. Was … sagt Aurelia dazu?«

»Nun.«

»Verstehe.« Er seufzte tief und schwieg einen Moment, ehe er schließlich murmelte: »Jake … du bist in einer beschissenen Situation, das weiß ich. Aber wenn es dein Kind ist … dann wirst du das Richtige tun. Das weiß ich.«

»Aber was ist das Richtige?«, fragte ich, und meine Stimme klang verzweifelter, als ich erwartet hatte. »Ich will das Kind nicht im Stich lassen. Du weißt, wie das ist. Du weißt, wie es sich anfühlt, wenn die eigenen Eltern einen nicht wollen.«

Am anderen Ende wurde es still, und ich bereute sofort, dass ich das gesagt hatte. Brian und ich hatten nie groß über unsere Kindheit gesprochen, über die Abwesenheit seiner Eltern, die mehr mit sich selbst beschäftigt waren als mit ihm. Aber ich wusste, dass diese Wunde bei ihm noch tiefer saß.

»Ja«, sagte er schließlich, seine Stimme leise und belegt. »Ich weiß, wie das ist. Und genau deshalb wirst du es nicht tun, Jake. Du bist nicht wie sie. Du wirst das Kind nicht im Stich lassen.«

Ich schloss die Augen und ließ seine Worte nachhallen. Natürlich hatte er recht. Ich war nicht wie seine Eltern, und ich würde niemals jemanden, der von mir abhängig war, so im Stich lassen, wie sie es getan hatten. Aber das änderte nichts an dem Chaos in meinem Kopf, an der Angst, alles zu verlieren – vor allem Aurelia.

»Es ist nicht nur das Kind, Brian«, sagte ich leise. »Es ist Aurelia. Ich … ich habe mich in sie verliebt. Wirklich verliebt. Und jetzt? Jetzt denkt sie, dass ich ein Arschloch bin … dass ich ein verdammter Idiot bin. Sie hat sich gestern Abend im Bad eingeschlossen und geweint. Ich konnte nichts tun, um es besser zu machen.« Fuck! Ich fühlte mich wie ein Loser. So ein verdammter Vollidiot.

Brian schwieg einen Moment, bevor er leise seufzte. »Jake, das klingt nach einem verdammt großen Haufen Scheiße. Aber wenn du sie liebst, dann musst du es ihr sagen und auch beweisen. Sie weiß, was für ein Mann du bist. Und wenn nicht ... dann zeig es ihr. Aber du kannst nicht alles auf einmal lösen. Das musst du, auch wenn du keinen Bock darauf hast, in deinen Schädel bekommen.«

Ich nickte, auch wenn er es nicht sehen konnte. »Ja, du hast recht«, murmelte ich widerstrebend und spürte, wie sich Kopfschmerzen in mir einnisteten.

»Natürlich hab ich recht«, erwiderte er, und ich konnte das Lächeln in seiner Stimme hören. »Du bist mein Bruder, es ist mein Job, dir zu sagen, dass du ein Idiot bist, wenn du dich so aufführst.«

Trotz allem musste ich lachen. Ein leises, bitteres Lachen. »Danke, Brian.«

»Immer, Jake«, sagte er. »Du schaffst das.« Er seufzte tief. »Ruf mich an, wenn ich dir helfen kann.«

Ich legte auf und ließ das Handy auf den Tisch fallen. Brians Worte hallten in meinem Kopf wider, während ich ins Leere starrte. Ich musste einen Weg finden, das hier zu lösen – für das Kind, für Aurelia, und vielleicht auch für mich selbst.

Die nächsten Stunden lenkten mich einigermaßen ab, auch wenn mein Kopf immer wieder abschweifte. Ich war dankbar, dass heute keine Operationen in meinem Kalender standen – meine Hände waren ruhig, aber mein Verstand war es nicht. Stattdessen beschäftigte ich mich mit Patientenakten, Untersuchungen und Teambesprechungen. Als Carlyle mich darauf ansprach, dass ich so abgelenkt war, versuchte ich, den Fokus auf meine Arbeit zu legen. Doch selbst als ich mich durch die Diagnosen las, blieb der Schatten der letzten Nacht über mir hängen. Irgendwie fühlte es sich so an, als würde nun alles komplett über mir zusammenbrechen. Mit der flachen Hand fuhr ich über mein Gesicht, warf einen Blick auf mein Handy, doch es blieb stumm. Da ich mich heute schon zweimal selbst angerufen hatte, wusste ich, dass es funktionierte und Aurelia sich einfach … nicht meldete. Ich wollte auf irgendetwas einschlagen, ein Gefühl, das ich so überhaupt nicht von mir kannte. Ich war kein aggressiver Mensch, aber jetzt wollte ich einfach nur …. Fuck! Ich baute mir gerade ein richtig schönes Leben auf. Es fühlte sich endlich komplett an … und dann das?

Aurelia. Melanie. Das Kind.

Ich massierte mir die Schläfen, während ich in meinem Büro saß, die letzten Notizen eines Falles durchging und versuchte, nicht daran zu denken, was all das für meine Zukunft bedeutete. Ich wusste, dass ich mich irgendwann damit auseinandersetzen musste – aber jetzt nicht. Noch nicht.

Ein leises Klopfen ließ mich aufblicken. Ich hatte keine Zeit zu reagieren, denn bevor ich etwas sagen konnte, wurde die Tür bereits geöffnet. Mein Herz schlug automatisch schneller, das Blut rauschte in meinen Adern.

Hoffnung. Ich hoffte, dass es Aurelia war, die zu mir

kam, um über gestern zu sprechen. Es war … Hoffnung.

Hoffnung, die herb enttäuscht wurde, als eine andere Frau mein Büro betrat.

Melanie.

Mein Magen zog sich zusammen, während sie hereinkam. Sie sah besser aus als gestern Abend – nicht mehr ganz so verheult, das Make-up war ordentlich, ihre Haltung aufrechter. Doch die Schwere in ihren Augen war geblieben. Ohne ein Wort zu sagen, ging sie auf meinen Schreibtisch zu und legte einen Ausdruck ab. Ein einziges Blatt Papier. Ich starrte darauf, als hätte sie eine Bombe vor mir platziert.

»Ich dachte, du solltest es schwarz auf weiß sehen«, sagte sie leise. Gebrochen. So kannte ich sie gar nicht …

Langsam nahm ich das Blatt in die Hand. Mein Blick fiel auf das Logo in der oberen Ecke. Eine gynäkologische Praxis in New York. Mein Herz schlug schneller, als ich die Worte darunter las.

*Schwangerschaftsbestätigung*
*Patientin: Melanie Carter*
*7. Schwangerschaftswoche*

Meine Finger hielten das Papier fester, als ich versuchte, den Knoten in meiner Brust zu lösen. Es war real. Kein vages »Vielleicht«, kein Trick – es war offiziell.

»Ich brauche diese Bestätigung für die Arbeit und dachte mir, dass du mir nicht einfach so glauben würdest.«

Arbeit. Das war mein Stichwort.

»Du hast mich betrogen. Woher weiß ich, dass es mein Kind ist?« Ha! Ja, das konnte natürlich auch sein.

»Ich habe dich nicht betrogen.«

»Doch. Mit diesem Kerl.«

»Nein, ich schwöre es dir, Jake!« Tränen traten in ihre Augen und sie blinzelte sie weg. Beinahe so, als wäre sie zu stolz, sie mir zu zeigen. »Ich habe dich nicht betrogen. Wir haben uns wenig gesehen, ja. Ich war häufig einsam, aber …«

Ich unterbrach sie jäh. »Ist das jetzt ein Vorwurf?« Wieso rutschte ich in den Verteidigungsmodus? »Du hättest nur hierherkommen müssen.«

»Ich … Jake. Lass uns nicht streiten …«

»Du kommst hierher, sagst mir, du kriegst ein Kind, und erwartest, dass ich dir das einfach so glaube? Ehrlich?«

»Ich habe mich vielleicht von dir zurückgezogen, da widerspreche ich dir nicht, aber ich habe dich nie betrogen, Jake.« Sie sah mir fest in die Augen. Hielt meinem Blick stand, während ich in ihrem forschte. Ich war mir nicht sicher, ob sie mich betrogen hatte … oder doch nicht. Ich wusste gar nichts mehr. Meine Gedanken rasten. Mein Kopf schwirrte und ich war … einfach nur unendlich müde. Ich seufzte tief und doch spürte ich, dass nicht genug Luft in meinen Lungen war.

Melanie schwieg, beobachtete mich, während ich versuchte, meinen rasenden Gedanken eine Richtung zu geben. Ich wusste nicht, was ich fühlen sollte. Wut? Angst? Verzweiflung? Eine Mischung aus allem?

»Jake«, sagte sie schließlich, ihre Stimme vorsichtig. »Ich weiß, dass das viel für dich ist. Aber ich kann das nicht allein. Ich wollte einfach, dass du es weißt. Ich wollte, dass du es siehst, damit du es annehmen kannst. Akzeptieren.«

Ich ließ das Blatt langsam auf den Schreibtisch sinken, fuhr mir mit einer Hand durchs Haar und atmete erneut tief ein. Ich brauchte frische Luft. Sonst erstickte ich hier.

»Glaubst du, ich habe es noch nicht begriffen?«, fragte ich, meine Stimme heiser. »Ich weiß, dass du schwanger bist, Melanie. Ich weiß, dass du *wirklich* schwanger bist. Ich verstehe es – aber ich weiß nicht, was ich damit anfangen soll.«

Sie zog eine Augenbraue hoch. »Vielleicht akzeptieren, dass du Vater wirst?«

Das Wort traf mich wie ein Schlag. Vater. Ich. Natürlich wollte ich Kinder. Natürlich wünschte ich mir das … aber doch nicht dann, wenn ich von der Mutter getrennt lebte! Mein Job war mein Leben, mein Fokus hatte immer darauf gelegen, anderen zu helfen, sie zu retten, zu reparieren. Aber jetzt … jetzt lag dieses neue Leben plötzlich in meinen Händen, und ich hatte keine Ahnung, was ich damit anfangen sollte.

»Ich will das Kind nicht im Stich lassen«, sagte ich langsam. Meine Gedanken formten sich erst, als ich sie aussprach. »Das könnte ich nicht. Aber Melanie ... ich weiß nicht, was das zwischen uns ...« Ich fuchtelte langsam mit meiner Hand hin und her. »... ändert.«

Ihre Miene verhärtete sich, und sie verschränkte die Arme vor der Brust.

»Es ändert alles, Jake. Egal, ob du es willst oder nicht.« Eindringlich sah sie mich an. Ihre Stimme war schneidend.

Ich schüttelte den Kopf, lehnte mich zurück und sah sie an. »Ich werde für das Baby da sein. Das verspreche ich dir. Aber du kannst nicht erwarten, dass ich einfach in mein altes Leben zurückkehre, nur weil du plötzlich hier aufgetaucht bist.«

Sie presste die Lippen aufeinander, als hätte sie genau diese Worte befürchtet. »Ich weiß«, sagte sie nach einer Weile, fast widerwillig und irgendwie sauer. »Aber ich hoffe, dass du irgendwann verstehst, dass wir es gemeinsam schaffen können.«

Ich wusste nicht, was ich darauf erwidern sollte. Also sagte ich nichts. Ich ließ den Blick erneut auf das Papier fallen, auf die Bestätigung, die mein Leben mit einem Schlag verändert hatte. Ich fühlte mich, als würde ich in zwei Richtungen gezogen werden – zwischen dem Mann, der für sein Kind da sein wollte, und dem Mann, der dabei war, sich in eine Frau zu verlieben, die ihm mehr bedeutete, als er je zugeben wollte, lagen Welten. Brian tauchte in meinen Gedanken auf. Er war ohne seine eigene Familie aufgewachsen. Er war es, der darunter litt, und auf der anderen Seite das Glück gehabt hatte, zu meinen Eltern zu kommen. Zu *unseren* Eltern.

»Ich brauche Zeit«, murmelte ich schließlich.

Melanie nickte langsam. »Ich gebe dir etwas Zeit. Aber nicht ewig. Das muss dir klar sein.«

Mit diesen Worten drehte sie sich um und ging, ließ mich mit dem Blatt Papier und dem Chaos in meinem Kopf zurück.

Ich hatte keine Ahnung, wie ich das hier durchstehen sollte. Aber eins wusste ich: Ich konnte mich nicht mehr davor verstecken. Ich musste eine Entscheidung treffen. Und das bald.

Die Tür zur einzigen Bar in Meadow Hights schwang auf und ich trat ein, ohne mich groß umzusehen. Ich kannte diesen Ort auswendig – jedes Holzpaneel an den Wänden, jedes knarrende Barhockerbein, jede Kerbe in den Tischen, die Geschichten von Jahrzehnten erzählten. Manchmal hatte man das Gefühl, auf dem Boden wäre mehr Bier, Wein und Whiskey verteilt als in den Gläsern. Zu späterer Stunde klebte man regelrecht mit den Schuhen daran fest. Aber das war fuckegal, denn das hier war ein Zufluchtsort. Gerade eben für mich.

Neben der Theke, in einer Ecke war eine alte Jukebox, die nur eine begrenzte Auswahl an Songs spielte – alles Klassiker, nichts Neues. Johnny Cash, Eagles, ein bisschen Springsteen, wenn man Glück hatte. Irgendjemand hatte ein Lied ausgewählt, als ich reinkam. *Whiskey and You* von Chris Stapleton drang aus den Lautsprechern, und es fühlte sich an, als hätte die verdammte Maschine gewusst, warum ich hier war.

Ich setzte mich auf einen Barhocker, nickte dem Barkeeper zu – Joe, Mitte sechzig, mürrischer als ein alter, ekelhaft gelaunter Wolf, aber verlässlich und vor allem schnell in dem, was er tat. Ich hatte seinen Enkel behandelt, wofür er bis heute dankbar war.

»Whiskey?«, fragte er und ich nickte. Offensichtlich sah ich so scheiße aus, wie ich mich fühlte. Ohne ein weiteres Wort stellte er mir ein Glas hin und füllte es mit der bernsteinfarbenen Flüssigkeit. Kein Eis, kein Schnickschnack. Nur das, was ich brauchte. Ich nahm den ersten Schluck, ließ ihn brennend meine Kehle hinunterrinnen, während mein Magen sich anfühlte, als hätte jemand ein Loch hineingerissen. Wie eine Abrissbirne, die von geldgeilen Säcken in ein abbruch-reifes Gebäude getrieben wurde.

Ich wusste nicht, wie lange ich dort saß. Wusste nur, dass ich trank. Erst ein Glas, dann das nächste. Die Gedanken kreisten in meinem Kopf wie ein verdammter Sturm, einer, der nicht zur Ruhe kam. Mein Telefon blieb stumm, weshalb ich es irgendwann ausstellte, um mich davon abzuhalten, ständig wie ein verfluchter Teenager nachzusehen, ob Aurelia sich endlich gemeldet hatte. Ich wusste nicht, wo sie heute war. Da mir Jenna in normaler Arbeitskluft im Kran-kenhaus begegnet war, brauchte sie offensichtlich keine Hilfe mehr im Haushalt oder beim Einkaufen oder Ähnliches.

Ich wurde Vater. Jedes Mal aufs Neue schnürte es mir die Brust ab, als würden sich Ketten aus Eisen darum legen, und es fühlte sich an, als würde ich daran ersticken, weil ich einfach keine verdammte Luft mehr bekam.

Die Worte kamen mir so unwirklich vor, aber das Papier dieser Praxis sagte etwas anderes. Ich konnte nicht einfach so tun, als wäre das alles nicht passiert. Und dann war da Aurelia. Ihr Gesicht, als sie mich das letzte Mal angesehen hatte, war in mein Gehirn eingebrannt. Die Wut, die Verletzlichkeit, die Angst. Sie hatte sich in mich verliebt, und verdammt, ich hatte mich auch in sie verliebt. Aber was zur Hölle bedeutete das jetzt noch? War es nicht ironisch, dass ich Aurelia in einer Bar kennengelernt hatte? Als ich ebenso harten Alkohol getrunken hatte wie jetzt? Gott. Ich ließ den Kopf nach vorne auf meine Brust fallen und schüttelte ihn. Anschließend tat ich das genaue Gegenteil, schob die Ärmel meines schwarzen Kapuzenpullovers bis über die Ellbogen und legte den Kopf in den Nacken. Verdammte Scheiße.

So eine abgefuckte Scheiße.

Ich war in einem Strudel gefangen – zwischen dem, was ich wollte, und dem, was richtig war. Und zum ersten Mal in meinem Leben hatte ich keine Ahnung, welchen Weg ich gehen sollte.

»Du siehst aus, als wärst du verdammt tief in deinem eigenen Kopf gefangen«, ertönte da eine

Stimme neben mir. Sie gab einen abschätzenden Laut von sich. »Oder eben einfach besoffen.«

»Leider nein!«, antwortete ich, hob den Blick und fixierte Brian, der sich gerade neben mich setzte. Seine Augen waren prüfend, ruhig, auf mich gerichtet. Wie immer. Ich hätte ihn früher erkennen müssen – er war immer derjenige, der mich fand, wenn ich mich selbst verlor.

»War zuerst bei dir zu Hause«, sagte er und bestellte sich per Handzeichen einen Whiskey beim Barkeeper. »Dann hab ich's im Krankenhaus versucht. Als du da nicht warst, wusste ich, wo ich dich finde.« Er lachte leise auf. »Ist ja nicht so, als gäbe es hier eine mörderriesige Auswahl an Bars und Kneipen.«

Ich lachte trocken, ohne Humor. »Das spricht wohl Bände über mich.«

Er sagte nichts, nahm nur einen Schluck. Ich wusste, dass er nicht hier war, um mich zu verurteilen. Er wartete einfach, ließ mich reden.

Also tat ich es.

»Ich weiß nicht, was ich tun soll, Brian.« Meine Stimme klang müde, heiser vom Alkohol und dem Chaos in meinem Kopf. »Ich liebe sie. Aurelia. Ich liebe sie wirklich.«

Er schwieg eine Weile, ließ die Worte sacken und räusperte sich schließlich, als hätte er nun eine vage Ahnung davon, wie es mir ging. Ich nahm einen weiteren Schluck Whiskey, starrte in mein Glas, als könnte ich dort Antworten finden. Mit meinen

Fingern drehte ich das Glas so, dass die Flüssigkeit Schlieren am Glas zog.

»Aber ich werde Vater«, fuhr ich fort, mein Blick verschwommen. »Und du weißt, was das bedeutet.«

Brian stellte seinen Tumbler auf den Tresen und sah mich ernst an. »Sprich es aus.«

Gott, es klang so leicht, wie er das sagte. So, als wäre das alles nichts. Die Ketten schlossen sich enger um meine Brust. Ich atmete schwer aus, mein Herz hämmerte gegen meine Rippen. »Es bedeutet, dass ich für mein Kind da sein muss. Dass es eine Familie braucht. Eine richtige Familie.« Meine Hände ballten sich zu Fäusten, als ich weitersprach. »Ich werde nicht der Vater sein, der nicht da ist. Ich werde nicht wie deine Eltern sein. Ich hatte das Glück, dass ich einen Bruder geschenkt bekommen habe … es war unser aller Glück.« Meine Stimme brach leicht am Ende, aber ich redete weiter, als müsste ich mich selbst überzeugen. »Und das heißt im Umkehrschluss, dass ich Aurelia verlassen muss.«

Brian runzelte die Stirn, aber sagte nichts. Er trank, ließ mich weitermachen. Ich war so dankbar, dass er hier war. Dass er mich kannte.

»Es gibt also keinen anderen Weg«, fuhr ich fort, während ich mich selbst innerlich aufrichtete. »Ich kann nicht erwarten, dass Aurelia das mitmacht. Ich kann kein Doppelleben führen. Und mein Kind verdient eine Familie, keine komplizierte Geschichte, verfickte Scheiße.« Ich schüttelte den Kopf, spürte, wie sich ein brennender Schmerz in meiner Brust ausbreitete, schlimmer als der Whiskey in meiner Kehle. »Ich liebe sie, Brian. Aber das hier … das ist größer als ich. Größer als wir.«

Brian atmete tief durch, schob sein leeres Glas über den Tresen und drehte sich dann voll zu mir. »Unabhängig davon, ob ich denke, dass du Scheiße laberst … denn das war nicht deine Frage an mich … Bist du dir sicher, dass es die einzige Möglichkeit ist?«

Ich nickte, auch wenn es sich anfühlte, als würde ich damit mein eigenes Herz brechen. »Ja. Wenn ich will, dass mein Kind eine Chance auf ein normales Leben hat, dann ist das die einzige Möglichkeit. Mutter und Vater. So wie es die Geschichte, ja, die Evolution vorsieht.«

Brian sah mich lange an, sein Blick unergründlich. Dann lehnte er sich zurück, rieb sich mit einer Hand über das Kinn und sagte leise: »Du bist ein guter Mann, Jake, auch wenn du manchmal der größte Arsch bist, den ich kenne. Und ich weiß, dass du das tust, weil du denkst, es ist das Richtige. Aber …« Er machte eine Pause, sein Blick weicher als erwartet. »Manchmal ist das Richtige nicht das, was uns glücklich macht.«

Ich lachte bitter und kippte den letzten Rest Whiskey hinunter.

»Dann muss ich wohl lernen, mit dem Unglücklichsein zu leben.« Bitter. Zynisch. Frustriert. Ich fuhr mir durch mein Haar. »Sie hat sich nicht gemeldet.«

»Wer?«, fragte mein Bruder. »Melanie?«

»Aurelia«, stellte ich klar. »Keine Nachricht, kein Anruf.« Brian schwieg und ja, ich wusste genauso gut wie er, was das bedeutete. Nämlich, dass es egal war. Ich war ihr egal. Das Wir, das wir hatten, war für uns weiterhin nur ein Fake.

Die Jukebox spielte *Tennessee Whiskey*, und verdammt, es war, als würde sich das Universum einen schlechten Scherz mit mir erlauben. Ich wusste, dass das hier der Anfang vom Ende war – dem Ende von uns. Von mir und Aurelia.

Und trotzdem … Trotzdem wünschte ich mir, dass es anders wäre.

Aber manche Dinge konnte man nicht ändern. Und eine Familie bedeutete, dass ich mich entscheiden musste.

Ich hatte meine Wahl getroffen. Jetzt musste ich nur noch lernen, mit den Konsequenzen zu leben.

## Kapitel Siebzehn

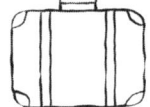

Aurelia

Ich ließ den Stift fallen und rieb mir die Schläfen. Mein Kopf pochte von den unzähligen E-Mails, die ich den ganzen Abend beantwortet hatte, aber es war nicht die Arbeit, die mich so erschöpft fühlen ließ.

Sondern er. Oder besser gesagt: seine Abwesenheit. Egal auf welchen Wegen.

Jake hätte längst zu Hause sein sollen. Seit Stunden wartete ich darauf, dass die Haustür aufging, dass seine Schritte durch den Flur hallten, dass er mich ansah – vielleicht mit diesem Ausdruck in seinen dunklen Augen, den ich in letzter Zeit so oft gesehen hatte, wenn er dachte, ich würde es nicht bemerken. Doch stattdessen war da Stille. Eine lähmende, beklemmende Stille, die mir jeden Nerv raubte.

Ich hatte versucht, nicht darüber nachzudenken, hatte mich in Arbeit gestürzt, mich in Excel-Tabellen vergraben und mir eingeredet, dass es eine harmlose Erklärung gab. Vielleicht ein Notfall in der Klinik. Vielleicht war er einfach nur müde und wollte sich Luft verschaffen. Doch je mehr Minuten sich in Stunden verwandelten, desto deutlicher wurde das unangenehme Gefühl in meinem Magen. Er würde nicht kommen.

Etwas stimmte nicht.

Ein Blick auf die Uhr verriet mir, dass es nach Mitternacht war. Ich hatte noch nie so lange auf Jake gewartet. Und vielleicht, vielleicht war das der Moment, in dem mir klar wurde, dass ich mich hoffnungslos in ihn verliebt hatte. Weil ich mir Sorgen machte. Weil mein Herz bei jedem Geräusch an der Tür schneller schlug, nur um dann enttäuscht zu werden. Weil ich wusste, dass sich alles verändern würde, sobald er diese Tür durchschritt. Ich hatte Angst, denn ich wusste nicht, was mich erwartete. Ich hatte Angst, weil ich den ganzen Tag nichts von ihm gehört hatte und es auch nicht wagte, mich bei ihm zu melden. Ich wollte … ihm das Gefühl geben, dass er seinen Freiraum hatte. Natürlich – ich war eine Frau, Herrgott – hatte ich mir den ganzen Tag überlegt, wieso er stumm blieb … aber das Ergebnis war immer dasselbe: Er wusste nicht, was er sagen sollte. So wie ich. Immer wieder hatte ich eine Nachricht aufgesetzt, mich aber doch nicht dazu durchringen können, sie abzuschicken.

Und dann geschah es.

Die Haustür öffnete sich mit einem dumpfen

Geräusch, und ich sprang fast von meinem Platz auf. Doch die Erleichterung, ihn endlich zu sehen, verflog, sobald ich erkannte, dass er nicht allein war. Mein Herz pochte schnell in meiner Brust und ich schluckte schwer, um das zu verbergen.

Brian folgte ihm. Sein Blick war ernst, aber nicht unfreundlich, und er sah mich nur kurz an, bevor er murmelte: »Hi, Aurelia …« Ich nickte knapp und er fühlte sich sichtlich unwohl. »Ich geh nach oben.« Ohne ein weiteres Wort verschwand er Richtung Treppe.

Mein Blick fiel auf Jake. Er sah … zerstört aus. Seine Schultern hingen tief, sein Gesicht wirkte müde. Abgekämpft. Seine Augen trafen meine – und es war, als würde mein Herz aus meiner Brust gerissen werden.

»Wir müssen reden.«

Seine Stimme war rau, leise, und plötzlich wurde mir so übel, dass ich mich an der Rückenlehne meines Stuhls festhalten musste.

Nein.

Ich wusste es. Ich wusste es, bevor er es überhaupt sagte.

»Was ist los?« Meine Stimme klang seltsam hohl, als gehöre sie jemand anderem. Mein heftiger Herzschlag übertönte alles, was um mich herum geschah. Mein Blick wurde eng und das Blut rauschte in meinen Ohren.

Jake atmete tief durch, als müsse er sich sammeln, und rieb sich mit einer Hand über das Gesicht. Er sah mich an, aber diesmal war nichts Warmes mehr in seinem Blick. Es war wie eine Art Maske. Wie ein Vorhang, der vor seine Züge fiel und seine wahren Gedanken vor mir verbarg.

»Ich … ich kann das nicht mehr, Aurelia.« Er ließ die Worte zwischen uns fallen, als seien sie nichts, als würde er mich nicht gerade in zwei Hälften reißen. »Ich muss mich von dir trennen.«

Das war der Moment, in dem meine Welt stillstand.

Ich konnte ihn nur anstarren, konnte nichts fühlen, nichts denken. Ich hörte den Wind draußen gegen die Fenster peitschen, hörte das Ticken der Uhr in der Küche, spürte, wie mein Brustkorb sich hob und senkte – aber es war, als wäre ich nicht wirklich hier.

»Warum?« Das Wort kam kaum über meine Lippen. Schwach und heiser. Wie Schleifpapier fühlte sich mein Hals an.

Jake sah mich an, sein Kiefer mahlte. »Es ist mein Baby, Aurelia. Ich muss für Melanie und mein Kind da sein.« Ein einzelner Schlag. Direkt in mein Herz. Schwer räusperte er sich. »Das zwischen uns ist ja ohnehin nur ein Fake und nun habe ich die Chance auf eine wahre, echte Familie. Ich … ich möchte Kinder, und ja. Nun werde ich wohl eines haben, auch wenn ich mir andere Umstände erhofft hätte.«

Ich schwankte leicht und umklammerte den Stuhl fester, um mich zu stabilisieren. Es fühlte sich an, als würde der Boden unter mir nachgeben, als würde ich in etwas Dunkles gezogen werden, aus dem es kein Entkommen gab.

›*Er geht. Er verlässt mich. Für sie.*‹ Meine Gedanken rasten.

»Und ... was ist mit der Vereinbarung?«, fragte ich, weil mein Kopf verzweifelt versuchte, sich an irgendetwas Rationalem festzuhalten, obwohl mein Herz bereits in tausend Stücke zersprungen war. Klirrend und klappernd kamen sie nach und nach auf dem Boden auf, allerdings machte es das nicht besser.

Jake senkte den Blick, als wäre ihm dieser Teil unangenehm. »Ich halte sie aufrecht«, sagte er leise. »Bis du das hast, was du willst.« Er machte eine Pause und sah mir schließlich fest in die Augen. »Die Firma.«

Ich lachte. Ein hässliches, zerbrochenes Lachen. War das alles, was von uns übrig blieb? Ein verdammter Deal?

Er stand einfach da, unbeweglich, während meine Welt in sich zusammenbrach.

Ich hätte schreien sollen. Hätte ihm sagen sollen, dass er ein Idiot war, dass er mich nicht einfach so aus seinem Leben reißen konnte, dass er uns nicht einfach aufgeben durfte. Aber ich tat nichts davon.

Ich nickte nur. Ganz langsam. Und sagte mit brüchiger Stimme: »Okay.« O nein, ich würde ihm nicht die Genugtuung verschaffen, dass er mich brach. Ich würde ihn nicht sehen lassen, wie gerne ich ihn mochte und wie sehr mich das mitten ins Herz traf. Wie kurz ich davor stand, den Halt zu verlieren. Ich mahlte die Kiefer aufeinander, damit ich nichts Unüberlegtes sagte. Damit ich ihn nicht wissen ließ, wie sehr ich ihn wollte ... brauchte ... liebte.

Jake schloss kurz die Augen, als hätte er sich gewünscht, dass ich anders reagiere. Doch als er sie wieder öffnete, war da nur noch Abschied.

Er drehte sich um und ließ mich stehen.

Und ich? Ich wusste nicht, ob ich jemals wieder atmen konnte, ohne dass es wehtat.

Mechanisch griff ich nach meinem Handy, rief mir ein Taxi und ging nach oben, um meine wenigen Sachen, die ich hierhatte, zu packen. Brian war im Gästezimmer und Jake war wieder gegangen. Zumindest deutete ich die zufallende Haustür so ...

Wie schnell ein gemeinsames – wenn auch kurzes – Leben beendet sein konnte.

Wie schnell das alles vorbei war, wurde mir bewusst, als ich in das Taxi stieg und mich zurück nach New York fahren ließ.

Morgen wäre es so, als wäre er nie Teil meines Lebens gewesen.

Stumme Tränen liefen über meine Wangen und ich biss mir so hart auf die Unterlippe, bis ich Blut schmeckte ... aber alles war besser, jede Ablenkung willkommener als mein totes Herz, das mich langsam verschlang.


Mein Penthouse fühlte sich leerer, kälter an als jemals zuvor. Einsamer.

Es war nicht so, dass es vorher voller Leben gewesen wäre, weil ich die meiste Zeit meines wachen

Zustandes im Büro verbracht hatte. Es war immer nur ein Ort gewesen, an den ich zum Schlafen gekommen war, zwischen Meetings und Reisen. Ich war ausgegangen, hatte mich mit Freunden getroffen, aber dass ich wirklich mal meine voll eingerichtete Küche voller High-End-Geräte genutzt hatte ... das war nicht passiert.

Nach vier Tagen, in denen ich es kaum verlassen hatte, kam es mir vor wie ein riesiges, schmerzendes, schwarzes Loch. Ein Gefängnis, das aus Glas, Beton und teuren Designermöbeln bestand und in dem ich mich verloren fühlte. Vermutlich genau aus diesen Gründen. Meine Gedanken drifteten zu Jakes leicht chaotischer Küche und seinem gemütlichen Wohnzimmer ab.

Ich saß auf meinem hellen Sofa, die Beine unter mich gezogen, ein Laptop auf dem blitzblank polierten Couchtisch vor mir. Mein Blick war auf die Zahlen und Prognosen gerichtet, die meine Assistentin mir geschickt hatte, doch sie verschwammen vor meinen Augen. Ich trug eine schwarze Leggings und einen übergroßen, cremefarbenen Pullover, in dem ich mich beinahe verstecken konnte. Eigentlich hatte ich heute ins Büro fahren sollen, aber ich hatte keine Kraft. Ich konnte einfach nicht. Immer dann, wenn ich es versuchte, verlor ich mich erneut in meinem Schmerz.

Vier Tage. Vier Tage ohne ihn. Ohne eine Nachricht von ihm. Vier Tage, die ich nun hier war, meine Haushälterin nicht kommen ließ und von Lieferdiensten lebte. Ich war nicht sicher, was besser war: nichts zu essen, weil man ohnehin keinen Hunger hatte, oder einfach all das Zeug in sich reinzustopfen. Vier Tage ohne ein Lebenszeichen von ihm. Vier Tage seit jener Nacht, in der Jake mir das Herz aus der Brust gerissen hatte. Ich hatte nicht mit ihm gesprochen, nicht mit ihm geschrieben. Nicht, dass ich gewusst hätte, was ich hätte sagen sollen. Oder wollen. All die Szenarien in meinem Kopf endeten damit, dass ich entweder sauer wurde, weil er mir so wehtat, oder dass ich ihn anflehte, mich zurückzunehmen, weil ich verdammt noch mal verliebt in ihn war. Dummerweise verschwand dieses Gefühl nicht so schnell, wie es gekommen war.

Und zu allem Überfluss wusste ich nicht, was ich meinem Vater erzählen sollte.

»Vater, ich habe dich irgendwie angelogen. Ich bin nicht wirklich verheiratet. Und die einzige Person, die mir je so etwas wie Liebe bedeutet hat, hat mich verlassen, weil er ein Kind mit einer anderen Frau bekommt.« Zynisch sprach ich die Worte laut vor mich hin. Ich war so … armselig.

Mein Magen zog sich zusammen, und ich schloss für einen Moment die Augen, atmete tief ein. Nein. Ich durfte jetzt nicht darüber nachdenken. Ich hatte mich in Arbeit vergraben, genau wie früher, als Gefühle nur eine lästige Ablenkung gewesen waren. Doch es funktionierte nicht. Nicht diesmal. Nicht mit der Intensität, die Jake in mir ausgelöst hatte. In uns ausgelöst hatte.

Jedes Mal, wenn ich einen Moment zur Ruhe kam, war es da.

Das Gespräch mit dem Gynäkologen.

Ich hatte es so lange erfolgreich verdrängt, es so tief in meiner Seele vergraben wie in der Tiefsee, in die noch nie ein Mensch vorgedrungen war. Ich hatte so getan, als wäre es nicht geschehen. Doch jetzt, da Jake ein Kind bekam – mit einer Frau, die nicht *ich* war –, gab es kein Verdrängen mehr. Alles strömte auf mich ein, wurde über mir ausgeschüttet wie ein Ballon, der geplatzt war und mich mit Pech überhäufte, statt mit glitzerndem Glück.

›*Es tut mir leid, Miss Cardrige. Aufgrund der Vernarbungen in Ihrer Gebärmutter und Ihres Hormonstatus ist es höchst unwahrscheinlich, dass Sie jemals schwanger werden.*‹

Ich schluckte schwer, aber die Worte hatten sich längst in meine Seele gebrannt. *Höchst unwahrscheinlich.* Eine elegante Umschreibung für ›*es wird nicht passieren.*‹

Damals hatte ich es einfach akzeptiert. Ich hatte mir eingeredet, dass es keine Rolle spielte, dass ich ohnehin keine Mutter sein wollte, weil ich nie eine Familie gehabt hatte, die dieses Wort verdiente. Mein Vater war eine unnahbare Machtfigur, meine Mutter eine flüchtige Erscheinung, und meine Kindheit bestand aus Nannys und strikten Erwartungen an mich und meine Schwester Stella. An mich noch mehr als an sie. Ich war die Erstgeborene. Ich war es, die irgendwann die Firma übernehmen sollte. Und scheiße, ja, ich wollte das auch … aber nun, da ich jemanden hatte, den ich liebte, dachte ich schon über eine Familie nach.

Ich hatte mir eingeredet, dass es besser wäre, keine Kinder in eine Welt zu setzen, die so war wie meine.

Und doch …

Ein brennender Schmerz breitete sich in meiner Brust aus, während ich die Knie enger an meinen Körper zog. Die Tränen kamen plötzlich, unkontrolliert, warm und salzig, liefen über meine Wangen, ohne dass ich sie aufhalten konnte. Meine Haut brannte bereits von all den vorangegangenen Tagen, von all den vergossenen Tränen und meiner vernachlässigten Hautpflege.

Ich war nicht nur traurig, weil Jake mich verlassen hatte.

Ich war traurig, weil ich niemals das haben würde, was Melanie jetzt hatte.

Weil ich es verdammt noch mal gewollt hätte.

Nicht mit irgendjemandem. Nicht mit irgendeinem Mann. Sondern mit ihm.

Die Erkenntnis traf mich so hart, so voller Wucht, dass mir die Luft wegblieb. Ich presste die Hand auf meinen Bauch, als könnte ich damit das Loch füllen, das sich dort auftat. Doch es war sinnlos. Nichts konnte den Schmerz über diese Erkenntnis dämpfen. Betäuben. Ändern …

Ich würde nie eine Mutter sein. Nie ein kleines, warmes Bündel in den Armen halten, nie diese bedingungslose Liebe spüren, von der so viele sprachen. Ich würde nie Jakes Kind in mir tragen. Ich würde nie den Stolz in seinen Augen sehen, wenn er mich betrachtete. Nicht, dass ich das gesehen hatte, als Melanie da gewesen war … aber ich wusste, dass er … scheiße, man war doch nicht Kinderchirurg, weil man Kinder nicht mochte? Nicht liebte.

Und ich hatte ihn verloren.

Ein Schluchzen durchbrach die Stille des Penthouse, und ich biss mir auf die Lippe, doch es half nichts. Ich weinte. Ich weinte, weil es zu viel war. Weil ich nicht wusste, wie ich damit umgehen sollte. Weil ich nicht wusste, wer ich ohne ihn war.

In einem Akt der Kapitulation schob ich den Laptop beiseite, ließ den Kopf gegen die Sofalehne sinken und ließ es zu.

Ich hatte vier Tage lang so getan, als wäre ich stark genug, das alles zu ignorieren.

Aber jetzt wusste ich es besser.

Ich war nicht stark. Nicht jetzt.

Und ich hatte keine Ahnung, ob ich es jemals wieder sein würde.

# Kapitel Achtzehn

**J**ake

Eine Woche war vergangen. Sieben Tage, seit Aurelia gegangen war. Seit sie nichts mehr von sich hatte hören lassen. Seit ich die Tür zu einem Leben geschlossen hatte, das ich mir insgeheim so sehr wünschte, und stattdessen in eines getreten war, das sich so falsch anfühlte, dass ich kaum atmen konnte. Es überrollte mich wie eine Lawine, wenn ich ehrlich war. Es überrollte mich, dass es mir so wehtat. Eigentlich hatte ich geglaubt, dass ich schon irgendwie mit diesem Zustand zurechtkommen würde. Für mein Kind. Ich war mir dessen wirklich sicher gewesen. Aber anstatt es akzeptieren zu können … vermisste ich Aurelia unendlich. Scheiße. Manchmal stand ich wie ein Weichei im Bad und fragte mich, was sie wohl gerade tat. Melanie und ich waren nicht zusammen. Das hatte ich ihr von Beginn an klargemacht. Natürlich würde ich mir Mühe geben und es versuchen ... aber jetzt konnte ich das noch nicht.

Melanie war inzwischen bei mir eingezogen. Es war ihr Vorschlag gewesen. Sie schien überglücklich zu sein, auch wenn ich es nicht war. Sie räumte die Küche um, was mich extrem nervte, dekorierte das Wohnzimmer mit irgendeinem kitschigen Zeug, das nicht hierher passte, und sprach über unsere Zukunft, als wäre ich wirklich ein Teil davon.

Aber das war ich nicht.

Ich lebte hier, aber ich war nicht wirklich da.

Meine Bedingung für diesen Einzug, den ich nicht gewollt hatte, war, dass sie in das Gästezimmer zog und das dortige Badezimmer benutzte. Aurelia hatte ihre Zahnbürste vergessen – oder mit Absicht stehen lassen – und ich räumte sie nicht fort. Der schmerzhafte Anblick fühlte sich besser an als die Vorstellung, sie zu entsorgen und den Platz leer zu lassen. Heilige Scheiße, im Grunde war ich seit sieben Tagen unendlich genervt.

Ich saß gerade auf der Couch, eine halbvolle Flasche Whiskey auf dem Tisch vor mir, während Melanie in der Küche summte. Irgendeinen Popsong, den ich nicht erkannte. Sie hatte gekocht – schon wieder –, versuchte ständig, dieses perfekte Bild einer glücklichen Familie zu erschaffen, als wäre es so einfach, als wäre ich nicht immer noch in Gedanken bei einer Frau, die nicht sie war. Vor allem tat sie so, als wüsste sie nicht, dass ich mit meinen Gedanken vollkommen woanders war.

Mein Handy lag neben mir, der Bildschirm dunkel. Ich hatte es in den letzten Tagen unzählige Male in die Hand genommen, ohne zu wissen, was ich damit tun sollte. Ich konnte Aurelia nicht anrufen. Ich hatte keinen Grund, ihr zu schreiben. Ich hatte mich entschieden, hatte den Weg gewählt, der ›richtig‹ war.

Trotzdem wollte ich mich jetzt dafür steinigen, dass ich so ein verfluchter Idiot war.

Ich griff nach dem Handy, entsperrte den Bildschirm und öffnete Google. Tippte ›Aurelia Cardrige‹ ein.

Nichts.

Keine neuen Artikel über sie. Keine neuen Fotos. Es war, als hätte sie sich aus der Welt zurückgezogen, als wäre sie untergetaucht.

Oder als wäre sie zu beschäftigt damit, mich zu vergessen. Vermutlich hatte sie das bereits. Der Schmerz, der sich in meiner Brust ausbreitete, kroch langsam in jeden verdammten Winkel meines Körpers und ich wollte … wollte augenblicklich losheulen. Und das so, dass ich diesen Druck in meiner Brust, in meinem Inneren loswurde.

Tief durchatmend fuhr ich mir durch die Haare, hoffte, dass die Tränen nicht überliefen, ließ das Handy sinken und starrte auf den Couchtisch. Meine Brust fühlte sich an, als würde ein verdammter Felsbrocken darauf liegen. Ich hatte gehofft, dass es besser werden würde, wenn eine Woche vergangen war. Dass ich mich an das neue Leben gewöhnen würde. Dass die Tatsache, dass ich Vater wurde, die

Abscheu Melanie gegenüber überwöge. Ich wartete auf den nächsten Termin beim Frauenarzt. Dieser war allerdings erst in drei Wochen. Leider. Meadow Hights selbst hatte nur ein paar Gynäkologen im Krankenhaus, keine ortsansässige Praxis. Also mussten wir in den Nachbarort fahren, denn das Risiko, dass uns jemand sah, das war mir zu hoch... und ... ja, ich würde dann wohl das erste Mal mein Baby sehen. Ich musste durchhalten, irgendwann würde sich das Blatt schon wenden, der Druck in meiner Brust verschwinden und ich wäre wieder frei und glücklich.

Mit Melanie.

Aber stattdessen wurde es immer schlimmer.

»Jake?«

Ich sah auf und bemerkte, dass Melanie näher gekommen war. Ihr Blick war weich, ihre Lippen zu einem vorsichtigen Lächeln verzogen. Sie trug eines dieser kurzen Nachthemden, von denen sie wusste, dass sie mir früher gefallen hatten.

Aber jetzt fühlte sich selbst das falsch an. Wenn ich mich dazu zwang, meine Gedanken von Aurelia wegzulenken und zu Melanie zu führen, konnte ich mich beim besten Willen nicht mehr daran erinnern, wieso ich jemals geglaubt hatte, dass ich in sie verliebt gewesen war. Wie irre und verrückt war es nur, dass ich dachte, ich wäre mit ihr glücklich gewesen? Denn Scheiße, war die Zeit mit Aurelia, die nicht einmal einen Bruchteil der Dauer von Melanies und meiner Beziehung ausmachte, nicht viermal so intensiv und aufregend gewesen? Selbst dann, wenn ich die Anfänge von Melanie und mir zum Vergleich heranzog?

»Du kommst doch gleich ins Bett, oder?«, fragte sie und trat näher. Ihre Fingerspitzen glitten über meinen Nacken, eine Berührung, die mich früher vielleicht gereizt hätte – doch jetzt ließ sie mich nur erstarren.

Unmerklich zog ich mich zurück, schaffte es nicht, einen verächtlichen Laut zurückzuhalten. »Ich bleibe noch ein bisschen hier. Spielt aber auch keine Rolle, du hast dein eigenes Zimmer.«

Sie seufzte leise, zog die Hand zurück und setzte sich neben mich. »Jake … du bist nicht wirklich hier, oder?«

Ich presste die Lippen zusammen. Ich wollte sie nicht verletzen, wollte keine unnötige Diskussion anfangen. Also schwieg ich.

»Es ist ihretwegen, nicht wahr?« Ihre Stimme war sanft, aber ich spürte den unterschwelligen Ärger. Den Unmut. Den Hass.

Ich sah sie an, ließ meine Maske für einen Moment fallen. Eigentlich war mir nämlich scheißegal, ob ihr das wehtat. »Ja.«

Ihr Gesicht versteinerte kurz, bevor sie sich schnell wieder fing. »Jake, du hast dich entschieden. Wir haben uns entschieden. Wir werden eine Familie, du und ich, mit unserem Baby.« Verzweiflung stand in ihren Zügen und ich fuhr mit der Hand über meinen Unterarm.

Mechanisch nickte ich. *Unser Baby.*

Das war es, oder? Das war der Grund, warum ich

hier war. Warum ich sie nicht einfach wegschicken konnte. Es war nicht einmal eine Entscheidung gewesen – es war eine Verpflichtung. Hatte ich nicht durch Brian mitbekommen, wie hart es war, wenn man ohne beide Elternteile aufwuchs? Hatte ich das nicht aus nächster Nähe mitbekommen?

»Geh schon mal schlafen«, sagte ich schließlich, meine Stimme rau. »Ich brauche noch eine Weile.«

Sie musterte mich, als wollte sie irgendetwas in meinem Gesicht erkennen, das ihr Hoffnung machte. Dann stand sie auf, schüttelte resigniert den Kopf und ging.

Ich wartete, bis ich ihre Schritte in Richtung Schlafzimmer hörte, dann griff ich nach meinem Handy und versuchte es erneut.

*Aurelia Cardrige.*

Wieder nichts.

Ich lehnte mich zurück, ließ den Kopf gegen die Sofalehne sinken und schloss die Augen.

Wo war sie? Und noch viel wichtiger – warum fühlte es sich so an, als hätte ich den größten Fehler meines Lebens gemacht?


Ich wusste nicht genau, wann ich eingeschlafen war. Das Letzte, woran ich mich erinnerte, war der bittere Nachgeschmack von Whiskey auf meiner Zunge und das gedämpfte Licht der Straßenlaterne, das durch das Fenster fiel. Mein Körper war schwer, meine

Gedanken diffus, gefangen in einem Traum, der sich warm und vertraut anfühlte.

Da war ein Kuss. Sanft, drängend. Eine Berührung, die mich langsam aus der Dunkelheit zog. Mein Herz schlug schneller, mein Verstand taumelte irgendwo zwischen Traum und Realität. Die Lippen auf meinen fühlten sich bekannt an, vertraut – und tief in meinem Bewusstsein glaubte ich zu wissen, zu *fühlen*, dass es *sie* war.

Aurelia.

Mein Körper reagierte instinktiv. Ich erwiderte den Kuss, zog sie näher, ließ mich für einen flüchtigen Moment in die Illusion fallen, dass alles wieder richtig war. Dass ich in einem anderen Leben aufgewacht war, in dem ich meine Entscheidungen nicht so verdammt falsch getroffen hatte. In dem Leben vor zwei Wochen … als alles noch in bester Ordnung war. Als ich gerne zu Hause war. Als ich gerne nach Hause kam … weil Aurelia hier war. Ich vermisste ihre schön geschwungenen Lippen, die zierlichen Hände, die sie an mich gelegt, mit denen sie selbstsicher mein Hemd aufgeknöpft hatte, wenn ihre Lust auf mich sie übermannt hatte. Ich erinnerte mich daran, wie sie ihren Blick gesenkt gehalten hatte, die Wimpern lange, schwarze Schatten auf ihre hohen Wangenknochen werfend, und sie sich auf die volle Unterlippe gebissen hatte, wenn ein Knopf nicht sofort durch die Öffnung geschlüpft war. Mein Gott, ich vermisste sie so sehr und jetzt … war sie hier. Zu mir zurückgekommen. Sie war hier.

Doch dann holte mich die Realität schlagartig ein.

Der Duft war falsch. Zu süß, zu intensiv. Die Hände, die über meine Brust glitten, fühlten sich anders an. Die Art, wie sie mich drängte, war zu fordernd, zu berechnend.

Mein Geist wurde klar, meine Augen öffneten sich – und das Erste, was ich sah, waren nicht Aurelias fein gemeißelten Züge. Mein Herz pochte schnell in meiner Brust, der Kopfschmerz aufgrund des Whiskeys explodierte mit voller Wucht in mir, das Männchen hämmerte unnachgiebig und unkontrolliert los.

Melanie kniete neben mir, ihre Finger krallten sich in mein Shirt, ihre Lippen glitten über meine Kieferlinie. Ihre Augen waren dunkel vor Verlangen, ihre Haut glühte, als hätte sie nur darauf gewartet, dass ich endlich nachgab.

Ich erstarrte, als hätte mich ein Blitz getroffen.

»Melanie …« Mein Tonfall war eine Mischung aus Schock und Abwehr, doch sie ignorierte es.

»Schhh …« Sie lächelte, ihre Fingerspitzen fuhren über meine Brust, ihre Lippen suchten meinen Hals. »Du hast mich vermisst, oder? Ich weiß, dass du es willst. Dass du *uns* willst. Du hast das nicht umsonst gesagt.«

Ich packte ihre Hand, hielt sie fest, ohne zu grob zu sein. »Nein!«

Sie blinzelte, als hätte sie mich nicht richtig verstanden. »Jake …«

Ich setzte mich auf, löste mich von ihr und sah sie an. *Wirklich* an. Und plötzlich wurde mir klar, dass ich sie all die Tage über nicht wirklich angesehen hatte.

Sie war schön. Ja. Sie war die Frau, die ich früher geliebt hatte. Die Frau, mit der ich mir mal eine Zukunft ausgemalt hatte. Aber sie war nicht Aurelia.

»Das hier … wird nicht passieren«, sagte ich, und meine Stimme war fester, als ich erwartet hatte.

»Warum nicht?« Ihre Stimme zitterte, aber nicht vor Schmerz. Sondern vor Frust. Und Verzweiflung. »Wir sind eine Familie, Jake. Bald zu dritt. Du musst mich nicht weiter auf Abstand halten. Ich *weiß*, dass du dich noch zu mir hingezogen fühlst.«

Ich schüttelte den Kopf, zog die Hände weg, mit denen sie nach mir greifen wollte. »Das ist nicht wahr.«

Ihre Augen blitzten auf, ihr Lächeln gefror für einen Moment. »Doch. Du hast mich geküsst.«

Ich atmete tief durch. »Weil ich dachte, du wärst jemand anderes.«

Die Worte schienen sie wie eine Ohrfeige zu treffen. Ihr Gesichtsausdruck verhärtete sich, ihre Lippen wurden zu einem schmalen Strich. »Du meinst *sie*, oder?«

Ich sagte nichts. Aber wir kannten beide die Antwort. Meine Lippen wurden trocken und ich rieb darüber. Fuck, in was für eine üble Situation war ich eigentlich geraten?

Ein eisiges Schweigen legte sich zwischen uns, so dicht, dass es fast greifbar war.

Schließlich erhob sich Melanie langsam, strich sich ihr Negligé glatt und musterte mich mit einem Blick, der zwischen Wut und Kränkung schwankte. »Sie ist weg, Jake. Und du hast mich. *Uns.*« Nun legte sie ihre Hände auf ihren noch flachen Bauch. »Vielleicht solltest du langsam anfangen, das zu akzeptieren.«

Mit diesen Worten drehte sie sich um und ging, ließ mich zurück auf der Couch, meine Brust voller Chaos und mein Herz schwerer als je zuvor.

Ich rieb mir müde über das Gesicht.

Ich hatte mich für dieses Leben entschieden. Für *sie.* Für das Baby.

Warum fühlte es sich dann an, als hätte ich alles verloren?

# Kapitel Neunzehn

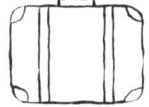

Aurelia

Ich war am absoluten Tiefpunkt angekommen. Definitiv. Anders konnte man es nicht bezeichnen.

Wenn ich letzte Woche schon gedacht hatte, dass ich am Boden lag, dann war das nun der absolute, endlose Tiefpunkt. Ich fühlte mich, als würde ich mit dem Gesicht voran im Dreck liegen, und anstatt mich aufzuraffen und mich wieder aufzurichten, wurde es immer schlimmer und ich versank tiefer und tiefer. Der Regen schlug gegen die Fensterscheiben meines Büros, während ich versuchte, mich auf die Zahlen und Berichte, also die aktuellen Auswertungen für die Herbstkollektion 2026 zu konzentrieren. Vergeblich. Meine Gedanken schweiften immer wieder ab, verloren sich in Erinnerungen, die ich zu verdrängen versuchte. Ich hasste diesen Zustand und konnte einfach nicht akzeptieren, dass ich es nicht schaffte, mich selbst herauszuholen. Den Kreislauf durch kontrolliertes Atmen, Gedankenumlenken und all diesen anderen Scheiß, den ich mir die letzten Tage auf YouTube reingezogen hatte, zu durchbrechen. Mich aus diesem Strudel der Selbstgeißelung zu befreien. Ich war armselig, und wüssten das meine Feinde – davon hatte ich viele – würden sie vermutlich lachen, weil ich … seit Neuestem eine Witzfigur war.

Jake.

Seit einer Woche hatte ich nichts mehr von ihm gehört. Kein Anruf, keine Nachricht. Nicht, dass ich damit gerechnet hatte. Er hatte seine Wahl getroffen. Er hatte mich verlassen – für sie, für sein Kind, für ein Leben, in das ich nicht passte. Für ein Leben, das ich ihm gar nicht ermöglichen konnte.

Und doch …

Ich biss mir auf die Lippe, mein Blick ruhte auf der grauen Skyline von New York, während die Tropfen langsam in kleinen, dünnen Rinnsalen am Glas entlangliefen. Der Regen machte die Stadt noch düsterer, als sie ohnehin schon war, und in mir drin fühlte es sich genauso an. War New York schon immer so … hässlich? So grau und trist? Ich nahm es noch deutlicher wahr als bisher.

Ich hatte es versucht. Wirklich. Ich hatte mich in Arbeit gestürzt, hatte versucht, weiterzumachen, mich selbst zu überzeugen, dass es besser so war. Mich dazu zu bringen, die Verzweiflung darüber, dass er sich für sie entschieden hatte, wegzuschieben und in den tiefen Abgründen meiner Seele, in der dunkelsten Ecke meines Innersten zu verbergen. Nur so sehr ich es auch wollte … es war eine Lüge.

Ich vermisste ihn. Verdammt, ich vermisste ihn so sehr, dass es wehtat.

Plötzlich wusste ich, dass ich es nicht mehr aushielt. Ich konnte nicht einfach hier sitzen, ihn aus meinem Kopf verbannen, als wäre er nie da gewesen. Ich musste ihn sehen. Der Drang wurde übermächtig und presste mir mit einer Wucht die Luft aus den Lungen, die mir wirklich den Atem raubte. Nur nicht auf sonderlich positive Art. Ich musste ihn sehen – nur noch ein einziges Mal. Nur einen Blick auf ihn werfen, um mir selbst zu beweisen, dass ich weitermachen konnte.

Ich griff nach meiner Tasche, schnappte mir meinen Mantel und rief meinen Fahrer. »Fahren Sie mich nach Meadow Hights.«

Er fragte nicht nach dem Grund. Vielleicht sah ich in diesem Moment so entschlossen aus, dass es keiner Erklärung bedurfte. Oder vielleicht wusste er, dass es Dinge gab, die man einfach tun musste, auch wenn sie wehtaten.

Die Fahrt zog sich endlos hin. Der Regen prasselte gegen die Fensterscheiben, und ich saß schweigend da, meine Hände im Schoß gefaltet, meine Nägel in den Stoff meines Mantels gegraben. Wir ließen zwar die Stadt hinter uns, aber dcr Regen blieb. Wolkenkratzer wechselten zu kleinen Mehrfamilienhäusern, ehe sie zu Einfamilienhäusern schrumpften. Schließlich wurde es immer ländlicher, naturverbundener … Mein Herz schlug schneller, je näher wir kamen.

Und dann, nach gefühlten Stunden, tauchte das Haus endlich vor mir auf. *Sein* Haus.

Ich sagte meinem Fahrer, er solle anhalten, und sah durch das Autofenster. Mein Puls raste, als ich ihn endlich entdeckte. Mein Herz klopfte so heftig in meiner Brust, dass ich befürchtete, ich bekäme einen Herzinfarkt, und im nächsten Moment wünschte ich mir, ich wäre einfach nur tot und niemand würde mich vermissen. Erfüllt von Schmerz, als risse mir jemand all meine Eingeweide heraus und zerquetschte sie zwischen seinen Fingern, schaffte ich es nicht, wegzusehen. Mein Magen verknotete sich und zog sich zusammen. Fuck. Übelkeit stieg in mir auf, gepaart mit unendlichem Schmerz. Ich wollte heulen. So verdammt sehr. Eine einzelne, stumme Träne lief über meine Wange.

»Alles okay, Miss Cardrige?«, fragte mich mein Fahrer und ich räusperte mich, denn der Kloß in meinem Hals drohte, mich zu ersticken.

»Ja, alles okay!«, echote ich hohl, blinzelte nicht einmal. Aus Angst, er würde sich dann in Luft auflösen. »Ich bin gleich zurück!«, ergänzte ich, stieg aus, und es war mir egal, dass es regnete. Mein Fahrer wollte protestieren, aber ich war bereits nach wenigen Schritten durchnässt. Es interessierte mich nicht. Wie ein Magnet wurde ich angezogen, wie eine irre, total kranke Stalkerin stand ich in der Dämmerung und sah durch sein verdammtes Küchenfenster.

Jake.

Er stand in der Küche, direkt am Fenster, sein Profil

scharf gezeichnet gegen das warme Licht im Inneren des Hauses. Mein Herz setzte einen Schlag aus. Er sah genauso aus wie damals. Wie der Mann, den ich abgöttisch, über alle Maßen, liebte. So wie mein Herz zersplittert war, setzte es sich gerade wieder zusammen.

Doch dann bewegte sich etwas neben ihm und mein Blick fiel auf *sie*.

Melanie.

Sie trug eine Schürze. *Meine* Schürze.

Die, die ich immer getragen hatte, wenn ich für uns gekocht hatte. Und sie lachte, während sie in einem Topf rührte, in den Jake gerade hineinsah. Ich beobachtete, wie er etwas sagte, das Gesicht ausdruckslos, so als wäre er eine Hülle seiner selbst. Ganz gleich, wie makellos er aussah. Ihre Blicke trafen sich – und dann legte sie spielerisch eine Hand auf seinen Arm. Jake drehte das Gesicht zur Seite und ich wusste nicht, ob er die Berührung mochte oder nicht. Vielleicht hatte ich sie mir auch nur eingebildet, denn sie war so schnell vorbei, wie sie zustande gekommen war.

Etwas in mir zerbrach.

Ich konnte es nicht hören, aber ich konnte es sehen. Die Vertrautheit. Die Nähe. Die Intimität. Eifersucht wuchs in mir, wurde aber von der bitteren Blüte des Schmerzes übertönt. *Ich* sollte dort stehen. *Ich* sollte seine Hand halten. *Ich* sollte für uns kochen. *Ich* sollte das sein.

Mich sollte er ansehen. Mich.

Uns.

Aber er war bei ihr. Sie hatten sich versöhnt. ›*Sie sind eine Familie‹*, flüsterte diese kleine, gemeine, zerstörerische Stimme in mir.

Eine einzelne Träne rollte langsam über meine Wange.

Ich hätte nicht herkommen sollen. Hätte mich nicht in die Illusion retten sollen, dass es vielleicht, nur vielleicht, einen Weg zurück gab.

Blinzelnd riss ich den Blick von ihnen los und öffnete die Autotür.

»Fahren Sie zurück nach New York,« sagte ich leise, ohne meinen Fahrer anzusehen. Meine Haare tropften, aber das spielte keine Rolle.

Die Tür schloss sich, der Bentley setzte sich in Bewegung.

Ich lehnte den Kopf gegen das Fenster und ließ die Tränen fließen. Stille Tränen, die niemand sehen konnte, die niemand bemerkte.

Es tat weh. Gott, es tat so weh.

Doch das war es dann wohl. Das Ende.

Und diesmal gab es kein Zurück.


Der nächste Morgen begann kalt und grau, als hätte das Wetter beschlossen, sich meiner Stimmung anzupassen. Ich zog meinen Mantel enger um mich, während ich aus dem Bentley stieg und die breiten, grauen Steinstufen zum Stadthaus meines Vaters hinaufging. Das Gebäude war alt, ehrwürdig – eines dieser historischen Gebäude in der Upper East Side, das seit Generationen im Besitz unserer Familie war. Doch stattdessen fühlte ich mich leer.

Ich klingelte nicht. Das tat man hier nicht. Die Tür wurde von unserem Butler geöffnet, der mich mit einer höflichen Verbeugung begrüßte.

»Guten Morgen, Miss Cardrige. Ihre Schwester ist bereits eingetroffen.«

Mein Herz machte einen kleinen, schwachen Sprung. *Stella war da.*

Es war eine Überraschung, aber eine willkommene. Meine jüngere Schwester lebte in Los Angeles und war für die Westküsten-Niederlassung unseres Modelabels verantwortlich. Sie war die einzige Person in unserer Familie, zu der ich wirklich eine Verbindung hatte, auch wenn wir sehr wenig voneinander hörten. Wir hatten einfach zu viel zu tun. Außerdem waren wir beide nicht der Typ Mensch, der Dinge via Telefon klärte. Nein, so gerne ich ihr alles gesagt hätte, ich hatte es nicht gekonnt.

Ich ging durch die großen Flügeltüren in den Salon, wo die zarte Morgensonne, die sich durch das graue Wetter gekämpft hatte, durch die hohen Fenster fiel und sich in den glänzenden Silberkannen des Früh-stückstisches spiegelte. Und da saß sie – Stella, in einem blauen Kaschmirpullover, ihr blondes Haar zu einem lässigen Dutt gebunden, während sie sich gerade eine Erdbeere in den Mund schob und unserem Haus-mädchen irgendwas von einem Surfwochenende und ihrer Inspiration dazu erzählte. Sobald sie mich sah, hielt sie inne.

»Aurelia!«, rief sie, sprang auf und eilte auf mich zu.

Ich zwang mich zu einem Lächeln, auch wenn ich mich eigentlich wirklich freute, sie zu sehen, umarmte Stella und sog ihren vertrauten Duft ein – Vanille und ein Hauch von frischen Blumen. »Was machst du hier? Ich dachte, du wärst mit den Vorbereitungen für die neue Kollektion beschäftigt. Nicht, dass ich mich nicht freuen würde.«

Sie zuckte mit den Schultern. »Ich brauchte eine Pause von der Sonne und all den perfekten Menschen. Und außerdem habe ich Vater ewig nicht gesehen. Aber jetzt, wo ich dich so ansehe …« Sie wich ein Stück zurück und betrachtete mich mit prüfendem Blick. »Was ist mit dir los?«

Ich zwang mein Lächeln, zu bleiben. »Was soll mit mir los sein?«

»Du siehst aus, als hättest du die ganze Nacht nicht geschlafen.«

Mein Magen zog sich zusammen, aber bevor ich antworten konnte, betrat unser Vater den Raum.

Will Cardrige war trotz seines Alters noch immer eine imposante Erscheinung. Sein Haar war grau, aber sein Blick so scharf wie eh und je. Er trug einen perfekt geschnittenen Anzug – selbst am Frühstückstisch –, und als er mich sah, hob er eine Braue.

»Aurelia«, sagte er mit dieser distanzierten Zuneigung, die er immer ausstrahlte. Er trat zu mir, küsste mich auf die Wange und musterte mich. »Du siehst erschöpft aus.«

Natürlich tat ich das. Ich hatte kaum geschlafen.

Mein Herz fühlte sich an, als wäre es in tausend Stücke zersplittert. Aber ich würde nicht zulassen, dass er es erfuhr.

Ich setzte mich an den Tisch und griff nach einer Tasse Kaffee. »Ich habe viel gearbeitet«, sagte ich beiläufig. »Es ist gerade eine stressige Phase.«

Mein Vater nickte langsam, während er sich seinen Teller mit Rührei und Toast füllte. »Nun, das ist gut. Arbeit hält den Verstand scharf. Aber du solltest auf dich achten. Dein Gesicht ist dein Kapital in unserer Welt, Aurelia. Müdigkeit steht dir nicht.«

Stella schnaubte. »Gott, Papa, ernsthaft?«

Ich lachte leise, aber es klang hohl. »Keine Sorge. Ich werde mich schon nicht ruinieren.«

»Mit deinem Ehemann alles bestens?«, fragte er und ließ somit die Bombe platzen, die ich eigentlich nicht einfach so vor Stella auf den Boden hatte werfen wollen.

»Ehemann?« Stellas Stimme klang schrill. »Bitte was?«

»Nun.«

»Es ist nur gefakt!«, mischte sich mein Vater ein. »Damit das mit der Firma alles über die Bühne geht!«

»Was?«

»Keine große Sache …«, wiegelte ich automatisch ab.

»Es ist nur für das Bild nach außen.«

»Ich will alles wissen!«, rief Stella aus. »Meint ihr zwei das ernst, mich in so eine Entscheidung nicht zu involvieren?«

»Ich musste heiraten, damit ich die Firma übernehmen kann. Du willst sie ja nicht!«, erwiderte ich
salopp und hoffte, dass man mir meinen Schmerz nicht
anmerkte. »Also habe ich das getan.«

»Wen?«

»Dr. Jake Hayden, Kinderchirurg in einer Klinik in
Meadow Hights. Er ist sehr nett und es läuft gut.« Nun.
Tat es nicht, aber das würde ich ihnen garantiert nicht
auf die Nase binden.

»Du siehst nicht so aus, als wärst du glücklich!«,
warf meine Schwester skeptisch ein, aber ich
lachte auf.

»Doch, alles gut. Ich habe nur wirklich viel Arbeit.«

»Du würdest es mir sagen?«

»Natürlich!«, rief ich aus. Mein Puls beschleunigte
sich, aber sie schien es mir zu glauben.

»Na dann freue ich mich für dich. Wann lerne ich
ihn kennen? Meinen Schwager?«

»Mal sehen«, sagte ich und mein Vater nickte.

»Wie lange bleibt ihr verheiratet?«

»Auch das steht in den Sternen.«

»Ah, okay. Vielleicht wird es ja ganz romantisch
und ihr verliebt euch und alles wird wundervoll sein«,
stellte Stella grinsend fest.

»Ja!«, sagte ich lachend, obwohl ich eigentlich
heulen wollte. »Vielleicht passiert das.« Oder es war
schon passiert. Vielleicht waren wir schon bei dem
Schritt, in dem man sich entliebte. Und ... einfach alles
am Arsch war. Schwer schluckend schaffte ich es, die
Tränen zurückzuhalten. Zum Glück ließ meine

Schwester das Thema gut sein. Vermutlich, weil sie mir glaubte, dass ich das wirklich nur gemacht hatte, um die Firma zu übernehmen. Sie wusste um die konservativen Regeln des Vorstands. Auch wenn mein Vater die eigentliche Entscheidungsgewalt hatte, war der Vorstand darauf bedacht, dass er involviert und Regeln eingehalten wurden. Und wie ich mittlerweile erfahren hatte, stand in der Satzung seit der Firmengründung geschrieben, dass eine weibliche Erbin verheiratet sein sollte, ehe sie die Macht übernehmen konnte. So veraltet diese Ansicht auch war, es war eine, der ich mich beugen musste, wenn ich mein Ziel erreichen wollte … Wie auch immer. Ich hatte mich dummerweise auf dieses kranke Spiel eingelassen und jetzt … nun. Es war, wie es eben war.

Mein Vater und meine Schwester waren gedanklich bereits weitergezogen.

Die Unterhaltung glitt in seichtere Themen ab – Geschäftsstrategien, die Expansion des Labels, Stellas Leben in Los Angeles. Ich hörte zu, nickte an den richtigen Stellen, trank meinen Kaffee, aß ein Croissant. Doch die ganze Zeit über fühlte ich mich nicht wirklich anwesend.

Ich dachte an *ihn*. Daran, wie er mit Melanie in der Küche gestanden, wie er in den Topf geblickt hatte, als wäre es das Selbstverständlichste auf der Welt. Daran, wie mir Tränen über die Wange gelaufen waren, bevor ich mich umgedreht hatte und gegangen war.

Und jetzt saß ich hier, inmitten von Porzellan und Silberbesteck, spielte die perfekte Tochter, die perfekte

Geschäftsfrau – und niemand merkte, dass ich innerlich zerbrach.

Oder fast niemand.

Stella sah mich erneut prüfend an. Sie kannte mich einfach zu gut.

Ich wusste, dass sie mich später darauf ansprechen würde. Aber nicht jetzt.

Jetzt musste ich einfach durchhalten. So tun, als wäre alles in bester Ordnung.

Wie immer.

# Kapitel Zwanzig

**J**ake

Ich schloss die Haustür mit einem müden Seufzen und ließ meinen Kopf gegen das Holz sinken. Der Tag war die Hölle gewesen. Eine fünfstündige OP, kompliziert, risikoreich, ein Kind, das am seidenen Faden gehangen hatte. Ich hatte alles gegeben, jede Sekunde hatte gezählt, und mein Herz raste noch immer, als würde mein Körper sich weigern, in einen normalen Rhythmus zurückzukehren. Adrenalin brauchte immer eine ganze Weile, bis es den Körper wieder verließ.

Aber jetzt war es vorbei. Ich war zu Hause. *Allein.* Endlich einmal allein. Ich hatte das Gefühl, als wäre Melanie ständig um mich herum. Als würde sie dadurch erreichen wollen, dass ich wieder irgendetwas für sie empfand. Mittlerweile war ich mir sicher, dass ich nie wieder dazu in der Lage sein würde. Oder doch. Wenn ich ganz ehrlich zu mehr selbst war, empfand ich etwas, allerdings war es Abscheu, und das, obwohl sie mein Kind unter dem Herzen trug. Ja, ich versuchte, mich damit auseinanderzusetzen, aber es war noch zu surreal, dass ich Vater wurde, denn bisher war noch nichts geschehen. Und der Sex mit Melanie, der letzte echte Sex, war einfach zu lange her, als dass ich mich noch wirklich daran erinnern konnte. Natürlich wusste ich, wann es gewesen war. In New York, in unserem Bett, als ich das vorletzte Mal bei ihr gewesen war … aber das änderte nichts daran, dass es sich weit weg anfühlte. Und da man nichts sah und der nächste Arzttermin noch auf sich warten ließ, war es nicht präsent.

Auf der einen Seite.

Auf der anderen war es präsenter als alles, was ich jemals erlebt hatte. Denn Melanie … war einfach nicht Aurelia. Scheiße. Hätte vor einiger Zeit jemand zu mir gesagt, dass man sich binnen drei Wochen so verlieben konnte, dass man bei der Trennung schlimmer litt als nach einer jahrelangen Beziehung, hätte ich ihn ausgelacht. Und da ich jetzt endlich allein daheim war, mein Haus für mich hatte, spürte ich nur wenig der beinahe vergifteten Energie, die durch das Haus floss, seit Melanie da war. Auch nichts mehr von der Wärme Aurelias. Nichts … einfach nichts.

Allein zu sein, sorgte dennoch das erste Mal seit Tagen für Erleichterung.

Melanie war vermutlich mit Freundinnen essen oder irgendwo shoppen. Vage konnte ich mich erinnern, dass sie gemeint hatte, sie würde nach New York fahren und auch noch ein paar ihrer Sachen mitbringen … aber nach diesem Satz hatte ich schon nicht mehr zugehört. Weil mich allein der Gedanke, dass sie noch mehr ihrer Sachen holen wollte, in absolute Panik versetzte. Genau deshalb wusste ich nicht genau, wo sie war … und ich interessierte mich ehrlich gesagt auch nicht dafür. Ich hatte keine Kraft für sie, keine Geduld für ihre ständigen Versuche, diese perfekte kleine Familie zu erschaffen, von der sie träumte, die allerdings nicht existierte. Von der ich gedacht hatte, dass wir sie vielleicht haben würden, weshalb ich mich von Aurelia getrennt hatte … aber nein, diese Familie würde es nicht geben. Niemals … nicht mehr, seitdem ich wusste, wie es sich anfühlen konnte.

Ich trat in die Küche, streifte meine Jacke ab und rieb mir über das Gesicht. Mein Blick fiel auf den Tisch. Die Zeitung lag dort. Müde ging ich zum Kühlschrank, nahm mir ein Bud light und drehte den Verschluss ab. Ich nahm einen Schluck und trat zum Tisch, griff nach der Zeitung, um sie beiseitezulegen – doch als ich sie anhob, flatterten mehrere Blätter heraus, segelten langsam zu Boden.

Ich fluchte leise und beugte mich hinunter, um sie aufzusammeln. Rechnungen, ein paar Notizen – und dann ein Zettel, der mich innehalten ließ.

Nein, kein Zettel.

Es war ein Scheck.

Mein Magen zog sich mit einem unguten Gefühl zusammen, als ich die Zahlen sah.

*50.000 Dollar.*

Der Empfänger: *Melanie Carter.*

Der Betreff: *Monatliche Zuwendung, wie vertraglich vereinbart.*

Mein Herz setzte für einen Moment aus. Dann begann es, schneller zu schlagen, hämmerte in meiner Brust, als hätte jemand einen Schalter umgelegt.

Was zum Teufel war das?

Mein Blick flog über das Papier, suchte nach einer Erklärung. Der Name des Kontoinhabers. Der Name, der mir die Kehle zuschnürte, obwohl ich ihn gar nicht kannte. *Elijas Stark.*

Ich starrte auf den Scheck, als würde er gleich anfangen, zu brennen. Was war das? *Monatliche Zuwendung, wie vertraglich vereinbart.* Was zur Hölle?

Ich durchforstete mein Gehirn, ob ich jemals diesen Namen gehört hatte. Oder gelesen. Aber nein, da war nichts. Ich öffnete Google und gab den Namen ein. Nichts. Nur irgendein Kerl aus Kanada, der Eishockey spielte. Mhm. Wer war das?

Eine eiskalte Ahnung kroch in mir hoch, biss sich in meinen Gedanken fest. Das hier war kein Geschenk. Das war eine verdammte Zahlung. Eine vertraglich vereinbarte monatliche Zahlung.

Was zum Teufel bedeutete das?

Ich setzte mich langsam auf einen der Küchenstühle, der Scheck zitterte in meiner Hand. Mein Kopf war noch immer voller OP-Bilder, aber jetzt war da etwas anderes – eine unbestimmte Panik, eine Wut, die sich langsam ihren Weg durch meine Erschöpfung fraß. Etwas stimmte nicht. Ganz und gar nicht. Endlich konnte ich das Gefühl, das mich ständig begleitete, fassen. Irritation.

Was, wenn Melanie mir nicht die ganze Wahrheit gesagt hatte?

Was, wenn ich mich in etwas verrannt hatte, das von Anfang an eine Lüge gewesen war?

Ich spürte es in meinen Knochen. Etwas hatte ich übersehen.

Verdammt. Ich musste herausfinden, was hier wirklich lief.

\*\*\*

Die Bar in Meadow Hights war genau so, wie ich sie hinterlassen hatte – dunkel, rustikal, mit dem Geruch von altem Holz, Alkohol und einer Vergangenheit, die in jedem Kratzer der Tische steckte. Die alte Jukebox in der Ecke spielte eine leise Country-Melodie, während ich mich an meinen üblichen Platz setzte. Der Barkeeper nickte mir zu, ohne ein Wort zu sagen, und stellte mir einen Whiskey hin.

Ich nahm den ersten Schluck, fühlte das Brennen in meiner Kehle – aber es reichte nicht, um das Gefühl loszuwerden, dass ich gerade in eine verdammte Sackgasse gerannt war.

Mein Handy lag vor mir auf dem Tisch, der Bildschirm leuchtete schwach im schummrigen Licht. Ich hatte den Namen bereits mehrmals gegoogelt. Elijas Stark. Nichts, was mir etwas sagte.

Kein prominenter Geschäftsmann. Kein Klinikbesitzer. Kein Anwalt. Nur ein Name, der mir ein verdammt ungutes Gefühl vermittelte, ohne zu wissen, warum.

Ich nahm einen weiteren Schluck Whiskey, ließ den Alkohol ein wenig länger auf der Zunge, bevor ich ihn hinunterschluckte. Mein Blick fiel auf den Scheck, den ich noch immer in meiner Jackentasche hatte. Diese 50.000 Dollar brannten sich in meine Haut, als wären sie Säure. *Monatliche Zuwendung, wie vertraglich vereinbart.*

Wofür?

Melanie hatte nie einen Job gehabt, der solche Beträge gerechtfertigt hätte. Und wenn es um das Kind ging – warum von diesem Mann? Wer zum Teufel war Elijas Stark und warum zahlte er meiner schwangeren Exfreundin dieses verdammte Geld?

Ich rieb mir über das Gesicht, fuhr mir durch die Haare. Das hier war faul.

Ich wusste es. Konnte es fühlen.

Mein Daumen schwebte wieder über der Google-Suchleiste, während ich erneut Buchstaben eintippte. Diesmal versuchte ich es mit *Elijas Stark und New York* als Kombination.

Wieder nichts.

Mir wurde heiß und kalt. Wenn jemand so gar nicht auftauchte, dann stimmte doch noch viel weniger als nichts, oder?

Mein Herz schlug schneller.

Es passte nicht zusammen. Das alles passte nicht zusammen.

Ich schloss die Augen, versuchte, das Puzzle in meinem Kopf zu ordnen.

Hatte Melanie mich manipuliert? Hatte sie Dreck am Stecken?

Und wenn ja – was zum Teufel steckte dahinter?

Ich nahm einen weiteren Schluck Whiskey. Aber diesmal schmeckte er nicht mehr nach Beruhigung.

Sondern nach einem verdammten Fehler.

# Kapitel Einundzwanzig

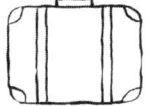

Aurelia

Stella saß mit untergeschlagenen Beinen auf meinem Sofa, ihr Weinglas in der Hand, während sie mich mit diesem durchdringenden Blick musterte, der mir schon als Kind das Gefühl gegeben hatte, dass ich nichts vor ihr verbergen konnte. Ich hatte sie in meine Wohnung gelassen, obwohl ich eigentlich nicht in der Verfassung war, mit ihr zu reden. Doch sie hatte darauf bestanden. Und irgendwie wusste ich, dass ich nicht ewig schweigen konnte. Sie war meine Schwester, meine Freundin. Der Mensch, dem ich am meisten traute. Okay, nein, das war so gewesen. Zuletzt hatte ich Jake mehr vertraut. Seine Meinung war mir trotz allem immer noch wichtig.

Ich nahm einen tiefen Schluck Wein, ließ das Glas dann sinken und starrte auf die goldene Flüssigkeit. Wie konnte ich es in Worte fassen, ohne dabei selbst zu zerbrechen? Ich wusste, dass sie Antworten wollte, wusste, dass sie sie *brauchte*. Und ich wusste, dass sie Panik hatte, ebenfalls aus irgendwelchen Gründen heiraten zu müssen.

»Also?«, fragte Stella schließlich und hob eine Braue. »Wann willst du mir sagen, wieso du so aussiehst, als wäre dein Herz aus deiner Brust gerissen worden?«

Ich schnaubte, aber es klang schwach, kraftlos. »Wow, subtil wie immer.« Sie schaffte es, mir ein Lachen zu entlocken. Es fühlte sich seltsam an und meine Wangen schmerzten sofort.

Sie zuckte mit den Schultern. »Ich bin deine Schwester, es ist mein Job, dich auf deinen eigenen Mist hinzuweisen. Also raus damit, Aurelia. Was ist wirklich los? Diesen Schwachsinn von wegen heiraten und alles ist super, nehm ich dir nicht ab. Warum zum Teufel heiratest du? Und dann auch noch einen Kerl, den ich nicht mal kenne!?«

Ich presste die Lippen zusammen, während sich meine Brust eng anfühlte. In den letzten Tagen hatte ich versucht, mich davon zu überzeugen, dass es besser so war. Dass Jake nicht meiner war, dass er nie meiner gewesen war. Doch die Worte, die nun in mir aufstiegen, fühlten sich so endgültig an, dass sie mir die Luft raubten.

»Ich …« Stockend atmete ich tief durch. Dann ließ ich es raus. »Ich habe mich verliebt.«

Stella blinzelte. »Okay. Nicht das, was ich erwartet habe, aber … weiter.«

Ich fuhr mir mit den Fingern durch die Haare,

schloss kurz die Augen. »Ich habe mich in *Jake* verliebt.«

Einen Moment lang war es still. Dann ließ Stella sich gegen das Sofa sinken, legte den Kopf gegen die Rückenlehne und atmete tief aus.

»Scheiße.«

»Ja«, murmelte ich.

»Ich meine, *wirklich* scheiße.« Sie drehte ihren Kopf und betrachtete mich.

»Ich weiß.«

Sie sah mich weiter an, ihr Blick jetzt sanfter, verständnisvoller. »Und er …?«

Ich biss mir auf die Unterlippe, spürte, wie sich meine Kehle zuschnürte. »Er hat Schluss gemacht.«

»Was?!« Stella setzte sich ruckartig auf. »Warum? Wieso? Du sagst, ihr habt diesen Fake-Mist durchgezogen, aber ich habe euch gegoogelt … und ich dachte …« Sie verstummte. Ihre Stimme war jetzt leiser. »Ich dachte, da wäre mehr.«

Ich lachte bitter. »War es auch«, räumte ich ein. *Ist es auch.* »Zumindest für mich.«

Sie runzelte die Stirn. »Und für ihn nicht?«

Ich sah sie an, kämpfte gegen die Tränen, die mir wieder einmal gefährlich nah kamen. Ich wollte nicht weinen. Nicht wieder. Schwer räusperte ich mich, ehe ich die Worte laut aussprach, mit denen ich seit Tagen kämpfte. Die mir so wehtaten, dass ich kaum atmen konnte. Mein Puls raste, ich spürte das Blut regelrecht durch mich hindurchrauschen und zog den Ärmel meines Pullovers über meine Finger, um an einem der losen Fäden zu nesteln, ihn immer wieder zu einem Knoten zu zwirbeln, der sich ständig wieder auflöste.

»Seine Ex ist schwanger.« Ich ließ die Bombe erbarmungslos platzen.

Stella verzog das Gesicht, als hätte ich ihr gerade gesagt, dass die Welt unterginge. »Ach, komm schon … wirklich?«

»Ja.«

»Und deshalb hat er Schluss gemacht?«

Ich nickte langsam. »Er will für sein Kind da sein. Er will eine richtige Familie. Und er …« Ich schluckte schwer. »Er weiß nicht, dass ich ihm sowieso nie ein Kind hätte schenken können.« Tränen stiegen in meine Augen.

Stella blinzelte. »Oh, Lia …«

Ich zwang mich zu einem Lächeln, aber es fühlte sich falsch an. »Er weiß es nicht, aber es spielt auch keine Rolle. Er hat sich entschieden. Und ich … ich kann nichts dagegen tun.«

Stella sah mich an, lange und nachdenklich. Dann griff sie nach meiner Hand, drückte sie fest. Eine ihrer blonden Haarsträhnen fiel ihr in die Augen. Sie strich sie achtlos zur Seite.

»Das ist verdammt noch mal unfair.«

Ich lachte leise. »Ja.«

Und so saßen wir da, zwei Schwestern, die viel zu viel Schmerz zwischen sich hatten, während die Stadt draußen weitermachte, als wäre nichts passiert.

Aber für mich fühlte es sich so an, als wäre meine Welt zum Stillstand gekommen.

»Was wirst du nun tun?«

Ich zuckte die Schultern. »Ich werde mich scheiden lassen.«

»Du wirst …« Stella setzte sich aufrecht hin. »Das ist doch scheiße. Du liebst den Kerl!«

»Ich weiß.« Nun lief doch eine Träne über meine Wange. »Deshalb lasse ich ihn gehen. Er soll glücklich sein. Mit … ihr. Auch wenn er groteskerweise …« Ich brach ab.

»Was?« Stella griff nach meiner Hand und hielt sie. Ihre Finger waren ganz warm, während meine klamm und kalt waren.

»Er war wegen seiner Ex in dieser Bar, in der ich ihn kennengelernt habe. Sie hatte mit ihm Schluss gemacht und er war ziemlich beschissen drauf.«

»Ihr habt also aus einer Laune heraus geheiratet.«

»Nachdem wir stundenlang gevögelt hatten … ja.«

»Ihr hattet Sex?« Nun schüttelte sie den Kopf. »Mist.«

»Den besten meines Lebens ….«

»Das tut mir so leid.«

»Mir auch, ja …«, echote ich hohl. »Und weil ich ihn so sehr liebe und weil ich ohne ihn nicht sein möchte, aber muss … bleibt mir nichts anderes übrig, als ihn freizugeben für seine Familie. Es war doch einfach nur fake, alles war fake … also *ent*faken wir das jetzt eben wieder. Das muss doch gehen!« Ich redete wirres Zeug. »Ich meine, ich habe mich in so kurzer Zeit in ihn verliebt, dann kann ich mich ja sicher auch sehr schnell wieder entlieben, oder? Das muss doch möglich sein.« Die Tränen liefen jetzt unkontrolliert über meine Wangen. »Ich meine, das …« Ich schluchzte bitter. »Das muss doch …« Stella nahm mich in den Arm und ich wischte mir wenig damenhaft mit meinem Ärmel über die Nase. »Das muss doch möglich sein? Er hat das beste Leben verdient, und wenn das an der Seite von Melanie ist … dann ist es so. Egal, wie ich mich dabei fühle.«

»Oh, Lia …« Stella weinte stumme Tränen mit mir. Sie wusste, was es für mich bedeutete, dass ich mich verliebt hatte. Sie wusste, wie sehr es mich schmerzte. Sie wusste, dass ich alles dafür tun würde, um eine Familie zu haben, seit Jake wusste ich, dass … und ich wusste, dass dieses Geheimnis bei ihr in den besten Händen war.


Ich stand vor der schweren Tür, hinter der sich das Büro meines Vaters befand, und atmete tief durch. Die Luft im Flur war kalt, das Licht gedämpft, aber das Dröhnen meines eigenen Herzschlags hallte laut in meinen Ohren. Ich wusste nicht genau, warum ich hier war. Ich wusste nur, dass ich es nicht mehr aushielt. Meine Füße schmerzten in meinen hohen Schuhen und es fühlte sich so an, als würde ich dadurch beschnitten werden.

Ich hatte alles versucht. Ich hatte mich in Arbeit gestürzt, hatte gelächelt, als wäre nichts, hatte mir selbst eingeredet, dass es besser so war. Aber es war eine Lüge. Ich war am Boden. Und zum ersten Mal in meinem Leben musste ich das aussprechen. Ich war am Boden wegen eines Mannes. Wegen eines Schmerzes, der mich auffraß, wie Maden an einer Leiche knabberten.

Ich hob die Hand und klopfte an.

»Herein«, ertönte die tiefe, distanzierte Stimme meines Vaters.

Ich öffnete die Tür, trat ein. Er saß hinter seinem riesigen Schreibtisch, in diesem makellosen, dreiteiligen Anzug, der ihn noch unnahbarer wirken ließ. Die schweren Bücherregale hinter ihm, der antike Globus, die Fensterscheiben, die die Skyline New Yorks widerspiegelten – alles an diesem Raum strahlte Macht und Kontrolle aus. Alles, was ich in meinem Leben so oft gespürt hatte.

Er sah mich an, hob eine Braue. »Aurelia. Das ist eine Überraschung. Du hättest mir sagen sollen, dass du kommen willst.«

Ich schnaubte leise, ging auf den Schreibtisch zu und ließ mich in den Stuhl ihm gegenüber fallen. Er scannte wie immer meine Erscheinung, aber das war kein Problem, ich trug gewohnt makellose Kleidung. »Ich wollte nicht, dass du dich darauf vorbereiten kannst.« Letzte Nacht, nachdem Stella gegangen war und ich die Entscheidung getroffen hatte, dass ich mich wieder von ihm scheiden lassen würde … nun, eigentlich musste ich das alles nur vor mir rechtfertigen. Und ja, mir war durchaus bewusst, dass ich so nicht die Firma erben würde. Aber das spielte plötzlich keine

Rolle mehr. Ich konnte und durfte ihn nicht noch länger an mich binden – und erneut eine Fake-Ehe einzugehen, kam auch nicht mehr infrage.

Sein Blick verengte sich leicht. »Was soll das heißen?« Der Zug um seinen Mund wurde bitter.

Ich lehnte mich nach vorne, faltete die Hände, als müsste ich mich irgendwo festhalten. Dann kam es über meine Lippen, bevor ich den Mut verlieren konnte. »Ich habe mich verliebt.«

Stille.

Er musterte mich, sein Gesichtsausdruck blieb neutral. Keine Überraschung, keine Emotion. Nur Kontrolle.

»Und?«, fragte er kühl, die Stimme gelangweilt.

Ich lachte bitter, schüttelte den Kopf. Natürlich reagierte er so.

»Und er hat mich verlassen. Weil seine Exfreundin schwanger ist.«

Er lehnte sich langsam zurück, betrachtete mich mit diesem analytischen Blick, der mir so vertraut war. »Nun. Das ist bedauerlich, aber vermutlich das Beste für dich. Es war ja ohnehin nur auf dem Papier und für die Firma.«

Mein Magen zog sich zusammen. »Gott, kannst du einmal aufhören, so zu tun, als wäre das hier ein verdammtes Geschäft?«

Seine Brauen zuckten kaum merklich nach oben. »Aurelia, du bist eine Cardrige. Wir haben keine Zeit für … sentimentale Schwäche.« Er nahm seinen Füller in die Hand und wollte etwas unterschreiben, überlegte es sich aber anders. »Außerdem war es genau das: Ein verdammtes Geschäft. Du hast ihn ja nicht geheiratet, weil du ihn liebst oder so, sondern weil ich es dir gesagt habe.«

Mein Herz raste. Wut schoss durch meine Adern, heiß und unkontrollierbar. »Dann hast du wirklich nichts verstanden.« Ich sprang auf, meine Hände lagen flach auf dem Schreibtisch. »Ich *liebe* ihn, verdammt! Ich kann nicht essen, ich kann nicht schlafen, ich kann nicht mal mehr normal atmen, weil ich ihn vermisse!«

Zum ersten Mal flackerte etwas in seinen Augen.

»Aurelia …«

Ich schüttelte den Kopf, fuhr mir durch die Haare, meine Stimme brach fast. »Ich weiß, du hältst mich für schwach. Aber ich stehe hier und sage dir, dass es mir scheiße geht, dass ich keine Ahnung habe, wie ich weitermachen soll – und das Einzige, was du tust, ist, mir einen Vortrag über unsere Familie zu halten?«

Er schwieg.

Und ich sah es.

Ein winziges Zittern in seinen Fingern. Ein Schatten in seinen Augen.

Plötzlich sackte er nach vorne, stützte den Kopf in die Hände.

Ich erstarrte. Nie hatte ich meinen Vater so gesehen. Nie.

»Vater?«, fragte ich leise. »Dad?«

Er sagte nichts. Erst nach einer langen Pause hob er den Kopf. Sein Blick war anders. Er sah aus, als hätte er diese Worte seit Jahren in sich getragen.

»Es gibt etwas, das du wissen musst«, begann er rau.

Ich schluckte. »Was ist es?« Angst befiel mich. Rohe, bittere Angst.

Er presste die Lippen aufeinander, als würde er gegen sich selbst kämpfen. Dann brach es aus ihm heraus: »Ich habe nicht aus reiner Willkür Druck auf dich ausgeübt, was das Thema Heirat angeht, Aurelia. Ich habe es verlangt, weil …« Er brach ab.

Adrenalin flutete mich. »Weil?«

Er schluckte schwer. »Ich … Da gibt es etwas, das du nicht weißt.«

»Was?« Es war wie eine Welle des Schocks, die auf mich zurollte, und ich konnte sie nicht aufhalten.

»Weil du einen Halbbruder hast.«

Mir wurde schlagartig schlecht. »*Was?*«

Seine Stimme klang rau, als wäre sie selbst für ihn kaum zu ertragen. »Ein uneheliches Kind. Vor über dreißig Jahren. Und er hat Anspruch auf die Firma erhoben.«

Ich konnte nur starren. Die Worte ergaben keinen Sinn. Ein Halbbruder? Ein *Fremder*, der unsere Firma wollte? »Du hast mich gezwungen, zu heiraten, weil … weil du Angst hattest, dass er dir alles nimmt?«

Mein Vater sah mich an, Schmerz in seinem Blick. »Ja.«

Ich stand auf, trat einen Schritt zurück, als hätte er mir gerade eine Ohrfeige verpasst.

»Und du hast mir nichts gesagt?«

»Ich wollte dich schützen.«

Ich lachte. Hart, leer. »Schützen? Du hast mein Leben manipuliert, mich in eine Ehe gedrängt, nur damit du dein Erbe sicherst?«

Er atmete tief durch. »Ich wusste nicht, wie ich es dir sagen sollte. Ich dachte, wenn du verheiratet bist, wenn du die Firma offiziell übernimmst, dann …«

»Dann hätte er keine Chance mehr.«

Mein Vater nickte. »Die Dokumente, die vor vielen Jahrzehnten aufgesetzt wurden … sie sind eindeutig. Du heiratest, sonst gibt es keine Firma.«

Ich spürte, wie meine Hände zitterten. Mein Magen zog sich zusammen, als sich all die Puzzleteile plötzlich zusammenfügten.

»Was hast du nur getan?«, flüsterte ich.

Mein Vater rieb sich über das Gesicht. »Ich habe versucht, dich zu schützen, Aurelia. Aber jetzt … jetzt habe ich Angst, dass ich dich verloren habe.«

Ich schüttelte den Kopf. »Das hast du.«

Mit diesen Worten drehte ich mich um und ging. Ich musste mit mir selbst klarkommen.

Und dann musste ich Jake finden, um ihm zu sagen, dass wir uns scheiden lassen würden.

Wenn die Firma an meinen ›Halbbruder‹ ging … dann war das eben so. Ich würde neue Arbeit finden. Ich würde neue Wege gehen.

Auch wenn ich glaubte, dass ich heute nicht nur meiner Ehe einen Sargnagel verpasst hatte. Nein, auch meiner Familie.

Meiner Karriere.

Meinem ganzen Leben.

## Kapitel Zweiundzwanzig

J ake
Ich saß am Küchentisch, schwenkte das Glas hin und her. Ich musste weniger trinken, allerdings diese besondere Situation momentan, erforderte drastische Maßnahmen. Ich ließ Finger um mein Whiskey-Glas gekrallt, während mein Blick auf den Scheck gerichtet war. 50.000 Dollar. Monatlich. Für Melanie.

Ich wusste, dass etwas nicht stimmte. Ich wusste es. Gottverdammt, ich war Arzt, ich ging immer nach meinen Instinkten. Meinem Bauchgefühl.

Dieses Gefühl nagte an mir, seit ich den Namen Elijas Stark entdeckt hatte. Und jetzt – jetzt hatte ich genug.

Ich hörte die Haustür, hörte, wie Melanie Einkaufstüten auf der Kücheninsel abstellte. Sie summte ein Lied, als wäre alles in bester Ordnung.

Ich atmete tief durch, dann hob ich den Scheck in die Höhe. »Erklär mir das.«

Das Summen verstummte. Ich sah, wie sie langsam den Kopf drehte, ihr Blick auf den Scheck fiel – und ihr Gesicht aschfahl wurde.

»Jake …«

»Nein«, unterbrach ich sie, mit ruhiger, aber schneidender Stimme. »Kein Jake. Kein Gelaber. Kein Ausweichen. Erklär es mir. Jetzt.«

Ihre Finger klammerten sich an die Kante der Arbeitsplatte, ihre Lippen bebten. Dann brach sie in Tränen aus.

Gott, ich hasste es, wenn Frauen künstlich weinten.

Ich hatte schon viele Menschen weinen sehen. In meinem Job. In den schlimmsten Momenten ihres Lebens. Doch das hier? Das war keine Trauer. Das war Panik.

»Sag die gottverdammte Wahrheit, Melanie, ehe ich mich vergesse.«

»Ich …«

»Sag es!«, schrie ich los. »Ich habe die Schnauze voll davon, dass ich mich wie eine billige Marionette fühle!«

»Ich … ich bin nicht schwanger.«

Stille.

Mein Herz setzte einen Schlag aus. Bilder zuckten vor meinem inneren Auge umher. Hass und Wut bündelten sich in meinen Händen und ich ballte sie zu Fäusten.

Dann stand ich so abrupt auf, dass mein Stuhl nach hinten kippte. »Was hast du gerade gesagt?«

Melanie presste die Hand auf ihren Mund, als könnte sie die Worte wieder einfangen, aber es war zu spät. Sie sackte auf die Knie, schluchzte so heftig, dass ihr ganzer Körper bebte.

»Ich bin nicht schwanger …«, wiederholte sie leise. »Ich war es nie.«

Mein Kopf dröhnte. Es war, als hätte mir jemand den Boden unter den Füßen weggezogen. Ich konnte nicht atmen.

»Du hast mich angelogen.« Es war keine Frage. Es war eine Feststellung. Eine bittere, kalte Wahrheit, die sich wie Eis in meiner Brust ausbreitete.

Sie hob ihren Kopf, Tränen liefen ihr über die Wangen. »Jake, ich … ich hatte keine Wahl.«

»Bullshit.« Ich trat einen Schritt zurück, als könnte ich mich so von ihrem Verrat distanzieren. »Du hattest eine Wahl. Aber du hast mich manipuliert. Hast mich von der Frau getrennt, die ich liebe.«

Sie zuckte zusammen, als hätte ich ihr ins Gesicht geschlagen.

»Ich habe meinen Job verloren …« Ihre Stimme war heiser, voller Verzweiflung. »Ich habe mit Steve aus der Firma geschlafen. Ich dachte, er wollte mehr – aber er wollte nur Spaß. Danach … hat er mich fallen gelassen. Und dann wurde ich entlassen. Wegen … na ja, genau deswegen.«

Ich schloss die Augen. »Jesus, Melanie …«

»Ich hatte nichts mehr!«, rief sie, als würde das alles entschuldigen. »Ich war am Boden. Und dann kam er.«

Mein Blick wurde scharf. »Wer?« Meine Stimme klang heiser und drängend.

Sie wischte sich hektisch über das Gesicht, atmete stoßweise.

»Elijas Stark.«

Mein Körper spannte sich an.

»Er wusste von dir. Von uns. Von Aurelia.« Sie schluchzte. »Er wusste, dass ich am Ende war. Er bot mir Geld, viel Geld – aber nur unter einer Bedingung: Ich sollte eure Ehe zerstören.«

Mir wurde schlecht. *Verdammt* schlecht.

»Also hast du eine Schwangerschaft erfunden.«

Sie nickte, Tränen liefen ihr über das Gesicht. »Ich wusste, dass du niemals dein eigenes Kind im Stich lassen würdest. Ich wusste, dass du dich für mich entscheiden würdest.«

Ich stützte mich mit beiden Händen auf die Kücheninsel, atmete tief durch. Ich musste mich sammeln. Musste mich zusammenreißen, um nicht aus der Haut zu fahren. Mühsam unterdrückte ich die Tränen, die in meine Augen stiegen. Tränen der Wut.

»Und wieso?«, fragte ich schließlich gefährlich ruhig. »Wieso wollte Elijas Stark, dass unsere Ehe zerstört wird?«

Melanie schluckte. »Er ist der Halbbruder deiner Ehefrau!« Verächtlich stieß sie die Worte aus. »Er wollte, dass du dich trennst, damit Aurelia sich scheiden lässt. Damit sie keine Ansprüche mehr auf die Firma hat.«

Ich starrte sie an, unfähig, das Gesagte zu verarbeiten.

Das alles war nichts als eine verdammte Intrige gewesen.

»Die Firma?«, wiederholte ich ungläubig.

»Ja, es gibt alte Aufsätze, die besagen, dass die Firma an den erstgeborenen Sohn geht, und wenn es den nicht gibt, wenn der Erstgeborene eine Frau ist, kriegt diese die Firma nur, wenn sie heiratet.«

Meine Hände ballten sich zu Fäusten. Ich hatte mich entschieden, Aurelia zu verlassen, weil ich dachte, es wäre das Richtige. Weil ich dachte, es wäre meine Pflicht. Und die ganze Zeit über war es eine *Lüge* gewesen.

Eine verdammte Lüge.

Ich drehte mich um, griff nach meiner Jacke.

»Jake …«, wimmerte Melanie, versuchte, nach meinem Arm zu greifen. »Es tut mir leid. Ich hatte Angst. Ich wollte dich nicht verlieren.«

Ich riss mich los. »Du hast mich nie besessen.«

»Aber …«

»Es interessiert mich einen Scheiß, Melanie! Wenn ich nachher zurückkomme, bist du verschwunden – und dein ganzer Mist hier auch.« Ich schrie nicht mehr, meine Stimme war tödlich kontrolliert. Mühsam hielt ich mich zurück, ansonsten wäre ich wohl das erste Mal in meinem Leben handgreiflich einer Frau gegenüber geworden.

Stattdessen ging ich.

Ich musste zu Aurelia.

Und dieses Mal würde ich sie nicht wieder gehen lassen.

Alles andere war nicht länger wichtig.

Alles andere verschwamm.

Aurelia.

Mein Herz strahlte.

Hoffentlich vergab sie mir meinen Fehler und nahm mich zurück, denn ich wusste einfach nicht, wie ich ohne sie klarkommen sollte.

Niemals.

Und ich wollte es auch gar nicht.

## Kapitel Dreiundzwanzig

Aurelia

Ich saß hinter dem Steuer meines Wagens, ich hasste Autofahren, darum nutzte ich ihn so wenig ... die Hände fest um das Lenkrad geklammert, während ich durch die Straßen Manhattans fuhr. Die Stadt rauschte an mir vorbei – grelle Reklamen, hupende Taxis, Menschen, die durch den Regen hasteten. Ich sah sie, aber ich fühlte nichts. Nur diese lähmende Taubheit, die mich kaum an meinen nächsten Atemzug denken ließ. Ich wollte, dass das klaffende Loch in meiner Brust endlich versiegte. Dass es aufhörte. Dass ich endlich Frieden und Ruhe fand, indem ich das Richtige tat.

Heute war der Tag, an dem ich das Kapitel endgültig schließen würde.

Unsere Ehe.

Unsere *Fake*-Ehe.

Nichts anderes war es für ihn.

Wie schnell er mich abserviert hatte. Wie schnell ich für ihn Geschichte gewesen war …

Es war völlig absurd, dass es mich so traf, wo es doch nie eine echte Ehe gewesen war. Es war immer nur ein Geschäft, ein Mittel zum Zweck – zumindest am Anfang. Und zumindest für mich. Doch jetzt, wo ich unterwegs war zu einem Scheidungsanwalt, dem ersten, den mir die Google-Suche ausgespuckt hatte, fühlte es sich an, als würde ich ein Stück von mir selbst auslöschen. Einfach wegradieren, als wäre es nie da gewesen. Wie … wie scheiß Worte, auf die beschissenes Tippex gesetzt wird.

Ich hätte meinen Fahrer nehmen können, wie sonst auch. Doch nicht heute. Heute wollte ich diesen Weg allein gehen. Das Gefühl, dass ich niemanden in meiner Nähe ertragen konnte, wurde übermächtig.

Eine Ampel wurde rot, ich hielt an. Mein Blick fiel auf das leuchtende Display meines Navis. Noch fünfzehn Minuten bis zum Ziel. Wie ein Gang zum Galgen, genau so fühlte es sich an.

Mein Magen verkrampfte sich.

Ich wusste nicht, warum ich mir eingebildet hatte, dass es weniger wehtun würde, wenn ich einfach tat, was getan werden musste. Ich hatte mir eingeredet, dass es nur ein Termin wäre – ein Termin wie all die anderen geschäftlichen Termine, die ich tagtäglich hatte. Doch das war eine Lüge. Ich log mich selbst an, weil ich ansonsten glaubte, zu zerbrechen.

Das hier war nicht nur das Ende einer Vereinbarung. Es war das Ende von uns.

Ein Zittern lief durch meine Finger, als ich losfuhr, sobald die Ampel auf Grün schaltete. Ich vermisste ihn.

Gott, ich vermisste ihn so sehr.

Ich dachte an sein Lächeln, an die Art, wie er mich manchmal angesehen hatte, wenn er dachte, ich würde es nicht bemerken. An die Wärme seiner Stimme, wenn er meinen Namen gesagt hatte. An die Abende, an denen wir uns einfach nur angeschwiegen hatten – und es trotzdem mehr als genug gewesen war. Ich dachte daran, wie gut wir beim Sex harmoniert hatten. Ich dachte daran, wie sich seine weiche Haut unter meinen Fingerspitzen angefühlt hatte. Wie er sich in mir angefühlt hatte. Sein Schwanz in meinem Mund. Ich dachte daran, wie seine Lippen über meine gewandert waren und mich markiert, geplündert und gleichzeitig mit so viel Kraft und Liebe versorgt hatten, wie es praktisch nichts anderes konnte …

Aber das spielte keine Rolle mehr.

Jake hatte seine Entscheidung getroffen. Und ich … ich musste jetzt meine treffen. Mein Herz fühlte sich schwer an, als das Bürogebäude in Sicht kam. Das musste es sein. Im Internet hatte es genauso ausgesehen. Ein Hochhaus wie viele andere in dieser Stadt. Ein Ort, an dem Menschen ihre Trennungen regeln ließen, als wäre es eine bürokratische Notwendigkeit, nichts weiter. Rein, die Papiere unterschreiben, raus. Gar nicht schwer. Es war beinahe so ähnlich wie das Heiraten selbst – zumindest, wenn man es als geschäftlichen Akt betrachtete, wie wir es getan hatten.

Meine Gedanken schweiften ab, zu jener Nacht, als

wir mit dem Heli der Firma nach Las Vegas geflogen waren, um ›mal eben‹ in einer der Kirchen dort zu heiraten. Ein trauriges Lächeln schlich sich auf meine Lippen.

Zwei Kreuzungen noch, dann wäre ich da. Erneut stand ich an einer Ampel. Meine Finger umklammerten das Lenkrad fester, so sehr, dass meine Fingerknöchel weiß hervortraten. Wäre sie noch länger rot, würde ich zusammenbrechen.

›Es ist nur ein Gespräch.‹

Ich wiederholte es in meinem Kopf, als könnte es die Angst in meiner Brust vertreiben. Aber es funktionierte nicht.

Ich legte die Hände auf meinen Schoß, starrte durch die Windschutzscheibe. Der Regen lief in dünnen Schlieren über das Glas. Die Tropfen fielen langsam, fast träge, und für einen Moment fühlte ich mich genauso – als wäre ich in der Zeit eingefroren, während die Welt um mich herum weitermachte.

Das hier war das Richtige. Oder?

Warum fühlte es sich dann an, als würde ich gleich in tausend Stücke zerbrechen?

Ich biss mir auf die Lippe, bis ich den Schmerz spürte.

Ich war eine Cardrige. Ich war stark. Ich würde das schaffen.

Ich konnte das tun.

Die Ampel schaltete auf Grün.

›Zeit, das hier zu beenden.‹

Es ging alles schnell. *Viel* zu schnell.

Ich drückte das Gaspedal durch, der Motor schnurrte, als ich mich in den Verkehr einfädelte. Mein Herz schlug heftig in meiner Brust, mein Kopf pochte von den Gedanken, die wie ein Sturzbach auf mich einprasselten. Diese fiese Spirale, die ich nicht aufhalten konnte. Es gab nur eine Richtung … und das war abwärts.

Ich wollte es einfach hinter mich bringen. Die Scheidung. Das Ende. Alles.

Eine Sekunde später … Ein Licht, das durch den grauen New Yorker Himmel strahlte, das den Regen in abertausende, dunkle Regenbögen verwandelte.

Grell, aber unerwartet. Von der Seite.

Meine Pupillen weiteten sich. Ein Auto. Und es kam direkt auf mich zu. Angst rauschte in Lichtgeschwindigkeit durch meine Adern.

Ich schrie. Mein Fuß trat reflexartig auf die Bremse, die Reifen quietschten, doch es war zu spät.

Der Aufprall war brutal.

Metall knirschte auf Metall, ein widerliches, grausames Kreischen, als sich der andere Wagen in die Seite meines Autos bohrte. Die Wucht schleuderte mich nach links, mein Kopf krachte gegen das Seitenfenster. Ein dumpfer Schmerz durchzuckte meine Schläfe, heiß und stechend, als würde mir jemand glühende Nägel ins Hirn treiben und sie mit Freude noch einmal herumdrehen, damit ich es auch *wirklich* fühlte.

Glassplitter regneten auf mich herab. Ohrenbetäubend laut und dennoch so leise wie ein Wispern.

Ich spürte, wie mein Körper nach vorne gerissen

wurde, doch der Sicherheitsgurt hielt meinen Körper zurück, straffte sich mit brutaler Härte über meinen Rippen. Es war, als würde mir die Luft aus den Lungen geprügelt. Mein Brustkorb zog sich zusammen, als quetschte ihn eine unsichtbare Hand zusammen.

Schmerz.

Endloser, nicht aushaltbarer Schmerz.

Mein Herz raste. Panik flutete mich und ich schrie.

Mein Magen drehte sich, Übelkeit stieg in mir auf. Mein Sichtfeld flackerte.

Der Bentley drehte sich unkontrolliert, ich hörte das laute Kreischen der Reifen, das dumpfe Krachen von Blech, das irgendwo aufprallte. Der Gestank von verbranntem Gummi stieg mir in die Nase, gemischt mit dem eisigen Geschmack nach Blut.

Ich wollte erneut schreien, doch dieses Mal kam kein Laut über meine Lippen.

Mein Blick huschte zur Frontscheibe – die Welt draußen war ein einziger Strudel aus Licht und Regen und Rauch. Es fühlte sich an, als würde sich die Zeit verlangsamen, als wäre ich gefangen in einer Art zweiten Realität, in der sich Sekunden zu Stunden dehnten.

Dann der zweite Aufprall.

Härter. Unkontrollierter.

Ich wurde erneut zur Seite geschleudert. Diesmal prallte mein Schädel gegen das Lenkrad, ein dumpfes, klatschendes Geräusch. Ein stechender Schmerz explodierte an meiner Stirn, feuerrote Blitze zuckten vor meinen Augen. Und die Nägel … sie waren wieder da … die Nägel …

Mein Atem kam stoßweise. Etwas Warmes lief mir über die Schläfe. Blut. Ich schmeckte es auf meiner Zunge, metallisch, bitter. Kein Wunder, dass ich diesen Geruch wahrnahm.

Um mich herum wurde es dunkler. Geräusche wurden dumpfer, wie durch Watte gedämpft.

Sirenen.

Schreie.

Hupen.

Doch es klang alles, als wäre es sehr weit weg.

Mein Sichtfeld begann zu schwimmen, meine Lider wurden schwer.

*›Nein. Nicht jetzt. Wach bleiben. Ich muss doch zu dem Anwalt. Ich muss doch zu meiner Scheidung … ich muss doch … Jake … Jake. Jake? Wo bist du nur?‹*

Ich versuchte, meine Finger zu bewegen. Sie gehorchten mir nicht.

Mein Körper fühlte sich an, als würde er nicht mehr mir gehören, als wäre er nichts weiter als eine Hülle, die ich beobachtete.

Die Welt um mich herum verblasste, die Lichter verschwammen.

Alles wurde leiser.

Mein Herz hämmerte noch ein letztes Mal gegen meine Rippen – und dann fiel ich.

Fiel in die schwarze Stille. Fiel Kilometer weit ins absolute, grenzenlose Nichts. Die einzelnen Regenbögen aus Tropfen und Licht verblassten. Die Stimmen wurden leiser ... so viel leiser. Und schließlich gab ich nach.

Ruhe.

Friede.

Unendliche Leichtigkeit.

Kein Schmerz.

Nichts ... plötzlich war da nichts mehr.

Und ich hieß dieses Nichts mit offenen Armen willkommen.

## Kapitel Vierundzwanzig

J ake

Die Straße zog sich endlos dahin, als wäre sie ein verdammtes Labyrinth, das mich von ihr fernhalten wollte. Ich fuhr so schnell, wie ich konnte, doch die Strecke von Meadow Hights nach New York zog sich wie Kaugummi. Hinzu kam, dass es regnete und die Bedingungen einfach beschissen waren.

Eine Stunde. Sechzig Minuten. Sechzig gottverdammte Minuten, in denen mir jede Sekunde wie eine Ewigkeit vorkam. Vom Auto aus rief ich im Krankenhaus an, meldete mich krank. Niemand stellte es infrage. Mein Gott, was war nur alles passiert?

Ich wurde nicht Vater, und wenn ich ehrlich war, war ich unglaublich erleichtert. Nicht, weil ich kein Kind wollte, sondern weil ich Melanie nicht wollte.

Familie ja.

Aber nicht mit der falschen Frau. Auf keinen Fall.

Mein Herz schlug wild in meiner Brust, meine Finger krallten sich um das Lenkrad, als könnte ich allein durch den Druck die Zeit beschleunigen. Der Regen prasselte auf die Windschutzscheibe, die Lichter der Stadt verschwammen, als ich endlich Manhattan erreichte. Ich musste zu ihr. Jetzt.

Wieso schickte mir das Universum nur so viele rote Ampeln? Das nervte. Meine Fingerspitzen trommelten auf das Lenkrad und kribbelten, denn ich wollte endlich … endlich zu ihr.

Ich hatte einen Fehler gemacht. Nein, ich hatte den *größten* Fehler meines Lebens gemacht. Ich hatte sie gehen lassen, sie verletzt, sie glauben lassen, dass sie mir nicht so viel bedeutete, wie sie es tat.

Aber ich liebte sie.

Und ich würde ihr das sagen. Ich würde sie in die Arme nehmen, ihr ins Gesicht sagen, dass ich ein verdammter Idiot war. Dass ich jede gottverdammte Sekunde ohne sie bereut hatte. Dass sie mir fehlte, ihr Witz und ihre Art. Dass ich nachts ihren Körper schmerzlich an meinem vermisste und dass ich ohne sie nicht schlafen konnte.

Ich hielt vor dem Hauptsitz der Cardriges, sprang aus dem Auto, rannte ins Gebäude. Es interessierte mich einen Scheiß, ob ich im Halteverbot stand oder nicht. Die Eingangshalle war in Aufruhr. Mitarbeiter standen in kleinen Gruppen zusammen, tuschelten hektisch, ihre Gesichter gezeichnet von Schock und Sorge.

Ich blieb stehen. Mein Magen zog sich schmerzhaft zusammen.

Was zur Hölle war hier los?

Ich packte den erstbesten Mann am Ärmel. Seine Augen waren geweitet. »Was ist passiert?«

Er sah mich an, als befände er sich wirklich in einer Art Trancezustand. »O mein Gott … Sie wissen es nicht?«

»Was verdammt noch mal ist passiert?!«, brüllte ich voller Panik. Meine Finger schmerzten, so fest hielt ich den dunkelblauen Stoff seines Jacketts.

Er schluckte und schob seine Nickelbrille wieder auf die Nase. »Miss Cardrige … Sie hatte einen Autounfall.«

Die Worte waren wie ein Schlag gegen meine Brust. Mein Puls beschleunigte sich. Adrenalin schoss durch mich hindurch.

Ich ließ ihn los, stolperte rückwärts.

Nein. Nein, das konnte nicht sein. Nein. Nicht Aurelia. *Nein.*

Meine Beine bewegten sich, ohne dass ich darüber nachdachte. Ich rannte zum Fahrstuhl, hämmerte auf den Knopf zum oberen Stockwerk. Die Türen schlossen sich viel zu langsam.

Mein Herz raste. Mein Verstand brannte.

Bitte nicht. Bitte … Himmel, nicht. Fuck.

Als sich die Türen öffneten, stürmte ich hinaus. Eine Frau, aus dem Büro von Will Cardrige, ihrem Vater, rief mir etwas hinterher, aber ich ignorierte sie. Stattdessen riss ich die Tür zu seinem Büro auf, meine

Brust hob und senkte sich hektisch, meine Hände zitterten.

Er stand dort.

Am Fenster, mit dem Rücken zu mir.

Seine Haltung war steif, seine Hände zu Fäusten geballt. Ich war mir sicher, dass die Welt ihn so noch nie gesehen hatte.

Langsam drehte er sich zu mir um. Sein Gesicht war fahl, seine sonst harte, unnahbare Miene ... bekümmert.

Mein Atem stockte. »Wo ist sie?« Ich hielt mich nicht damit auf, mich ihm vorzustellen. Ich war mir sicher, dass er wusste, wer ich war.

Er schwieg.

Adrenalin brannte in mir, ich wollte irgendetwas kurz und klein schlagen.

Dann, mit einem rauen, schweren Atemzug, sagte er: »Mount Sinai Hospital. Intensivstation.«

»Und was tun Sie dann noch hier?« Ich fuchtelte mit den Händen zwischen uns hin und her. »Sie braucht Sie.«

»Nein. Sie braucht *Sie* ...«

Gebrochen. Er war gebrochen.

Ich war bereits aus der Tür, bevor er seinen Satz beendet hatte.

Ich parkte in der Tiefgarage und sprintete durch die Korridore des Krankenhauses, vorbei an verdutzten

Krankenschwestern und Ärzten. Ich rannte, bis ich die Anmeldung der Intensivstation erreicht hatte.

»Ich muss zu ihr! Ich bin ihr Ehemann!«, keuchte ich.

Die Frau hinter dem Schalter blickte kurz hoch, voller Desinteresse. Mein Gott, genau solche Menschen waren der Grund, wieso ich in keinem riesigen Krankenhaus mehr arbeiten wollte. »Ihr Name?«

»Jake Hayden. Sie ist meine Frau. Aurelia Cardrige. Bitte.«

Sie musterte mich skeptisch. So, als würde sie überlegen, ob sie irgendwas drüber wusste, dass Aurelia verheiratet war. Gefühlte Stunden später nickte sie. »Zimmer 398.«

Ich stürmte los.

Die Gänge waren still. Steril. Das Summen der Geräte in den Krankenzimmern klang viel zu laut in meinen Ohren. Als ich vor Zimmer 398 stand, hielt ich kurz inne, atmete tief durch. Ich wusste nicht, was mich erwarten würde. Wie schlimm war es? Sicher nicht so heftig, denn sie war noch am Leben. Ich wäre für sie da, ich würde sie nicht im Stich lassen. Niemals. Ich liebte sie, Herrgott!

Dann öffnete ich die Tür.

Und da lag sie.

Aurelia.

Blass. Still. Sie trug einen Verband am Kopf, für eine, wie ich vermutete, Platzwunde. Verkabelt an Monitore, die piepten und ihre Lebenszeichen in Zahlen übersetzten. Ihr Gesicht war ruhig, fast zu ruhig, als würde sie nur schlafen. Ich checkte ihre Vitalwerte mit einem Blick auf den Monitor. Sie waren stabil. Der Arzt in mir atmete auf. Doch dann schluckte ich schwer und trat näher.

Aurelia schlief nicht.

Sie war bewusstlos.

Ein stechender Schmerz schoss durch meine Brust, Tränen brannten in meinen Augen, aber mit kontrollierten Atemzügen schaffte ich es, sie zurückzudrängen. Ich schob den Stuhl neben ihr zurecht, setzte mich, umfasste ihre Hände. Sie waren kühl, viel zu kühl.

Mein Kopf sank auf die Matratze neben ihr.

»Mein Gott, Aurelia …«, wisperte ich dunkel und heiser. Meine Stimme brach.

Ein Schluchzen stieg in meiner Kehle auf, aber ich schluckte es hinunter. Ich weinte nicht. Nie. Aber jetzt … jetzt konnte ich nicht mehr.

»Ich bin ein verdammter Idiot«, flüsterte ich. »Ich hätte niemals gehen sollen. Ich hätte dich niemals verletzen dürfen.«

Ich hob den Kopf, strich vorsichtig eine Strähne aus ihrem Gesicht, über den weißen Verband. Sie war so blass und ihre Lippen so schmal.

»Ich liebe dich.«

Meine Stimme war kaum mehr als ein Hauch. Sie brach. Ich brach. Was, wenn sie nie wieder gesund werden würde? Was wenn … ich musste mit ihrem behandelnden Arzt sprechen! Mein Blick wanderte zum Fußende ihres Bettes, wo normalerweise die Krankenakte lag, aber sie war nicht da. Ich ließ den Kopf zwischen meine Schultern fallen.

»Hörst du mich? Ich liebe dich, verdammt.« Ich drückte ihre Finger fester. Keine Reaktion. »Bitte, wach auf. Gib mir eine zweite Chance. Ich will nur dich ... ich war so ein Idiot.«

Sie bewegte sich nicht.

Nur das leise Piepen der Maschinen antwortete mir.

Ich schloss die Augen, lehnte meine Stirn an ihre Hand.

»Ich kann nicht ohne dich sein, Aurelia.« Meine Lippen küssten ihren Handrücken, der ganz zerschrammt war. Hatte sie Schmerzen? Ich hoffte nicht.

Die Welt war ohne sie nicht dieselbe.

Und ich würde nicht gehen, nicht eher, bis sie wieder zu sich kam. Zu mir kam.

»Dr. Hayden?«, wurde ich gefühlte Stunden später angesprochen. Ich wusste nicht, wie viel Zeit vergangen war, aber der Himmel über New York war immer noch grau und der Regen prasselte unaufhörlich gegen die Fensterscheibe.

Wie lange saß ich schon an ihrem Bett? Minuten? Stunden? Es spielte keine Rolle. Ich rührte mich nicht von der Stelle. Mein Daumen strich sanft über ihren Handrücken, immer wieder, als könnte ich sie allein durch meine Berührung zurückholen.

Ich hob den Kopf, als sich Schritte näherten. Dr.

Carter, Oberarzt der Traumatologie, ein Mann, den ich aus Fachmagazinen und von Konferenzen kannte. Groß, dunkle Haare mit ersten grauen Strähnen, ein durchdringender Blick hinter randlosen Brillengläsern. Er trug den weißen Kittel mit der Selbstverständlichkeit eines Mannes, der genau wusste, was er tat. »Jake«, sagte er und legte mir eine Hand auf die Schulter. »Es tut mir so leid.«

»Danke, Lenard«, gab ich zurück und atmete tief durch. »Wie schlimm ist es?«

Er musterte mich kurz, dann nickte er knapp. Der persönliche Moment war vorbei. Keine Spur von Mitleid mehr. Keine oberflächliche Beruhigung. Nur medizinische Präzision. Ich respektierte das.

Er trat an den Monitor neben Aurelias Bett und prüfte die Werte.

Ich straffte mich, verdrängte die emotionale Welle, die mich noch vor wenigen Minuten erfasst hatte, und kämpfte darum, in den professionellen Modus zu switchen. »Wie ist ihr Zustand? Sag schon!«

Er drehte sich zu mir, verschränkte die Arme. »Aurelia hat ein schweres Polytrauma erlitten. Das CT hat mehrere Frakturen bestätigt: eine Rippenfraktur links, eine distale Radiusfraktur rechts, sowie eine dislozierte Claviculafraktur linksseitig.«

Ich nickte, ließ die Informationen sacken. Gebrochene Rippen. Handgelenk. Schlüsselbein. Das erklärte den Verband um ihren Arm, die Fixierung an ihrer Schulter.

»Intrakranielle Verletzungen?«, fragte ich sofort.

Dr. Carter schüttelte den Kopf. »Kein Schädel-Hirn-Trauma, aber eine Gehirnerschütterung, keine intrazerebrale Blutung. Wir haben ein leichtes HWS-Distorsionstrauma, aber keine strukturellen Schäden.«

Mein Körper entspannte sich einen winzigen Bruchteil. Kein Hirnschaden. Kein Schädelbruch. Das war gut. Das war unglaublich gut.

»Organschäden?«

Er blätterte durch die Akte, die er mitgebracht hatte. »Das Thorax-CT war unauffällig bis auf eine leichte Lungenkontusion. Keine Rupturen der Organe, keine inneren Blutungen. Wir führen regelmäßige arterielle Blutgasanalysen durch, aber ihre Sauerstoffsättigung ist stabil.« Er sah mich fest an. »Ich glaube, du kannst dich entspannen. Nichts, das schön ist, aber es hätte bedeutend schlimmer kommen können.«

Ich nickte langsam, traute dem Frieden allerdings noch nicht so ganz. »Wie sieht es mit der postoperativen Überwachung aus?«

Dr. Carter lehnte sich gegen die Ablage und verschränkte wieder die Arme. Er wusste, dass er keine Laienbegriffe verwenden musste.

»Wir haben die Claviculafraktur mit einer Plattenosteosynthese versorgt. Die distale Radiusfraktur wurde reponiert und mit einer volaren Winkelplatte fixiert. Die Rippenfraktur wird konservativ behandelt, aber wir müssen auf sekundäre Pneumothorax-Komplikationen achten.«

Mein Kiefer mahlte. Rippenbrüche waren eine

verdammt beschissene Sache. Schmerzhaft, schwer heilend, oft mit Atemproblemen verbunden.

»Wie lange bleibt sie sediert?«

»Wir haben sie nicht aktiv sediert, nur die Analgesie hochgefahren. Remifentanil-Perfusor, dazu Paracetamol. Wir wollen, dass sie von selbst aufwacht, sobald ihr Körper bereit ist.«

Ich fuhr mir durch die Haare, atmete tief durch. »Und neurologisch?«

»GCS 11 bei Aufnahme, mittlerweile 13. Reflexe intakt. Kein Anhalt für sekundäre Hirnödeme.«

Das war besser, als ich erwartet hatte. *GCS 13* bedeutete, dass sie bald zu sich kommen könnte.

Dr. Carter schloss die Akte, sah mich an. »Sie hatte Glück, Jake. Das hätte viel schlimmer enden können.«

Ich lachte leise, bitter. »Fühlt sich nicht nach Glück an.«

Er musterte mich einen Moment, dann nickte er verständnisvoll. »Ich kann dir nicht sagen, wann genau sie aufwachen wird. Aber wenn es so weit ist, wird sie Schmerzen haben. Du weißt …«

Ich nickte, drückte sanft Aurelias Hand. »Ich werde hier sein«, unterbrach ich ihn mit klarer Stimme.

Er musterte mich kurz, dann klopfte er mir auf die Schulter. Nicht tröstend – sondern anerkennend. Dann wollte er das Zimmer verlassen.

»Weiß man, was passiert ist?« Mein Kollege hob den Blick, als wüsste er nicht, was genau er sagen sollte.

»Sie wurde gerammt. Es sah nach Arglist aus, aber

dazu kann dir die Polizei mehr sagen …« Geschockt nickte ich, als er mich schließlich allein mit ihr und den piepsenden Maschinen ließ.

Ich nahm ihre Hand fester in meine und flüsterte: »Wach auf, Aurelia. Wir kriegen das hin … ich gehe nicht mehr weg und bin an deiner Seite … Ich brauche dich.«

## Kapitel Fünfundzwanzig

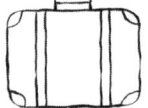

**A**urelia

Schwärze.

Dann ein dumpfes Summen. Ein Kopf, der dröhnte.

Alles fühlte sich an, als wäre ich tief unter Wasser. Ein vages Bewusstsein glitt durch mich, ein Ziehen irgendwo in meinem Körper, doch es war weit weg. Nicht greifbar.

Ich wollte die Augen öffnen, doch meine Lider waren schwer, als wären sie mit Blei gefüllt. Ich kämpfte, doch es fühlte sich an, als würde mich eine unsichtbare Kraft immer wieder in die Dunkelheit zurückziehen. Eine Hand, die nach mir griff.

Schlaf …

Ja, schlafen war einfach. Ich ließ mich wieder sinken.

Die Zeit war bedeutungslos. Ich wusste nicht, wie

lange ich in diesem Nebel aus Nichts gefangen war. Minuten? Stunden? Tage?

Leise Stimmen vermischten sich mit dem Hämmern in meinem Kopf. Hatte ich schon jemals solche Kopfschmerzen gehabt? Wieso waren meine Lider so schwer? Wieso war alles so … weit weg?

Ich hörte nicht, was sie sagten, nur, dass sie da waren. Zwei Stimmen. Eine tiefer, rau, voller Emotionen, die ich nicht sofort greifen konnte. Die andere weicher, vertraut, mit einem Hauch von Dringlichkeit.

Mein Herz machte einen müden, schwachen Satz. Ich wollte meine Hände bewegen, die Augen öffnen, irgendwas. Aber ich schaffte es nicht, ich konnte nicht einmal die Lippen verziehen, egal, wie sehr ich es auch versuchte. Jake. Das war Jakes Stimme. Ich … war ich tot? Nein, ich konnte nicht tot sein, oder? Das würde doch nicht so hämmern? Mein Kopf wäre doch dann nicht so voller Schmerz? Es fühlte sich an, als würde jemand mit seinen Daumen in meine Augen pressen.

Stella. Mit viel Konzentration schaffte ich es, ihre Stimme herauszufiltern …

Ich wollte mich bewegen, wollte sie rufen, doch mein Körper war so schwer, als würde er nicht mehr mir gehören.

»… sie wird aufwachen, oder?« Das war eindeutig Stella. Ihre Stimme war leise, fast ängstlich.

»Ja«, kam es sofort von Jake. Tief. Fest. Doch da war etwas in seiner Stimme … etwas Gebrochenes. »Sie ist stark. Und ihre Verletzungen sind übel, brauchen Zeit, aber sind heilbar.« Mein Herz zog sich zusammen. Ich konnte den Schmerz in seinen Worten hören.

Ich wollte ihn beruhigen. Wollte ihm sagen, dass ich hier war, dass ich wach war … aber kein Ton verließ meinen Mund. Ich schaffte es ja nicht einmal, zu blinzeln oder irgendeine andere körperliche Reaktion hervorzurufen.

Ich kämpfte. Gott, ich kämpfte so beschissen sehr.

Mein Atem ging flach, mein Körper fühlte sich an, als hätte man mich aus Stein gemeißelt. Doch langsam, ganz langsam begann die Welt sich zu formen.

Erst war da nur Schmerz.

Dumpf, pochend, heiß, als hätte mich jemand in zwei Hälften zerrissen. Meine Rippen brannten bei jedem noch so kleinen Atemzug, meine Schulter hämmerte in einem Rhythmus, der mit meinem Herzschlag konkurrierte. Mein Handgelenk fühlte sich falsch an, schwer, als wäre es nicht mehr Teil meines Körpers. Und dieser Kopfschmerz … dieser schlimme, schlimme Kopfschmerz.

Doch noch heftiger war das Gewicht auf meiner Brust.

Es fühlte sich an, als würde jemand auf mir sitzen, mich am Atmen hindern. Jeder Atemzug war eine Qual, als würden Messer durch meine Lungen schneiden.

Ein Zittern durchlief mich. Ein leises Wimmern entkam meinen Lippen. Allerdings war ich mir nicht sicher, ob es nur in meinem Kopf stattfand oder wirklich meinen Mund verließ.

»Aurelia?«

Ich versuchte, erneut etwas zu sagen, aber es klappte nicht …

»Aurelia?« Jake.

Seine Stimme war jetzt näher. Aufgeregter.

Ich wollte ihn sehen. Wollte meine Augen öffnen, aber die Dunkelheit war so verlockend. Sie versprach, den Schmerz verschwinden zu lassen.

Dann spürte ich seine Hand.

Warm. Fest. Seine Finger schlossen sich um meine, als würde er mich mit seiner Berührung zurückholen wollen.

Ich zog die Augenbrauen zusammen, kämpfte gegen die bleierne Schwere in meinem Kopf. ›Beweg dich, verdammt!‹

Ein Ruck ging durch meinen Körper, als mein Bewusstsein endlich an die Oberfläche drang. Meine Lider flatterten, meine Wimpern klebten zusammen, doch mit einem letzten, mühsamen Kraftakt gelang es mir schließlich.

Ich blinzelte. Noch einmal versuchte ich es.

Licht.

Grelles Krankenhauslicht brannte in meinen Augen. Die Welt war verschwommen, ein einziges Chaos aus weißen Wänden und blinkenden Monitoren.

Und ich sah ihn.

Jake saß an meinem Bett, sein Gesicht war blass, sein Kiefer angespannt. Dunkle Schatten lagen unter seinen geröteten Augen, als hätte er seit Tagen nicht geschlafen. Seine Haare wirkten zerzaust und seine Lippen rau.

»Aurelia …«, flüsterte er brüchig. »Aurelia …«

Ich wollte etwas sagen, doch meine Kehle war rau, trocken wie Sandpapier. Nur ein heiseres Keuchen kam über meine Lippen.

»O mein Gott, du bist wach.« Das war Stella. Sie presste eine Hand vor den Mund, Tränen glänzten in ihren Augen. Glaubte ich zumindest. Ich erkannte es nicht so richtig.

Jake beugte sich näher, seine Finger strichen sanft über meinen Handrücken. Ich spürte, wie meine Augen wieder schwer wurden, doch ich zwang mich, ihn anzusehen.

»Hm… mhm …«, versuchte ich es. »H…hey …« Meine Stimme war kaum mehr als ein Krächzen.

Jakes Kiefermuskeln zuckten. Dann schloss er für einen Moment die Augen, als hätte dieser kleine Laut von mir ihm den letzten Rest gegeben. Als hätte er nicht mehr daran geglaubt, dass ich jemals wieder sprechen würde. Stand es so schlecht um mich?

Ein einzelner Tropfen, eine Träne lief über seine Wange.

»Du bist wach«, flüsterte er. Seine Stimme war rau, voller Emotionen, die er offensichtlich nicht in Worte fassen konnte. Über das Hämmern in meinem Kopf hinweg verstand ich ihn kaum.

Ich wollte lächeln, doch es tat zu weh. Ging nicht. Meine Lider fielen wieder zu, aber ich kämpfte sie noch einmal auf. Es strengte mich mehr an als ein Marathon. Nicht, dass ich jemals einen gelaufen wäre.

»Tut … weh«, presste ich hervor.

»Ich weiß«, murmelte er. Er hob meine Hand, presste seine Lippen gegen meine Knöchel. »Ich weiß. Aber du bist hier. Und ich lasse dich nie wieder gehen.«

Seine Worte waren ein Versprechen.

Und ich glaubte ihm.

Bevor mich erneut die Dunkelheit verschlang, wusste ich, dass ich nicht allein war.

Und wohl auch niemals mehr sein würde.

Ich wusste nicht, wie lange ich geschlafen hatte, aber als ich erneut erwachte, fühlte sich alles … anders an.

Der Schmerz war noch da, dumpf und pochend, aber nicht mehr so allumfassend. Er war erträglich … vermutlich stand ich unter Medikamenteneinfluss, denn ich fühlte mich wie in Watte gepackt. Als wäre ich auf Drogen … mein Kopf pochte nach wie vor, allerdings nicht mehr so hämmernd, dass es mich lähmte. Ich holte tief Luft.

Fuck.

Das war keine gute Idee.

Es schmerzte. Tat unendlich weh. Mein Körper fühlte sich nicht mehr an, als wäre er in Beton gegossen. Das Atmen wurde leichter, obgleich es wie ein verdammter Hammer schmerzte, der auf mich eindrosch, und mein Bewusstsein war nicht mehr in diesem nebligen Dämmerzustand gefangen.

Langsam öffnete ich die Augen.

Das Licht im Zimmer war gedimmt, nur eine einzelne Lampe brannte, tauchte alles in warmes Gold. Das Piepen der Maschinen war leiser geworden, rhythmisch, fast beruhigend.

Und dann war da Jake.

Er saß noch immer an meinem Bett, so, als hätte er sich keinen Millimeter fortbewegt. Sein Gesicht war von Erschöpfung gezeichnet, seine Haare zerzaust, als wäre er immer wieder mit den Fingern hindurchgefahren. Ich wollte die Schatten unter seinen Augen mit dem Zeigefinger wegstreichen, aber ich schaffte es nicht, meine Hand zu heben.

Aber das Erste, was mir wirklich auffiel, waren seine Augen.

Dunkel, intensiv, voller unausgesprochener Worte und einer Angst, die ihm die letzten Tage wahrscheinlich jede Sekunde den Atem geraubt hatte.

»Hey …« Meine Stimme war schwach, rau von der fehlenden Flüssigkeit, aber diesmal schaffte ich es, mehr als ein Flüstern hervorzubringen.

Jakes Kopf ruckte hoch. Seine Augen weiteten sich.

»Aurelia …« Seine Stimme brach fast. Er war sofort da. War hellwach und aufmerksam. Nun saß er gerade. Millionen von Emotionen zogen durch seine Miene und er wirkte so, als wäre all das hier aus Glas und könnte jede Sekunde zersplittern. Seine Hand umschloss meine, warm und fest, als könnte er mich damit an diese Welt binden. »O Gott, du bist wach … richtig wach.«

Ich versuchte ein Lächeln, aber es fühlte sich schief an. »War ich vorher nicht wach?«

Er lachte leise, doch es klang rau, als würde es ihn mehr Kraft kosten, als er zugeben wollte. »Nicht so. Vorher hast du mir nur ein *Hey* und ein *Tut weh* geschenkt. Das war nicht genug, Baby.«

Ich blinzelte langsam, versuchte, mich zu orientieren. Erinnerungsfetzen zuckten durch meinen Kopf – die Lichter, der Aufprall, das Gefühl, als würde mein Körper auseinandergerissen werden.

»Was ... ist passiert?« Panik flutete mich. Ich konnte zum Glück all meine Gliedmaßen spüren, denn ich fühlte den Schmerz überdeutlich.

Jakes Gesicht veränderte sich. Er sah mich an, als hätte er die Hölle durchlebt.

»Du hattest einen Autounfall«, sagte er leise. Seine Finger strichen sanft über meine Hand. »Ein anderes Auto hat dich an einer Kreuzung gerammt. Du warst bewusstlos, hast mehrere Brüche ... Gott, Aurelia, ich dachte ...« Er brach ab, presste die Lippen zusammen, als müsste er sich selbst sammeln, beruhigen und die Panik zurückdrängen.

Ich konnte den Schmerz in seiner Stimme hören. Echte, tiefe Angst.

»Es tut mir leid«, flüsterte ich.

Er sah mich fassungslos an. »Dir tut es leid? Aurelia, ich bin derjenige, der sich entschuldigen muss. Ich bin ein verdammter Idiot gewesen.« Er beugte sich nach vorne und seine Lippen berührten meine Haut hauchzart.

Ich wollte etwas sagen, aber er ließ mich nicht. Sein Blick bohrte sich in meinen. Verzweifelt. Flehend.

»Ich war ein Idiot, weil ich dich habe gehen lassen. Weil ich dachte, dass ich das Richtige tue, indem ich mich für ein Kind entscheide, das nicht einmal existiert.« Seine Stimme bebte, doch er hielt meinen Blick fest. »Aber das Richtige war nie Melanie oder irgendein beschissener Sinn für Verantwortung. Das Richtige warst immer du.« Er seufze tief. »Es tut mir leid, dass ich so lange gebraucht habe, um das zu verstehen.«

Ich spürte, wie mein Herz sich zusammenzog. »Wie … kein Baby?«

Jake atmete tief durch. Dann ließ er alles raus. »Melanie hat gelogen. Es gibt kein Kind … sie hat sich bezahlen lassen … damit sie uns auseinanderbringt.«

Plötzlich hörte ich ein Räuspern von der Tür. Langsam, schwerfällig drehte ich den Kopf.

Mein Vater stand dort. Und Stella.

»Dad? Stella?«

»Wir sind hier, Lia«, flüsterte er und kam auf meine andere Seite. »Wir sind hier, mein Kind.«

»Was …«

»Es tut mir so leid«, sagte er mit klarer Stimme und ich fragte mich, ob meine Verletzung doch heftiger war als gedacht, denn mein Vater hatte sich noch nie bei mir entschuldigt.

»Ich verstehe nicht … Was habt ihr mit dem Autounfall zu tun?«, stellte ich die offensichtliche Frage, und mein Vater seufzte tief.

»Ich … gebe euch etwas Raum und bin gleich wieder da, ja?«

»Nein!«, rief ich, leider leiser, als ich es geplant hatte. »Nein, bleib hier. Bei mir.« Meine blauen Augen hielten die meines Vaters fest. »Was ist hier los?«

»Das war Elijas Stark.«

»Wer ist das?«

»Dein Halbbruder.«

»Mein …«

»Erinnerst du dich an unser Gespräch kurz vor dem Unfall?«

»Natürlich!«, sagte ich – diesmal mit mehr Kraft, als ich wollte. Mein Kopf hämmerte.

»Er war auch verletzt und deshalb noch am Unfallort, als die Polizei und das Rettungsteam eintrafen.« Er holte tief und zittrig Luft. So kannte ich den starken, normalerweise imposanten und furchteinflößenden Mann nicht. »Und die Verkehrskameras zeigen deutlich, dass es Absicht war … ich …« Er brach ab und Stella legte ihm die Hand auf die Schulter. »Es tut mir leid. Es tut mir so leid, dass ich euch beiden nicht früher gesagt habe, was los ist und wie es wirklich aussieht.«

»Dad«, begann Stella und strich sich eine Haarsträhne aus der Stirn. »Ich sagte dir doch bereits, dass es nicht deine Schuld ist.«

»Ich hätte es euch sagen müssen!« Er schniefte. »Ich bin so froh, dass er weggesperrt wird. Hoffentlich für immer.«

»Das wird das psychologische Gutachten zeigen«,

mischte sich Jake ein und ich war froh, dass er nach wie vor meinen Handrücken streichelte.

»Das hat … er getan?« Mühsam kniff ich die Augen zusammen. »Wieso?«

»Er wollte mir eins auswischen und er wusste, dass ihr beide und die Firma meine Archillesferse seid. Er wusste, dass ich alles für euch tun würde.«

»Er …«

»Er wollte uns die Firma wegnehmen, weil er dachte, dass ich nie für ihn da war, dabei hat seine Mutter ihn das nur glauben lassen. Sie war diejenige, die den Kontakt abgebrochen und sämtliche Zahlungen, die ich getätigt habe, vor ihm verheimlich hat. Sie hat diesen Hass in ihm geschürt, weil ich eure Mom damals nicht für sie verlassen wollte.«

»Das ist …« Schwer schluckte ich. »Schrecklich.« Eine Träne lief meine Wange hinab. Das alles war viel. Jake. Mein Vater. Mein Halbbruder.

»Und hier kommt jetzt Melanie ins Spiel. Sie hat ihren Job verloren, weil sie mit einem Kerl aus der Firma im Bett war und dann ist dieser Elijas Stark bei ihr aufgetaucht und hat ihr haufenweise Geld geboten, damit sie sich als schwanger ausgibt und uns beide auseinanderbringt. Damit die Ehe geschieden wird und er Anspruch auf die Firma erheben kann.«

»Das … das kann nicht sein …«

»Leider ist es genau so.«

»Das ist schrecklich.«

»Aber jetzt wird alles gut … ich meine, nicht nur,

dass ihr euch liebt, es gibt keine Scheidung … und du wirst wieder gesund. Das wird sie doch, oder, Jake?«

»Wird sie!«, bestätigte er. »Vor allem, da sie mich als 24/7-Betreuung hat.«

»Habe ich?«, fragte ich und lächelte leicht.

»Ich kann nicht ohne dich sein, Aurelia. Ich will es nicht. Meadow Hights fühlt sich leer an ohne dich. Mein Haus ist nur ein verdammtes, leeres Gebäude, wenn du nicht da bist. Meine Tage ziehen an mir vorbei, und alles, woran ich denken kann, bist du.«

Er drückte sanft meine Hand.

»Ich liebe dich, verdammt noch mal. Ich liebe dich so sehr, dass es wehtut. Dass jeder verdammte Tag, den ich ohne dich verbringen muss, ein einziger Albtraum ist.« Mein Atem stockte. Die Worte trafen mich so tief, dass ich für einen Moment nicht wusste, ob mein Herz stärker oder schwächer schlug.

»Ich brauche dich«, fuhr er fort, seine Stimme rau. »Ich brauche dich in Meadow Hights. Ich brauche dich in meinem Leben. Ohne dich ergibt nichts mehr Sinn.«

Ich blinzelte, spürte, wie meine Augen brannten. »Jake …«

»Nein.« Er schüttelte den Kopf, sein Griff wurde fester. »Ich lasse dich nicht mehr gehen. Ich werde um dich kämpfen, bis du mir verzeihst, bis du erkennst, dass ich alles tun würde, um dich an meiner Seite zu haben.«

Ich wusste nicht, was ich sagen sollte. Mein Herz war ein einziges Chaos, meine Gedanken ein unkontrollierter Strudel.

Aber eine Wahrheit war da, klar und unbestreitbar.

Ich liebte ihn auch.

»Sag mir, dass du mich nicht liebst«, flüsterte er. »Sag es mir und ich verschwinde.«

Ich schluckte. Die Worte blieben mir im Hals stecken.

Denn ich konnte es nicht sagen.

Er wusste es. Er wusste es ganz genau.

Ein Lächeln huschte über seine Lippen, so zerbrechlich und doch voller Hoffnung.

»Ich bleibe hier«, sagte er sanft. »So lange, bis du bereit bist, mit mir nach Hause zu kommen.«

Mein Herz stolperte.

Und zum ersten Mal, seitdem ich aufgewacht war, fühlte sich die Welt nicht mehr ganz so grau an. Nicht mehr so kalt. Nicht mehr so schmerzhaft. Sie fühlte sich gut an.

Wir beide.

Sonst niemand. Nur er und ich.

Bis ans Ende unserer Tage.

# Epilog

J ake

Ein lauer Sommerabend legte sich über Meadow Hights, während die Sonne langsam hinter den sanften Hügeln verschwand und den Himmel in warmes Orange und tiefes Lila tauchte. Die Grillen zirpten, irgendwo in der Ferne bellte ein Hund, und das sanfte Klirren von Besteck auf Tellern erfüllte die Veranda in unserem Garten.

Unser Zuhause.

Ich lehnte mich zurück, ein Glas Rotwein in der Hand, und betrachtete die Frau, die mir gegenübersaß. Aurelia.

Ihr Gesicht war in das goldene Licht der untergehenden Sonne getaucht, ihr blondes, langes Haar fiel in sanften Wellen über ihre Schultern, und als sie eine Gabel mit Lasagne zu ihrem Mund führte, war da dieser winzige, zufriedene Ausdruck in ihren Zügen, der mich jedes verdammte Mal um den Verstand brachte.

Fast hatte ich sie verloren.

Ein Jahr war vergangen, seit sie im Krankenhaus aufgewacht war, seit ich ihr gesagt hatte, dass ich sie liebe, dass ich ohne sie nicht mehr leben konnte. Ein Jahr, seitdem sie sich entschieden hatte, mir zu verzeihen und ein Leben mit mir zu beginnen.

Und jetzt saßen wir hier, auf unserer Veranda, in *unserem* Haus, mit Lichterketten, die sanft im Wind schaukelten, einem liebevoll gedeckten Tisch und der Gewissheit, dass wir genau da waren, wo wir hingehörten.

»Du starrst mich an.«

Ich grinste. »Weil du wunderschön bist. Außerdem ist es doch legitim, dass ich die Frau, die den selben Nachnamen wie ich trägt, ansehe, oder?«

Sie verdrehte die Augen, aber ich sah das leichte Rosa, das über ihre Wangen huschte.

»Wir sind seit einem Jahr zusammen, Jake. Du kannst nicht immer noch so verliebt gucken.«

Ich nahm einen Schluck Wein und sah sie über den Rand meines Glases hinweg an. »O doch, das kann ich. Und ich werde es für den Rest meines Lebens tun.« Und scheiße ja, ich meinte das ernst. Ich hatte ihr das schon einmal gesagt, nämlich an jenem Tag im Krankenhaus, als sie mir unter Tränen und Schmerzen offenbart hatte, dass sie keine Kinder kriegen konnte. Schon damals hatte ich ihr gesagt, dass mir das egal war, dass es andere Möglichkeiten gab und dass wir, wenn es für uns vorbestimmt war, auch den Segen eines kleinen Babys erfahren würden.

Sie schüttelte den Kopf, aber ihr Lächeln war weich. Glücklich.

Wir aßen weiter, redeten über Kleinigkeiten – ein neuer Patient, den ich in der Klinik behandelt hatte, die neue Herbstkollektion ihrer Firma. Nichts Weltbewegendes, nichts Großes. Aber genau das machte es perfekt.

Keine Skandale. Keine Intrigen. Keine falschen Ehen oder geplatzten Verträge.

Nur wir. Pur. Rau. Leidenschaftlich. Völlig unerwartet. Aber genau so waren wir gut. Wir stritten, wir liebten und wir neckten uns. Die ganze Palette an Dingen, die eine gute, eine richtig gute Ehe brauchte. Unser Start war etwas unkonventionell, zugegeben … aber das machte nichts, machte all das zwischen uns nur facettenreich und unendlich wertvoll. Weil es einzigartig war. Es war unsere Geschichte.

Ich streckte die Hand über den Tisch, und ohne zu zögern legte sie ihre in meine.

»Bist du glücklich?«, fragte ich leise.

Aurelia sah mich an, und ich wusste, dass sie nicht log, als sie antwortete: »Ja. Zum ersten Mal in meinem Leben – ja.«

Mein Herz schlug langsamer, ruhiger.

Ich brachte ihre Hand an meine Lippen, küsste ihre Fingerspitzen und hielt sie einfach fest. »Dann habe ich alles, was ich je wollte.«

Der Wind rauschte sanft durch die Bäume, die

Nacht begann sich langsam über unser kleines Stück Himmel zu legen.

Ich wusste: Das hier war mein Zuhause. Sie war mein Zuhause.

Und es gab eine Sache, die es komplett machen würde. Ich beugte mich zu ihr und küsste sie. Mein Gott, würde ich jemals genug davon bekommen, wie sich ihre vollen Lippen auf meinen anfühlten? Nein. Nein, ich hoffte, dass ich das niemals würde.

Ich löste mich von ihr, strich ihr eine Haarsträhne aus dem Gesicht und sah ihr in die Augen. Darin lag so viel Glück, so viel Hoffnung. Und genau das brachte mich dazu, meinen nächsten Gedanken auszusprechen.

»Aurelia«, begann ich sanft, während ich meine Finger mit ihren verschränkte. »Du hast vor einiger Zeit etwas gesagt ... einen Vorschlag gemacht. Und ich habe darüber nachgedacht. Lange.«

Sie runzelte leicht die Stirn. »Was meinst du?«, sagte sie, aber im gleichen Augenblick sah ich die Erkenntnis in ihr aufblitzen.

Ich nahm einen tiefen Atemzug, spürte, wie mein Herz vor Aufregung schneller schlug. »New Yorker Adoptionsagenturen.«

Ihre Augen weiteten sich, und für einen Moment war sie vollkommen still.

»Du hast gesagt, dass du dir das vorstellen kannst«, fuhr ich fort, meine Stimme fest, aber sanft. »Dass du vielleicht bereit wärst, diesen Weg zu gehen. Und ich ... ich glaube, ich bin es auch. Ich will mit dir dorthin gehen, will mir ansehen, welche Möglichkeiten wir haben. Ich will, dass wir unser Glück teilen – mit einem kleinen Menschen, der ein Zuhause braucht.«

Mein Herz raste und ich strich über mein einfaches, schwarzes Shirt, weil ich meine Finger irgendwie davon abhalten musste, sie anzufassen. Sie musste etwas sagen. Eine Reaktion. Irgendwas … aber es kam nichts. Sekunden. Minuten. Es fühlte sich an wie eine Ewigkeit, auch wenn es nur wenige Augenblicke waren.

Aurelia blinzelte, und dann? Lief eine einzelne Träne über ihre Wange.

»Jake …« Ihre Stimme war kaum mehr als ein Hauch, voller Emotionen, voller unausgesprochener Träume, die tief in ihr geschlummert hatten.

Ich zog sie näher, küsste ihre Stirn, hielt sie fest. »Sag mir, dass du das willst. Und wir tun es. Gemeinsam.«

Sie nickte hastig, ein Lachen mischte sich in ihr leises Schluchzen. »Ja. Ja, ich will das.«

Ich lächelte, strich mit dem Daumen über ihre Wange und küsste sie – tief, innig, mit all der Liebe, die ich für sie empfand.

Unser gemeinsames Leben war nicht zu Ende.

Nein. Das hier war gerade erst der Anfang.


Ende

# Kennst du schon?

Dr. Brian Harding, der neue Arzt am Klinikum von Meadow Hights, ist nicht nur für die junge Polizistin Theresa Andrews ein Rätsel.

Verschwiegen, charmant und scheinbar makellos – fast zu gut, um wahr zu sein. Besonders für Theresa, die bisher nur schlechte Erfah-  rungen mit Männern gemacht hat. Doch je mehr Aufmerksamkeit Brian ihr und ihrer Tochter Rose schenkt, desto mehr beginnt Theresa, ihm zu vertrauen. Gleichzeitig spürt sie, dass hinter seiner perfekten Fassade dunkle Geheimnisse verborgen liegen. Als Brian plötzlich vor der schwersten Entscheidung seines Lebens steht – seine Familie oder seine Freiheit – wird Theresa in einen ungleichen Kampf hineingezogen.

Wird sie die Frau sein, die ihn rettet, oder wird sie ihn endgültig zerstören?

# Freu dich auf

*Desire me, Mister Mogul ...ab 11. Juli 2025*

**Die pure Sünde auf zwei Beinen und sie bittet mich, sie zu retten.**

*Arthur*

Als mein Bruder Harrison mich darum bat, der Freundin seiner Frau einen Job zu geben, wusste ich

nicht, dass ich mich mit dem Teufel einließ. Und dieser war in diesem Fall eine Frau. Savannah Kensington. Die eine Frau, die ich nicht begehren durfte, weil sie viel zu gut, viel zu anständig für mich war. Die eine Frau, die meinem größten Feind versprochen war.

*Savannah*

Hätte ich gewusst, welche Lawine ich lostrete, wenn ich meinen Ehemann verließ, hätte ich den Mut wohl nicht gefasst. Hätte ich gewusst, dass ich vom Regen in die Traufe komme, wäre ich dortgeblieben, wo ich war. Hätte ich gewusst, dass meine persönliche unwiderstehliche Hölle auf mich wartet, wäre ich soweit weggerannt, wie ich nur konnte. Aber das war ganz sicher nicht an der Seite von Arthur Vanderbilt möglich dem größten und mächtigsten Konkurrenten meiner Familie.

Dieser »Romeo & Julia Enemies to Lovers Millionär Love Triangle Fake Relationship« Liebesroman enthält sinnliche Szenen und ein Happy End. Wie alle Bände der »Manhattan Millionär Reihe« kann er unabhängig von den anderen gelesen werden.

Farbschnitt bei der Bücherbüchse ordern!

Farbschnitt bei Graff ordern!

Diese Farbschnittausgabe kannst du signiert bei der Bücherbüchse Friends oder Graff bestellen. Sie wird ein Pageoverlay, Veredelungen, Charakterkarten und eine spicy FSK 18 Illustration beinhalten - aber schnell sein lohnt sich: Dies ist eine Limited Edition und nur in der ersten Auflage beigelegt;

# Freu dich auf

**Want me, Mister Tycoon ... ab 01.09.2025**

*... und darum geht's*

**Sie war ein Mauerblümchen. Und nun bittet sie mich, sie zur Frau zu machen.**

**Nicolai**

Ich erkannte Chancen, wenn sie vor mir lagen.

Ich ergriff Chancen, wenn sie sich mir boten.

Allerdings hätte ich mich von Isabella Kengingston, der Zwillingsschwester meiner Schwägerin, um jeden Preis fernhalten müssen. Niemand, am allerwenigsten ich, hatte damit gerechnet, mich auf diese perfide Wette einzulassen.

**Isabella**

Er war ein Playboy. Ein Aufreißer. Ein Womanizer. Also bat ich ihn darum, mir meine Unschuld zu nehmen. Nicolai Vanderbilt war perfekt dafür. Der stadtbekannte Ladykiller würde mir genau das bieten, was ich schon immer ersehnte, oder? Dumm nur, dass wir danach dazu gezwungen waren, miteinander zu arbeiten. Und an einem Tisch zu sitzen. Ich würde mich allerdings von diesem arroganten Frauenhelden nicht fertig machen lassen. Nur über seine Leiche.

Farbschnitt bei der Bücherbüchse ordern!

Farbschnitt bei Graff ordern!

Diese Farbschnittausgabe kannst du signiert bei der Bücherbüchse Friends oder Graff bestellen. Sie wird ein Pageoverlay, Veredelungen, Charakterkarten und eine spicy FSK 18 Illustration beinhalten - aber schnell sein lohnt sich: Dies ist eine Limited Edition und nur in der ersten Auflage beigelegt;

# Über die Autorin

Mama. Ehefrau. Autorin. Beste Freundin. Gin Tonic-Lady. Marvel Fangirl. Amazon und Bildbestsellerautorin. Vollkommen und unwiderruflich der Liebe verfallen. Ich bin Mutter von drei wundervollen Kindern. Die mal mehr und mal weniger süß sein können. Ich wechsle Windeln, schneide  Essen klein und füttere. Ständig falle ich über Spielzeug, räume es auf, muss eine Puppe an- und ausziehen oder Lego-Duplo-Zirkusdompteur sein. Selbstverständlich läuft der Haushalt auch noch nebenbei, Wäsche wird gewaschen, ich gehe einkaufen und koche … und: Ich liebe es. Ich liebe meine Familie, ich liebe meine Kinder. Aber, was mir mindestens genauso viel bedeutet, ist meine Leidenschaft zum Schreiben. Ich liebe meinen Beruf. Es ist ein besonderes Geschenk, wenn man sein Geld mit dem verdienen darf, was einem alles bedeutet.

Schreiben.

Fremde Welten zu erschaffen, Protagonisten einen Charakter zu schenken, ein Aussehen zu formen und Gewohnheiten zu entwickeln. Es gibt für mich nichts Schöneres, als für zwei Menschen, die sich im realen Leben niemals begegnen würden, eine gemeinsame Geschichte zu kreieren. Sie lieben und leiden. Sie verlieren sich manchmal selbst, um etwas Größeres zu finden. Sie sind sexy, vielleicht sogar aufreizend und manchmal gemein, hinterlistig, wenn nicht sogar rachsüchtig … aber eines haben sie immer gemeinsam: Sie wurden von meinem Herzen erschaffen und haben es verdient, dass ihre Geschichte erzählt wird.

Jede große Liebe hat eine große Geschichte; es ist mir eine Ehre sie zu Worten formen zu dürfen.

Website: http://www.emily-key.de
E-Mail: Emily@emily-key.de
Instagram: https://www.instagram.com/
emilykeyauthor/
Facebook: https://www.facebook.com/EmilyKeyAutor
Tik Tok: https://www.tiktok.com/@emily_key_autor

# Bücher von Emily Key

*Sämtliche Farbschnittausgaben für meine Bücher sind bei der Buchhandlung Graff oder der Bücherbüchse Friends mit Signatur in diversen Extras bestell- oder vorbestellbar.*

*Sichere dir jetzt die Limited Editions!*

*Coming soon:*

*Seduce me, Mr. CEO - Manhattan Millionärs 1*

*Hold me, Mr. Boss Manhattan Millionärs 2*

*Desire me, Mr. Mogul - Manhattan Millionärs 3 (11. Juli 2025)*

*Hold me, Mr. Tycoon Manhattan Millionärs 4 (01. September 2025)*

*Meadow Hights - Small Town Sin*

*Three Damn Nights - New York City Lawyers 1*

*I could never Love you - New York City Lawyers 2*

*I could never hate you - New York City Lawyers 3*

*I could never forget you - New York City Lawyers 4*

*Just because I need you*

*Malibu Heat Hingabe (Malibu Summer Feelings 5)*

*Malibu Heat - Verlangen (Malibu Summer Feelings 4)*

*Malibu Heat - Sehnsucht (Malibu Summer Feelings 3)*

*Melissa & Scott (Malibu Summer Feelings 2)*

*Hannah & Adam (Malibu Summer Feelings 1)*

*Malibus Gentlemen: Sammelband*

*Penthouse Affair*
*New York Nights - True Passion*
*Meadow Hights - Small Town Love*
*Meadow Hights - Small Town Desire*
*Meadow Hights - Small Town Hope*

*Mine - Smaragd Desire (Mine Family Reihe 1)*
*Mine - Onyx Passion (Mine Family Reihe 2)*
*Mine - Ruby Love (Mine Family Reihe 3)*
*Mine - Sapphire Obsession (Mine Family Reihe 4)*

*Two glorious Mornings (New York Lovestorys Band 1)*
*Velvet Nights (New York Lovestorys Band 2)*
*Underground Princess Band I (New York Lovestorys Band 3)*
*Underground Princess Band II (New York Lovestorys Band 4)*
*Gentleman's Secret (New York Lovestorys Band 5)*

*Owen Black – Black Family*
*Aaron Barkley - The inner Circle*

*Canadian Winter*
*Canadian Summer*

*Whiskey on the Rocks*
*Bourbon on Ice*

*Scotch and Soda*

*It's always been you*

*Bodyguard - Jackson's Story*

*Black Tie Affair*

*Chocolate - Ms Hapers Verlangen*

*Kiss me in July - gläsernes Herz*

Alle Romane können unabhängig voneinander gelesen werden.

*Weitere Ideen und Storys befinden sich in Planung.*

Wenn du keine Neuerscheinung verpassen willst, melde dich zu meinem Newsletter an.

Newsletter & Bonus-Epilog sichern.

Ich freue mich, wenn du mir auf meinen Kanälen folgst, meine Bücher liest und sie bewertest. Damit unterstützt du deine Autorin und kannst dich noch auf viele weitere wundervolle Geschichten freuen.